異世界の沙汰は社畜次第

魔法外交正常化計画

3

八月　八
YATSUKI WAKATSU

画：大橋キッカ

CONTENTS

ISEKAI NO SATA HA SYA-CHIKU SHIDAI 3
MAHOU GAIKOU SEIJOUKA KEIKAKU

CHARACTER INTRODUCTION

アレシュ＝インドラーク

侯爵家子息で「氷の貴公子」と呼ばれた第三騎士団団長。誠一郎と出会ってからは、恋に悩み、徐々に表情も豊かになり、一部からは生温かい目で見守られている。

近藤誠一郎

聖女召喚に巻き込まれて異世界転移した先の経理課で手腕を発揮する社畜。だが、異世界の空気が合わず、恋人となったアレシュに過保護に世話を焼かれる毎日。

カミル＝カルヴァダ

ロマーニ王国の最高権力者ともいえる冷徹で切れ者の宰相。誠一郎の能力を高く買っており、重要な案件に必ずと言っていいほど巻き込んでくる。

ラーシュ＝エーリク＝エゴロヴァ

北方にあるエゴロヴァ王国の第三王子。人形のような整った美貌で、文化交流の使節団の代表としてロマーニ王国を訪れた。誠一郎を気に入ったようす。

ユーリウス＝ロマーニ＝カスロヴァー

ロマーニ王国の第一王子で、王位継承第一位。聖女の優愛にぞっこんで最初は甘やかし放題だったが、なかなか気持ちが伝わらず周囲を巻き込んでお悩み中。

白石優愛

ロマーニ王国に聖女として召喚された女子高生。当初は無知ゆえに周りに流されていたが、今は教会の支援を行うなど周囲に気を配った行動も増えてきた。

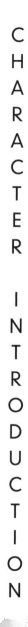

プロローグ

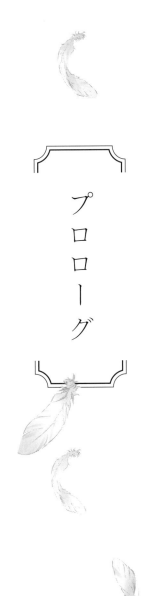

日本にいた頃の朝は、アラームで目覚めた後、柔らかい枕に顔をうずめ、しばらくうだうだとしてから、起き上がり、顔を洗う。それからお湯を沸《わ》かして、インスタントスープとサラダを朝食にして、あとはコーヒーだ。朝はあまり食欲は湧《わ》かないが、朝食を抜くのがまるで悪のようにそこかしこで言われているので、何かは腹に入れるようにしている。身支度《みじたく》して、家を出て、電車に乗る。満員電車はしんどいので、少し早めで空《す》いている時間帯に乗るようにしている。そうして始業時間よりも早くに出勤し、タイムカードを押さずに仕事を始め、時間が来たらタイムカードを押す。

そんな日常だった。

「何が言いたい？」

白いテーブルクロスの敷かれたテーブルの向こう側で、黒髪の整った顔をした青年が憮然《ぶぜん》とした表情で訊《たず》ねてくる。貴族界では『氷の貴公子』、騎士達や他国の軍の間では『黒い獣《けもの》』と呼ばれている、アレシュ＝インドラーク第三騎士団団長その人である。

「いえ、別に」

対して答えるのは、黒い髪に黒い目、特筆すべき顔の造作はないが、唯一《ゆいいつ》その目元の隈《くま》に疲れが見て取れる男。日本という国から、ここロマーニ王国に聖女と共に召喚《しょうかん》され、王宮経理課副管理官となった近藤誠一郎《こんどうせいいちろう》である。

遡《さかのぼ》ること十ヵ月前。誠一郎は休日出勤の帰りに、聖女として召喚されようとしていた白石《しらいし》優愛《ゆあ》の悲鳴を聞きつけ、助けようとした結果、一緒に召喚されてしまった。

国は聖女のみを必要としており、おまけの誠一郎の処置に困った。放置するわけにもいかないので、生活に困らないだけの金を与えて飼い殺すつもりで、一応誠一郎に望みを聞いたところ、誠一郎が求めたのは『仕事』だった。

そして経理課にてその手腕を勝手に発揮《はっき》し始めたので話が変わってしまった。

さらに、誠一郎はこの世界の空気に含まれる【魔素《まそ》】によって弱り、魔法の発展している世界の【魔力】にも耐性がなかったため、ひょんなことから中毒症状を起こし倒れた。それを救ったのが、このアレシュだった。アレシュは誠一郎の虚弱《きょじゃく》さと仕事への執念《しゅうねん》を放っておけず、面倒を見ている内にさらに庇護欲《ひごよく》が強まり、独占欲まで芽生え、最終的に家を買って同居生活を強行することになった。

一方の誠一郎の方も、アレシュのことは過保護《かほご》なところには困っていたが命の恩人でもあり、この世界で唯一自分のことを心から心配してくれる存在であり、見かけによらず子どもっぽい姿などに胸打たれ、紆余曲折《うよきょくせつ》の末、正式に恋人となった。

「別に、なわけがあるか。お前がそうやって長々と話す時は、何か不満がある時だろう」

当然のように言い切られ、恋人に対する甘えを見抜かれて、誠一郎は気恥ずかしさに口元を曲げた。二人が恋人同士になってからまだ日は浅いが、それまでの間もアレシュは誠一郎を見続け体調管理に努めていたため、分かりにくいと言われる誠一郎の表情の変化にも過敏《かびん》だ。

「……ここでの生活が不満か」

少しトーンを落としたアレシュの質問に、誠一郎は即座に首を振った。

「まさか。アレシュさんはじめ皆さんによくしていただいています」

実際、アレシュを子どもの頃から世話をしているという執事《しつじ》のヴァルトムにメイドのミラン、そしてコックのパヴェルには本当によくしてもらっている。【魔素】に弱い誠一郎のために、食事を始め色々気遣《きづか》ってもらったおかげで、普通の食事くらいなら問題ないほどの耐性もついた。まず生活の世話をしてくれる者がいるというだけで、現代日本でサラリーマンをしていた自分では考えられない待遇《たいぐう》なのだ。

「なら……何だ。言え」

話の流れから、不満は自分に対してであることに気付いたのだろう。誠一郎も気付かれたことを察し、どうしたものかと思案する。

この恋人は存外小さなことも気にする。以前、聖女に懸想云々《けそううんぬん》といった容疑を掛けられた際に適当に言った「年下は対象外」という言葉をまだ気にしているくらいだ。あれは聖女には今後もまったく恋愛感情を抱くことはないという主張と、社会経験のない子どもは無理だという意味だったのだが。

朝からそんなに深刻になる話でもなかったし、誠一郎も言うつもりはなかったのだが、このまま言わないでいる方がこじれそうだなと嘆息《たんそく》して、再び息を吸った。

「腕枕をやめてほしいんですけど」

　アレシュが構えた邸宅は、王宮からさほど遠くない貴族街の一角にある。と言っても、以前誠一郎が住んでいた官吏《かんり》宿舎と違い、徒歩で行くにはいささか時間がかかる。そもそも貴族街で徒歩移動する者はほとんどいない。誠一郎の普段の出勤は乗合《のりあい》の馬車であるが、アレシュと出勤時間などが被《かぶ》ればアレシュの馬車で一緒に出勤することもある。ちなみに退勤はアレシュに用事がない限り、強制的に一緒である。そうは言っても、騎士と官吏。そして王宮内の勤務は決まった休みがあるわけではないので、そうそう一緒に出勤とはならない。アレシュと出勤するといまさらながら目立つので、誠一郎もそちらの方が助かる。

　まさしく今日もそれで、非番のアレシュを置いて、誠一郎は一人王宮《職場》に向かった。腕枕の話は決着がつかず、帰ってからまた蒸し返されそうだ。以前の恋人未満の時の、誠一郎が寝ずに仕事をしようとするのに対してされた羽交《はが》い絞《じ》めと違い、今は正式に恋人になったため、一緒に寝ることに異論はない。現在話し合いの結果、夜の営みに関しては週二までとなっているが、アレシュは毎日一緒に寝たがる。誠一郎の体質のせいもあり、アレシュとくっついていた方が体調がよいのも分かるし、アレシュは暇《ひま》さえあれば誠一郎に触れたがる。ここまでも別に構わない。

　問題は、人の腕枕と言うのは、結構寝にくい。ということなのだ。

　する方のアレシュは鍛《きた》えているから問題ないと言っていたが、される方も結構きついのだ。しかも鍛えている男の腕だ。硬いのだ。誠一郎はどちらかと言えば、柔らかい枕を好む。そもそも、人が寝るために作られた寝具と人の腕は比べるまでもない。そして三十を過ぎた誠一郎は、寝苦しい体勢で寝た場合、翌日確実に体に支障《ししょう》をきたすのだ。それを二十代前半の肉体労働者であるアレシュに分かれというのが難しいことも分かっている。でもそろそろ首と肩がやばい。これを言うと、またいつもの治癒《ちゆ》魔法と魔力馴染《なじ》ませでどうにかしようとしてくるのを振り切って、出勤してきたのが今朝の出来事である。

魔法は確かに便利だが、アレシュがいくら優秀で魔力が多くても、負担になることには変わりない。

命に関わること以外では、誠一郎はあまりアレシュに魔法を施《ほどこ》してほしくはないのが正直な想いだ。この辺りも、魔法のある世界とない世界の者という価値観の相違なので、相互理解までの道のりは厳しそうだ。

「コンドゥ、早いな」

乗合馬車降り場から王宮へ向かう途中、体格のよい壮年《そうねん》の男に話しかけられた。

「ラディム騎士団長。おはようございます」

王族や要人の身辺警護を主とする第二騎士団の団長であるラディム＝マコフスカーだ。

彼は王太子《おうたいし》であるユーリウスの護衛としてもよく会うし、何よりも以前第二騎士団の者が誠一郎に暴行を働いた事件以来の付き合いなので、会えば向こうから色々と気を遣ってくる。

「何だ朝から、どこか悪いのか」

「いえ、少し寝違えただけです」

顔色を見て問われたが、むしろ体調はよい方だ。誠一郎はアレシュやパヴェルの努力により、以前よりも健康になったが、ラディムから見ればまだまだ不健康そうに見えるらしい。

「殿下《でんか》が救済院の私塾のことで、何かお前に聞きたいことがあるそうだぞ」

「今日は魔導課《まどうか》との会談があるので、明日以降にしてもらえませんか？」

「お前……仮にも王太子殿下に…………まぁ急ぎではなかったようだったから、お伝えしておこう」

今ここで偶然会わない限り伝えなかったであろうラディムの態度も加味しての、後回しだったのだが、正解だったらしい。

「時間や場所の指定は経理課までお願いします」

「分かった」

経理課に出勤すると、誠一郎が一番乗りだった。いつものことだ。下に仕事を回せ、一人でやるなと言われ続けて多少は改善してきたつもりだが、この癖《くせ》だけは抜けない誠一郎だった。朝の誰もいない職場こそ、一番落ち着いて仕事がはかどるというものだ。

王宮経理課は、以前はあらゆる部署からのとんでもない予算申請をただ判を捺《お》して流してきたが、誠一郎によって予算組みから見直され、また新たな事業がいくつも立ち上がったことにより多忙になっていた。以前ののんびりとした職場とは変わってしまったが、『横流し課』と嘲笑《ちょうしょう》を受けることもなくなり、大事な課として扱われだし、人も増えた。

このように、誠一郎の異世界での生活は概《おおむ》ね平和に過ぎていた。

第一章　任命されました

ロマーニ王国には約百年周期で瘴気《しょうき》があふれ出る木があり、その瘴気を収めるために代々聖女が現れていた。その今代《こんだい》の聖女こそが、誠一郎《せいいちろう》と同郷である白石優愛《しらいしゆあ》その人であり、彼女は訓練の末に無事瘴気を吹き出す【魔の木】を浄化《じょうか》した。そしてその木ごと封印する計画を立てたのが、誠一郎である。

木自体を取り払うことは今まで何度も試みたが、瘴気を発する木は物理的攻撃にはビクともせず、刺激を与えると瘴気をさらに吹き出すため、聖女の浄化のみが唯一《ゆいいつ》の対策とされてきた。

木が駄目《だめ》ならば、その場所ごと結界で閉じ込め、監視する。それが誠一郎が打ち出した答えで、結界魔法が使える者、魔素耐性が強い者といった特殊技能を持つ、人も建物も必要な一大計画だ。その他、帰還《きかん》魔法の研究を進めるために魔法国家推進計画、救済院の子どもや貧しい子ども達に勉強を教えたいという優愛の希望を叶《かな》えるための根まわし、子どもへの学習支援による人材育成計画なども誠一郎の仕業《しわざ》だ。おかげで次から次へと仕事は増え、過保護《かほご》な騎士団長はいい顔はしないが、どれも自分のために必要であると誠一郎は思って働いている。

「セイさんって、結局仕事全然減ってないッスよね」

そう言うのは、最近私塾で子ども達に算数を教える講師もするようになった、ノルベルトだ。

ノルベルト＝バラーネク。見事な金色の髪を盛り気味にセットするのを欠かさない、若干チャラい誠一郎の部下である。それと同時に、現国王の庶子《しょし》でもあるという一部では公然の秘密を持つが、彼自身も周囲もさほど気にしていない。関係は比較的円満らしく、養子に出されたバラーネク伯爵家《はくしゃくけ》でのびのびと育っているようだ。

「私塾の仕事はお前に振ったし、他にも増えた人員にかなり仕事を振っただろう」

「それでもセイさんしかできない仕事が通常の人の三倍はあるッスよ」

三倍は言い過ぎだろうと思うが、周囲の経理課の面々も頷《うなず》いている様子からして、こちらの基準ではそうらしい。誠一郎的には、アレシュに見つからないようにこっそり持ち帰っている仕事はあるものの、定時で上がる上に休日もきっちり休まされていてもこなせる程度なので、まったく気にしていなかった。

「他部署への出向や遠征《えんせい》への同伴が入ればオーバーワークかもしれないが、このくらいなら何てことないだろう」

「ああ、あの時セイさん普通に休みの日はこっち来て仕事してたスもんね……。でもその割には、目の下の隈《くま》が消えないッスね」

これは年齢によるものだ。

と言うには、さすがに誠一郎もプライドが邪魔《じゃま》して口を噤《つぐ》んだ。

とにもかくにも、いくつものタスクを思う通りに消化していく作業は気持ちのよいもので、誠一郎的には体調もよく、仕事は順調であった。

「仕事中に呼び出してすまなかったね」

アンティーク調のテーブルに、適度な硬さのソファ。濃い藍《あい》に金の刺繍《ししゅう》の入ったカーテン。そして目の前には、ピンクブロンドを後ろに撫《な》でつけた美丈夫《びじょうふ》。この国の宰相閣下《さいしょうかっか》、カミル＝カルヴァダだ。

（既視感《デジャヴ》……。ものすごく既視感を感じる…………）

カミルの執務室に呼び出されるのは、初めてではない。むしろ色々と便宜《べんぎ》を図ってくれる相手として、一官吏《かんり》としては頻繁《ひんぱん》に出入りしている方だと思う。

しかしそれは、仕事の一環として前もって予定として組まれていた。このように心当たりのない急な呼び出しは、久しぶり……具体的に言うならば、以前教会へ出向を命じられた時ぶりだ。

嫌な予感に内心引きつりながらも挨拶《あいさつ》したつもりだったが、カミルが目を細めたので、気付かれたようだ。カミルは誠一郎のこういった勘《かん》のよさを好んでいる。青灰色《せいかいしょく》の瞳にひどく楽しげな色が表れるのが見て取れた。

「実はね、他国からこのたび使節団が来ることになったのだよ」

「他国……ですか」

当然だが、この世界にはロマーニ王国の他にも国はいくつもある。

世界情勢についても以前学習した誠一郎だったが、ロマーニ王国自体は国土も広く、瘴気被害を除けば天候にも恵まれ、生産国としても経済国としても大国と呼んでよい国だった。ただ、この国で特筆すべきことは〝神と聖女の加護《かご》を受けている〟ということだった。

「エゴロヴァという国を知っているかい？」

「確か北方の寒い国ですよね？　鉱山が多く、魔石の生産が多いため魔法と魔導具が発達している……」

「よく学んでいる」

ロマーニは南の方に位置するので、気候は穏やかで、冬になっても山間部に入らない限りは雪もほとんど降らない。おまけに日本のように湿気が多いわけではなく、夏場もカラッとしている。

一方、エゴロヴァという国は雪の多い国で、一年の半分は雪が積もっていると本で読んだ。山が多く、そこで魔石が多く採《と》れることもあって、寒さと雪の不便さを改善するために魔導具開発がとても発展しており利便性はよいと聞くが、寒がりの誠一郎は召喚されたのがその国でなくてよかったと思っている。

「その国からね、我が国への文化外交が申し込まれたのだよ」

エゴロヴァは魔法国家として、そして魔導具研究において他国とは一線を画す国であり、その文化に関しての秘匿性《ひとくせい》も高い。つまりおいそれとその技術を他の国には出さないのだ。

そのエゴロヴァからの文化外交の申し入れ。それはつまり、

「転移魔法研究ですか」

カミルが口角を上げて肯定《こうてい》する。

転移魔法研究は、誠一郎が元の世界へ戻るための魔法を確立させるために進めさせている計画だ。正確には、【魔の森】を結界で封印することによって【聖女】の必要性をなくし、それによって〝浄化ができる聖女の加護がある国〟という希少性《きしょうせい》を失わせる代わりに、〝魔法技術

国家〟への推進をしていく、という名目で国に認めさせた計画である。

実際、転移魔法をはじめとし、結界魔法なども含め魔法技術の研究は進んでおり、他国にもその話が知れ渡ってきたようだ。

「つまりは、君が企画立案者兼計画の首謀者《しゅぼうしゃ》の話なわけだ」

言われてみればその通りなのだが、誠一郎はあくまでも自らの目的のために立ち回ったにすぎないし、魔法の知識は皆無《かいむ》でむしろ魔力酔《よ》い体質で、この世界で最も魔法から遠い人物と言ってもよい。それにこの計画は体裁上は、ノルベルトの養父のバラーネク伯爵発案で、カミルが首謀者となっているはずだ。

「もちろんそうだが、バラーネク伯爵は国内の僻地《へきち》への視察で今遠方に出向中でいないのだ」

「……ということは、エゴロヴァからの使者は近日中に来ることが決まっているんですね」

「ああ。五日後に着く予定だ」

「いつっ……!?」

早いだろうとは思ったが、まさかの五日後。誠一郎は、珍《めずら》しく感情をあらわに目を剝《む》いて驚いた。五日後ということは、既《すで》にあちらの国を出発しているはずだ。となると、日程の変更も不可能。つまりは、誠一郎の参加は決定事項なのだ。

「もう少し……早く教えていただきたかったです……」

使者の対応案件に、通常業務の引き継ぎなどが頭の中をぐるぐると回りながら絞《しぼ》り出した言葉は、カミルに一蹴《いっしゅう》された。

「すまないね、今日しかなかったのだよ。君の黒い番犬のいない日が」

「あー……」

脳裏《のうり》に、今朝軽い喧嘩《けんか》をした美しい顔の男が浮かぶ。

怒る。絶対に怒る。

普段の業務でさえ仕事のし過ぎだと言われている上に、前回の教会出向の時に色々と危険な目に遭《あ》ったため、アレシュは誠一郎が目の届かないところに行くのをことさら嫌がる。仕事をしている大の大人《おとな》なのだから、そうはいかないのだが何度も助けられている手前、誠一郎も無《む》下《げ》にはできない。と言うか、恋人を無下にはしたくない。

さて、どうやって説得したものか………。

考え込む誠一郎を面白そうに見ていたカミルだが、ふと扉の方に目を向け、再び誠一郎に向き直った。

「何も君ひとりに任せようというわけではない。きちんと専門家もつけるさ」

言われて、誠一郎の視線が上がったタイミングで、扉のノック音が響いた。

「失礼いたします。お客様がお見えです」

「ああ、通してくれ」

従者の報告に悠々《ゆうゆう》と頷くカミルに、専門家……もう一人の計画加担者が来たのだと悟り、ソファの真ん中に座っていた誠一郎は、即座に立ち上がり端に寄る。

従者に扉を開けられ、客人は堂々とした足取りで部屋に入って来た。

真ん中できっちりと分けられた茶色の髪に、豊かなヒゲ。貴族らしい装飾とフリルの入った袖に、立てた襟《えり》。中年特有の張り出た腹。

そして……その背には長い紫色のマントを背負った男。

ロマーニ王国の宮廷内では、各部署において専用の色と言うものが存在する。

王族は白。

宰相カミルをはじめとする法務課は青。

アレシュ率いる第三騎士団は黒。

第一は赤、第二は緑。

誠一郎の所属する経理課は、地味な茶色だ。

そしてその色は、各責任者が背負う。

その課の管理官は両肩に長いマントを背負い、副管理官は片肩に短いマントを。

つまり、紫色の長いマントを両肩に背負うこのメタボ気味の男、ゾルターン＝バーレは宮廷魔導課の長、魔導課管理官、であるということだ。

と言っても、誠一郎とゾルターンは初対面ではない。初めて会ったのは、聖女による浄化遠征の前に開かれた晩餐会《ばんさんかい》でだ。その後も公《おおやけ》の会議などで何度か会っているが、誠一郎が話を通して諸々《もろもろ》の計画を進める時に声を掛けるのは、副管理官のイストの方なので業務上の接点の割には関わりが浅い。

ゾルターンの方も、異世界人でぽっと出の誠一郎が、官吏でしかも管理職に就《つ》いていることも、ゾルターンを飛び越えてイストにばかり話を通すのも気に入らない模様だ。

現に今も、カミルに対して挨拶向上を述べた後、誠一郎に気付き思いきり眉間《みけん》に皺《しわ》が寄った。

その顔は、「何でお前がいる」と如実《にょじつ》に語っていたので、誠一郎は素知らぬ顔で礼をして見せた。

「よく来てくれた、ゾルターン長官。まぁ掛けたまえ」

「ハッ！」

釈然《しゃくぜん》としない様子だったが、カミルからの指示に小さい目をキリリとさせ、返事をして誠一郎と少し距離を置いた横に座った。さすが上質のソファなので、ゾルターンが座っても沈まなかった。

「事前に話してあった通り、この度エゴロヴァからの使者を迎えるに当たり、案内役をしてもらいたい。ここにいる、経理課副管理官のコンドゥと共にな」

ゾルターンには事前に通達があったのか、と思っていたら、ゾルターンと目が合った。とても、嫌そうです。

「その件に関しましては、至極光栄に存じお受けいたしましたが、同行者がいるとは聞いておりません。しかも……………」

続きは濁《にご》したが、おそらく誠一郎が異世界人でロマーニの住人のわけでも忠誠を誓っているわけでもないことを示唆《しさ》しているのだろう。それが分かっているから、誠一郎は口を挟まないし、カミルも指摘せずに矛先《ほこさき》を変えた。

「あちらの目的は魔法技術もだが、それを形成するための国としての仕組みなども視察の対象になるだろう。魔法技術に関しては、ゾルターン長官を置いて他に任せられる者がいないから、頼りにしているよ」

「ハッ！　もちろんでございます！」

カミルの言葉に即答しているゾルターンの横で、誠一郎は改めて自分が呼ばれた意味と膨大《ぼうだい》な仕事量を理解した。

つまり転移魔法と結界魔法についての視察だけではなく、結界周辺の設備や転移魔法の研究のための予算組みや広報辺りまで必要となるということで、それは経理課だけではなく建築、広報関連の部署にまで周って資料を集め、まとめなければならないということだ。

今日を含めて五日で。

大半は誠一郎が主体で進めてきたとはいえ、専門的な部分は各担当者に任せてある。

誠一郎だって、結界管理人の雇用《こよう》や待遇《たいぐう》の金勘定はできるが、彼らの待機する特別製の建築物の構造など説明できないし、転移魔法完成による経済効果の計算はできるが、魔法研究に必要な物の詳細は分からない。

「して、かの国からの使者はどなたが来られるのでしょう」

仕事の段取りで意識がその場から遠のいていた誠一郎だったが、ゾルターンのその言葉に我に返った。使者の内容まではゾルターンも知らなかったらしい。カミルが言い忘れるわけがないから、きっとわざと言わなかったか、ゾルターンが聞かなかったのかのどちらかだろう。目の前の国の最高頭脳の笑みを見て、前者であろうことが誠一郎にも予想できた。

「ああ、エゴロヴァの第三王子を中心とした使節団だ」

◇◇◇

「全く、なぜ私が異世界人などと組まされなければならんのか！」

宰相の執務室を出るなり、プリプリと頬《ほお》を揺らしながらゾルターンは愚痴《ぐち》り、誠一郎とはろくに話もせずに、一方的に予定だけを告げて去ってしまった。

ゾルターンという男についてもう一度振り返るとするならば、宮廷魔導課管理官。メタボ。ヒゲ。上にへつらう。魔法技術は大したことはないが、家の力で管理官の座を手に入れた。そんな男だ。なので誠一郎に対しても、終始この態度だが、誠一郎は彼を嫌いではない。むしろ尊敬すらしていると言ってもよい。

なぜなら彼は、あのイストの上司なのだから。

現在、ロマーニ王国で一番魔法に詳しい魔導士は誰かと問われれば、宮廷内の人間は口を揃《そろ》えて、宮廷魔導課副管理官のイストの名を出すだろう。

ピンクとオレンジが混じったような色のくせっ毛に、いつも眠そうなペリドットの瞳。

魔法研究への情熱がとてつもなく、自身も魔力コントロールにも長《た》けた国一番の魔導士だ。

半面、魔法以外のことがからっきしで、まず人の話を聞かない。規則は守らない。というか、多分意識もしていない。魔法のことになると活性化して息継ぎなく喋《しゃべ》りまくるが、それ以外のこととなると終始あいまいな返答になる。敬語もあやしい。

ただ魔導士としても研究家としても素晴らしい人材なのだ。

正確な魔力測定器を依頼され、ものの三日で作り上げるような天才なのだ。

放っておくわけにもいかず、役職を与えることとなったが、もちろん役職を与えられたくらいではイストは変わらなかった。必然的に、その皺寄せは全てその上司、宮廷魔導課管理官であるゾルターンに全て伸《の》し掛かった。

きっとゾルターンはこんなはずではなかったと思ったはずだ。しかしイストの功績も見逃すわけにはいかず、そのフォローをせざるをえなかった。そんな中でも自らの矜持《きょうじ》を失わないゾルターンは十分尊敬に値する人物だ。


山積みの課題の中、どうにか他部署への依頼と経理課への報告を済ませた。ノルベルトが率先して資料を用意してくれると言うので、それに甘えることにし、誠一郎は持ち帰りできるチェック資料をすばやくピックアップした。

五日間……ゾルターンと合流する三日後までへのタスク組みは終えた。まずは、結界を張る【魔の木】で掛かる人件費と、専用施設の建築費、維持費をまとめるつもりだ。

あちらの本命は【転移魔法】の方だろうが、こちらの方は元々国へ認めさせるために作った書類があるのでまとめやすい。こまかなところは他部署の資料待ちなので、まとめだけしておけばよい。

優先順位はあるが、数あるタスクをこなすコツとしては、達成しやすい物を先にやってしまい、数だけでも減らしていくことだと誠一郎は思う。具体的な数字で見やすいし、何より達成感は大事だ。それに転移魔法に関することとなると、聖女も関わってくるので持ち出しが難しい資料が多い。

そんなわけで、職場は定時に帰されるが、家に帰ってもやることは山積み……なのだが、最重要項目がそうはさせてくれない。

乗合《のりあい》馬車降り場は邸宅からすぐの場所なので、暗くなる前に誠一郎は屋敷に戻った。この間まで肌寒かったのが、すっかり日も長くなって暖かくなってきている。日本の四季に当てはめるのならば、今はきっと春なのだろう。誠一郎の住んでいた日本と違い、ロマーニ王国はずいぶん気候が穏やかであり、一年を通してさほど気温変化はないが、寒いのよりも暖かいのが好きな誠一郎にとっては、この木の季節はよい。庭の花にも明るい色が増えている。通《かよ》いの庭師が整えている庭を抜け、勝手知ったる何とかで、屋敷の扉を開ける。

「おかえりなさいませ、コンドゥ様」

どうやって誠一郎の帰宅を知ったのか、執事《しつじ》のヴァルトムが入るなり美しい所作で礼をしてくるのはいまだ慣れない光景ながら、誠一郎も「ただ今戻りました」と礼を返した。

ヴァルトムをはじめ、この屋敷の者たちは主人であるアレシュの恋人である誠一郎のことも主人と同等に扱おうとするが、誠一郎の方も世話になっている身として、敬語を崩さない。一般庶民《しょみん》だった誠一郎は、人に仕えられることには当分慣れそうにない。

「アレシュさんは……」

「先ほどコンドゥ様のご帰宅はお伝えしております。今は書斎でございます」

自分が休みの時でも、誠一郎の帰宅が遅れると怒るアレシュなので、帰宅が分かり次第報告がいっているようだ。

「分かりました。ありがとうございます」

夕食後とかに、落ち着いて二人で話せる時とかの方がよいかとも思うが、できれば夕食後は仕事に没頭《ぼっとう》したい。それに、今朝喧嘩っぽい感じになっていたため、早めに気まずさを解消する必要があると誠一郎はまっすぐ書斎に向かった。

コンコンコン。

「入れ」

三回、ノックの音を響かせると中から低く静かな声の返答があった。銅色のハンドルをカチャリと回し、扉を押す。重厚な机の向こうに、今朝別れたばかりの黒髪の整った顔立ちの男が座っている。

「ただ今戻りました」

恋人同士ではあるが、この家の主人であるアレシュに帰宅の報告をする。今朝の諍《いさか》いを感じさせないいつもの帰宅挨拶に、アレシュの眉がピクリと反応した。誠一郎は思ったことをあまり口に出さないが、小さなことであろうと、一度口に出したからには貫く性格だと知っているからだ。それでも、素直にアレシュの傍《そば》まで来た誠一郎に手が伸びる。

「今朝のことは、もういいのか？」

言いながら手を握り、もう少し近くにと引き寄せるアレシュに、誠一郎も抵抗せずもう一歩、前に出る。摑《つか》まれている手とは別の手を椅子に座ったままのアレシュの肩に置いた。誠一郎とアレシュの身長差は十センチないくらいだが、いつも見上げているアレシュの頭が下にあるのが何か面白い。意味なくつむじをつつくと、それを止めさせるように力強い腕に腰を引き寄せられて、アレシュの座る椅子に膝《ひざ》をつく体勢にされてしまった。

「ちょっと、アレシュさん……っ」

「………腕枕で、なければよいんだな？」

「え」

どうやら誠一郎が仕事に行っている半日以上ずっと考えてくれていたらしい。一応誠一郎の方でも一緒に寝るのが嫌なわけではないと伝えていたと思うのだが、それでも不安だったらしい。この社交界で氷の貴公子と呼ばれる男は。

きゅう、と胸が締め付けられた誠一郎は、感情のままに憮然《ぶぜん》とした表情のアレシュのこめかみに口付けた。紫色の切れ長の瞳と目が合うと、そのまま引き寄せられ唇を合わされた。

「ン……アレシュさ………っ!?」

アレシュの座る椅子に片膝をついた不安定な体勢のままのキスだというのに、さらに隙間《すきま》のある二人の間にアレシュの手が入り、誠一郎の官服のベルトを外しに掛かっていた。誠一郎よりもこちらの世界の服に詳しいアレシュの手で、二重になっている複雑そうなベルトは床に落とされ、膝丈《ひざたけ》までの長い上着が剝《は》ぎ取られていく。

「え、ここでですか？　俺は今仕事から戻ったばかりなんですが……」

湯浴《ゆあ》みもしていなければ、いつヴァルトムやメイドのミランが夕食に呼びに来るかも分からない状況に、誠一郎の腰が引けるのを大きな手で引き戻される。その力が強かったので、誠一郎は足を滑《すべ》らせ、アレシュの膝の上に着地する羽目となった。誠一郎が一番苦手とする体勢だ。

慌《あわ》てて足を踏ん張り、立ち上がろうとするも、アレシュの手にがっちりと腰を押さえられ、もう片方の手で肩を固定されては身動きができない。筋力は元々雲泥《うんでい》の差なのだ。

おまけにアレシュは誠一郎の耳元に唇を寄せた。

「大丈夫だ、ヴァルトム達はそれくらい弁《わきま》えている」

低く鼓膜《こまく》を震わす声に、背筋が粟立《あわだ》つ。アレシュは誠一郎が耳が弱いと思っているが、正確にはアレシュの声に弱いのである。気付かれると厄介《やっかい》だから、誠一郎は知られないように耐えるが、ふちにキスをされ、耳たぶを甘く噛《か》まれて中に舌を入れられる。アレシュの息が直接掛かり、肩がビクつくのは誤魔化《ごまか》せない。

「ふ……ぅ……んっ」

既にシャツははだけさせられ、裸の背中をアレシュの大きな手が這《は》っている。

前もくつろげさせられ、兆《きざ》しを見せているアレシュのものを布越しに押し付けられ、腰が震えて立てない。

「はぁ…………もう……」

「ん？」

誠一郎は観念して、足への踏ん張りを解き、アレシュの膝に体重をかけた。腕をアレシュの首に回し、意趣返しのように耳元に口を寄せた。

「明日も仕事なんですから、ほどほどで頼みますよ」

「分かっている。治癒《ちゆ》魔法もかける」

そうして再び、唇を合わせ行為に浸《ひた》った。

◇◇◇

目が覚めると、ちゃんとベッドで寝ていた。

体も清められており、どこか痛いとかしんどいとかもない。少しだけぼうっとするから、アレシュが治癒魔法をかけてくれたのだろう。

頭の下にあるのは、アレシュの硬い腕ではなく、筋肉質な肩であった。身動《みじろ》ぎして視線を上げると、まどろみつつも意識のあるアレシュが気付いた。

「……起きたか」

淡い照明に照らされた寝起きで裸のアレシュは、外で黒い服に固められ武装している姿よりも艶《つや》っぽく、少し子どもっぽくもあった。これが素《す》のアレシュで、そして誠一郎にしか見せない姿なのだろう。

「…………ほどほどにって言ったのに」

「治癒魔法をかけただろう」

それは同意義ではなく、追加事項ではなかったか。

「腹は空《す》いていないか？　何か用意させるか」

薄暗い室内で時計を見ると、いつも起きる時間まで三時間もない。

それほど空腹は感じていないし、何よりもそんな時間にミランやパヴェルの仕事を増やすのも申しわけないので、ゆるく首を振る。

アレシュの肩から胸にかけては、筋肉の量があり弛緩《しかん》しているせいか、腕よりも寝心地がよく、安定感がある。再び肩口の枕に擦《す》り寄ると、アレシュも機嫌よく誠一郎の髪に口付けた。

今かな、と思い誠一郎は口火を切った。

「ところでアレシュさん。四日後に見えるエゴロヴァの使節団の案内役を命じられましたので、しばらく帰りが遅くなりますね」

「…………は？」

それでもやっぱり、枕は綿の方がよいなと思いながら。

^^^

王宮の中でも行政の中枢《ちゅうすう》を担う主棟。他国からの客人を迎える部屋などもあるため、警備上強固でいてなおかつ壮麗《そうれい》な造りで、足元の絨毯《じゅうたん》も音も衝撃も吸収する立派なものであったが、それを踏み抜く勢いで黒いブーツが足音を響かせ突き進んでいく。

「い、インドラーク騎士団長！　面会の申請は……っ」

「必要ない。退《ど》け」

追いすがる要人警護の第二騎士団の騎士を押し退《の》け、執務室の扉が乱暴に開かれる。

「これはこれはインドラーク騎士団長。面会予約は受けておりませんが、緊急の御用事ですか？」

すでに外の騒ぎで察していたのか、いや、こうなることは前日から分かっていたのだろう。

部屋の主であるカミルは執務机の向こうで悠々とした態度で眼鏡《めがね》を外した。

対するロマーニ王国最強の騎士の静かな剣幕は鎮《しず》まっていない。

「用件は分かっているはずだ」

端的に告げられても、カミルの笑みは変わらず、青灰色の瞳だけをついと横に逸《そ》らせた。

憤《いきどお》るアレシュのその後ろに。

「すみません、駄目でした」

アレシュの黒いマントの陰からひょこりと顔を出した誠一郎が、大して申しわけなさそうでもなく謝罪を口にした。

「困るよ、セーイチロー。ちゃんと手綱《たづな》を握っておいてくれないと」

やれやれと言いたげに席を立つカミルを見て、従者が誠一郎とアレシュにも応接用のソファを勧める。

「一応努力はしたのですが……」

「お前は……っ、しおらしいと思ったら大体こうだ！　小賢《こざか》しいぞ！」

「小賢しいのはセーイチローの長所だろう？　はて、どういったしおらしい態度で懐柔《かいじゅう》されかけたのだ？　ぜひ教えてほしいな」

楽しそうに、それでいて大人の色気を滲《にじ》ませて誠一郎に視線を送るカミルに、アレシュは唇を引き結び、誠一郎を背中に追いやった。それをクックツと噛み殺せない笑いで肩を震わせながら、カミルは改めて二人に席を勧めた。

渋々席についた二人に、お茶が用意される。

手を伸ばそうとする誠一郎の手を握り、まずは匂《にお》いを嗅《か》ぎ、先に口に含んだアレシュが「飲んでよし」と許可を出した。

「まるで毒でも疑われているかのようだな」

「以前ここで出された茶で腹を壊したからな」

「そうなのか？　セーイチロー。それは悪いことをした」

「いえ、ずいぶん前の話ですし、私も迂闊《うかつ》だっただけです」

本当に、半年以上も前の、魔素にほとんど耐性がない時の話を蒸し返されて謝罪されても困る。今ではかなり耐性がついたので、酒やタバコといった魔素が特別多く含まれる嗜好品《しこうひん》以外は大丈夫だ。

「まぁでも、客人の前ではそういった態度は控えてくれよ。外交問題になる」

話を本筋に戻すかのように、カミル自ら口にした言葉に、再びアレシュの目が憤りの色を孕《はら》んだ。

「茶ひとつ飲むのにも警戒が必要なほど虚弱《きょじゃく》で、魔法耐性がないコレを魔法視察が目的の外交の案内役にしなければならないほど、我が国の官吏は不足していたのか？」

「ハハハ、貴殿《きでん》もセーイチローと付き合うようになって、嫌みを言うことも覚えたのか」

以前のアレシュであれば、無駄な会話は好まず、何でも端的に話して済ませていた。貴族として腹芸《はらげい》ができないのでは、と思われるかもしれないが、才も魔力も武力も持ち合わせたアレシュにはそんなものは必要なかった。

「話を逸らすな。どういう人選をしているのかと聞いているんだ」

仮にも相手は宰相、日本で言うところの総理大臣なのだが、こんな口の利《き》き方をしてよいのだろうかと思うが、行政と軍が独立している国家であるから、立場上は同等らしい。

「どうもこうも……貴殿こそセーイチローの仕事ぶりをきちんと理解しているのかい？」

転移魔法を研究するようになったのも、そのための資金繰りやシステム作りをしたのも、全て誠一郎発信だ。仕事だけで見るならば、これ以上の適任はいない。正直誠一郎がカミルの立場でも、自分を推薦《すいせん》する。

「………理解は、している」

アレシュがチラリと誠一郎に視線を向けた。

アレシュが誠一郎の仕事を過小評価しているわけでも、蔑《ないがし》ろにしているわけでもないことは分かっている。誠一郎は小さく頷いた。アレシュが安堵《あんど》の表情を見せる。一番事情を理解し説明できるのは誠一郎には違いないが、異世界人であるという立場や、魔素と魔力に耐性のない体質を度外視しての話だ。

外交上、しかも相手が王子を出してくる以上、立場上、釣《つ》り合《あ》いの取れる人選をすべきである。それを加味すると、何の爵位《しゃくい》もない中間管理職の、しかも経理課の官吏の誠一郎が出るのはおかしい。

「コレは我々よりも死にやすいんだぞ。以前、教会の件でも命の危機に陥《おちい》ったのだ」

「今回はきちんと護衛も用意するつもりさ」

「初耳です」

カミルの言葉に反応したのは誠一郎だった。

てっきりゾルターンと魔導課から補佐が何人かつく程度だと思っていた。しかし護衛となると第二騎士団だ。誠一郎は第二騎士団とは相性が悪い。

以前聖女に対して不敬だとかいう理由で私刑に遭ったことがあり、それに対して思いっきり足元を見た損害賠償と政治取引を吹っかけた経験があるのだ。ついでに言うと、第二騎士団団長のラディムから王子と聖女の恋を応援し隊への熱烈勧誘を受けているので、できるだけ関わりたくもない。

「それならば、俺が護衛につく」

何言ってんだこの人。

誠一郎は、思わず半眼で隣《となり》の男を見てしまった。

アレシュは第三騎士団だ。しかも団長。

第三騎士団と言えば騎士団の中でも特別な存在で、魔法にも精通《せいつう》しており、主に国内外の魔獣対策を行う国の要《かなめ》の機関。いわば前線だ。

それが一介の官吏の護衛につけるわけがない。

「貴殿が？　第三騎士団団長である？」

カミルも目を丸くしている。

「我が国の未来を担う重要な案件だろう」

だから自分が出ることに問題はないと言い張りたいのか。

「確かに貴殿ら第三騎士団は魔法の知識も豊富であるが、前線任務も多く宮廷内の任務などには就かないであろう」

「今回は国の大事な魔法国家推進計画の一端でもあり、今後の外交を大きく左右する大事な局面だ。国の一大事として、第三騎士団としても捨て置けない」

「何と。それでは此度《こたび》の案件に、第三騎士団も全面協力してくれると？」

（あ、これは）

誠一郎はアレシュの腕を掴もうと動いたが、それよりもアレシュの答えの方が早かった。

「もちろんだ」

（あーあ……）

カミルの口角が、にんまりと上げられるのが見て取れた。

嵌《は》められた。


「納得いかん……！」

机に載せた拳《こぶし》を握り、絞り出すように呟《つぶや》くアレシュに、誠一郎としてはため息で返すしかない。思えば最初から、カミルの手のひらの上だったのだ。アレシュが休みの日に任命したところで、その日のうちにアレシュには伝わることは変わらない。誠一郎からどうにか穏便《おんびん》に伝えられたところで、この男が納得するわけがないことも明白で。

任務内容的にも、国の一大計画には変わりなく、誠一郎が補佐としてでも出なければならないことも動かしようのない事実で、アレシュもそれを頭ごなしに否定するほどバカでも盲目《もうもく》でもない。だからこそ、普段は前線にばかり目を向けているもう一つの魔法エリート集団である第三騎士団を任務に関わらせるために、アレシュの誠一郎に対する庇護欲《ひごよく》を利用したのだ。

「いや、一番納得いってねーのは俺なんだけど」

第三騎士団の団長であるアレシュの執務室で、うな垂れる団長とため息を吐《つ》く異世界人の経理課官吏を前に、最も貧乏くじを引かされた男、第三騎士団副団長オルジフ＝ロウダが手を挙げ主張した。

「エゴロヴァからの使節団が来るって話は聞いてたよ。それにそこの異世界人……コンドゥが関わることになったのも分かった」

そこでいったん言葉を止め、改めて視線を上げて上司であり従兄弟《いとこ》でもある男を見る。

「何でその護衛に、俺が就かなきゃならないんだ？」

そう言えば誠一郎がアレシュの執務室に入るのは、例の暴行事件の断罪の時以来だ。騎士団の詰め所の他に、各騎士団長には執務室が与えられている。内勤である法務の長のカミルの部屋ほど広くはないが、立派な机や本棚に加え、簡易ではあるが客人が座る席も用意されている。シンプルでいながら質のよい物が揃っているところといい、剣が飾られているところといい、アレシュの私室に似ているなと思った。

しかし当の部屋の主《あるじ》はというと、いまだに額を押さえ、視線を落とし拳を握ったまま無言だ。

「で、どういうことなんだよ」

いきなり呼び出された第三騎士団副団長であるオルジフだけが、この部屋で視線が前に向いていると言えよう。

オルジフ＝ロウダ。

エリート揃いの第三騎士団の副団長を務めるだけあって、騎士としても優秀だし、誠一郎と出会う前のアレシュがやらなかった書類仕事や雑務も一手に引き受けていた器用な男だ。

おまけにアレシュとは血縁関係にあるらしく、騎士団の中でも唯一アレシュに対してフランクに話しかけられる貴重な人材でもある。

「宰相閣下のご命令で、オルジフ様には四日後に見えるエゴロヴァからの使節団の案内役に就いていただきたいのです」

いまだに沈んでいるアレシュに代わり、誠一郎が答えると、オルジフの赤茶の混じった青い目がこちらを向いた。

「さっきと話が違うじゃねーか。案内役はお前で、俺はその護衛じゃなかったのか？」

「僭越《せんえつ》ながら、今回の使節団の目的である転移魔法などの計画は私も関わっていますので、説明役としては務まると思います。しかし相手は大国エゴロヴァの、しかも第三王子がいらっしゃるそうで」

「んなっ⁉」

エゴロヴァからの使者としか聞いていなかったオルジフが顔をしかめる。

「…………は～ん、読めたぞ。つまり俺に矢面に立つ上に護衛もしろって言うんだな」

「話が早くて助かります」

そう。

誠一郎は異世界人という特異性はあるが、聖女でも何でもない、一官吏だ。

他国の王子の案内役に立つには分不相応《ぶんふそうおう》で、下手《へた》をすれば不敬に当たる。

そのため、魔法エリートでもある第三騎士団副団長でもあり、伯爵家のオルジフが案内役という名目で、表に立ち誠一郎はそれについた説明係……という体《てい》で実際は逆、案内役の誠一郎をオルジフが護衛する形を取るのだ。

これならば、誠一郎を存分に使え、ロマーニの二大魔法組織の片割れも担ぎ出せ、階級も申し分なくエゴロヴァにも面目《めんぼく》が立つ。

「話は分かった。あの宰相殿が考えそうなこった。でも何でアレシュじゃなくて俺なんだ？　魔導課《あっち》は長官を出してくるんだろ？」

オルジフの素朴《そぼく》な疑問に、わが意を得たりといわんばかりにアレシュがガバリと顔を上げた。

「駄目ですよ、アレシュ様。言われたじゃないですか」

「…………」

誠一郎に静かに窘《たしな》められ、再び眉間に皺を寄せて視線を外した。

「言われたって、何を？」

当然の質問を繰り出すオルジフに、誠一郎はしばしの沈黙の後、答えた。

「私とアレシュ様では、近すぎるのだと」

宰相の執務室でカミルに告げられた言葉は、以前教会査察に出ることになったきっかけでもあった。

「だからだね、君達では近すぎる。以前も言ったが、異世界人《セーイチロー》が、引いてはセーイチローのやっていることが、政治的に偏《かたよ》って見られるのは困るんだ」

いらぬ誤解を生んで、計画に邪魔が入る。それは効率を重視する誠一郎としても御免《ごめん》こうむりたい。

「それにだね、今回は他国とのこれからの外交を担うための仕事をするのだ。そこでうちの秘蔵の駒の弱みを見せるわけにはいかないだろう」

「まぁ確かに……」

「それは、そうだが……」

ちなみにこの時、誠一郎は、第三騎士団の若き天才団長であるアレシュのことを指していると思い、アレシュは異世界人でありながら類《たぐい》まれな頭脳と行動力で国家を改革してきた誠一郎のことを指していると思って返事をした。カミルが一瞬だけ何とも言えない顔をしたのは、この犬も喰《く》わない二人の思考を読んだからだった。

そのせいと言うわけでもないが、カミルが一つ嘆息《たんそく》した後に落とした発言に、二人は硬直する羽目になった。

「どうしてもと言うのなら、早めに婚姻《こんいん》を結んで名実ともに伴侶《はんりょ》になることだね」

「…………」

「…………」

一言だけ答え、再び視線を外し無言になった二人をオルジフが訝《いぶか》しむが、まぁ確かに異世界人……誠一郎は完全にアレシュの庇護下にあることは明白であるので、周囲からあらぬ誤解を受けることも多いだろう。

重箱の隅を突《つつ》くように、他人の粗《あら》を探し、あらぬ噂 話《うわさばなし》を立てて足を引っ張ろうとしてくる者が多いのが貴族社会であることは、オルジフも重々承知している。

その中で、何の弱みもなく足を引っ張ろうにも頑《がん》として動かなかったアレシュが囲っているのが、この虚弱な異世界人なのだから、そこに目を付ける輩《やから》は多いはずだ。まぁほぼ毎日食堂で一緒の姿が見られ、同居している事も周知されている今となっては若干いまさらな気もするが、公的な場においてとなるとまた話が違うのも頷ける。

「ともかく、オルジフ様には色々とお伝えすべき事もありますので、場所を替えましょう」

若干の気まずい空気を払拭《ふっしょく》するように、常日頃よりも声を張った誠一郎に、呼ばれたオルジフよりもアレシュが反応した。

「待て。打ち合わせならここですればよいだろう。なぜ出て行く」

「ここはアレシュ様の執務室でしょう？　アレシュ様のお仕事もありますから、私どもはお暇《いとま》します」

「よい。許すからここを使え」

「…………いえ、今手元にない資料の確認もありますので、オルジフ様申しわけございませんが、経理課の方でお話を……」

「あ、ああ……」

新人騎士なら縮こまるであろうアレシュの静かな気迫に、誠一郎は一歩も引かずにオルジフの方を向く。誠一郎越しに睨《にら》まれるオルジフの方はたまったものではない。

「あー、ここでもいいんじゃないのか？　アレシュもそう言ってるし」

思わずフォローしてみたが、それは目の前の虚弱な異世界人ににべもなく切り捨てられた。

「いえ。ここでは絶対に邪魔が入りますので、移動します」

邪魔って……その対象はどう考えてもアレシュだろう。

こんなにぞんざいに扱われるアレシュを見るのが初めてのオルジフは混乱する。

「私はあと四日……いえ、宮廷魔導課の方と会議をする予定の明後日までに全ての資料をまとめあげなければなりませんし、オルジフ様にもさわりだけでもご説明しておかねばなりません」

いくら張りぼてでも、基礎的なことは答えられなければ、ロマーニ王国が恥をかく。

とにかく、誠一郎には時間がない。今はとにかく仕事に集中するしかないのだ。


アレシュの不機嫌顔を尻目に部屋を出て、経理課に向かいながらオルジフは、横を歩く男を見下ろす。

珍しくも何ともない髪色に、平凡な顔立ち。目の下の隈が相変わらず消えない、どこか疲れが見える虚弱な男。

見かけだけでは想像もつかない。

この男が、身分は置いても大国相手に渡り合うために選出された国家の代表だとは。

それでも、

「オルジフ様、先ほども申しました通り二日後に宮廷魔導課のゾルターン長官と会合の予定ですのでご同席をお願いいたします」

「あ、ああ。分かった」

「明日までには資料を全てまとめてお渡しいたします。今日のところは【転移魔法】の有効性と研究費人件費などをまとめた資料だけお渡ししますね」

「…………」

この男が優秀であることは、オルジフも身をもって知っている。

「どうかいたしましたか？　やはり私の護衛は辞退されますか？」

何でもない事のように、さらりと訊《き》かれ心臓がギクリと固まった。

「そんなことは思ってない。大体そうなったら、代わりはどうするつもりだ。アレシュはダメなんだろう？」

必要なのは、魔法に精通していて、家柄もよく、誠一郎を護衛することのできる力も持った者だ。そんな人間はそうそういないだろうとオルジフが意趣返しのつもりで聞くと、誠一郎はその瞳に何の感情も見せずにこともなげに答えた。

「第三騎士団の方々は家柄のよい方が多いと聞きましたので、どなたでも構いませんよ。何ならほら、ええと、ハーヴィーさんやマッシュさんはいかがですか？」

「おまっ……！」

オルジフがぎょっと息を止めたのもそのはず。

ハーヴィーとマッシュというのは、第三騎士団の若い騎士で、以前誠一郎に私怨《しえん》で私刑を行った者達だ。

短い謹慎《きんしん》と多めの罰金を課せられただけで、早々に騎士団に復帰を果たせたのは誠一郎の計《はか》らいとは言え、自分を暴行した者を護衛に指名する神経が信じられない。

「よりにもよって……どういう神経をしているんだ」

「他の人よりも、よく言うことを聞いてくれそうだから適任かと思ったのですが」

「お前……おとなしそうな顔をしていい性格してやがるな……」

「そうですか？」

相変わらず誠一郎の顔には何の感情も浮かんでおらず、オルジフは少なからずこの男と過ごすことになるであろう一週間の苦難を想像し、本気でため息を吐いた。

第二章　また着飾られました

宮廷内に存在するいくつかの会議室の一つ。簡素で小さな方の部屋だが、そうは言っても二十畳はあるだろう。机を囲む椅子の数は四脚。

「いやはやまさか第三騎士団からロウダ副団長が抜擢《ばってき》されるとは！　お噂《うわさ》はかねがね伺っております が、こうしてご一緒する機会は少ないので光栄ですな」

「我々第三騎士団は遠征していることが多いですからね」

「いやしかし社交界では何度か……」

上流階級大好きゾルターンが大はしゃぎで話している。彼は誠一郎《せいいちろう》が主で実際はオルジフはハリボテで護衛であるとは思っていないようだ。あえて訂正するのも手間だし、何よりもゾルターンの選民思想的にはそちらの方が軋轢《あつれき》なく過ごせそうなので、誠一郎は黙ってもう一人の人物の方に向いた。

ゾルターンの補佐をする魔導課の官吏《かんり》だ。三十代半ばの落ち着いた雰囲気《ふんいき》の男で、名前はクスターといった。ゾルターンが選んだことと、物腰を見れば貴族の家柄なのだろう。

「お久しぶりです」

「ええ、少しご無沙汰《ぶさた》しておりますね、コンドゥさん」

仕事で宮廷魔導課によく出入りしている誠一郎とは顔見知りでもある。

「ところで、例のアレは……」

「大丈夫です。以前頂いた魔石を使った研究に夢中で、先日から新たな活用方法を見つけたとかで籠《こ》もっています」

「それは何よりです」

クスターと誠一郎が頷《うなず》き合っている様子を目に止めたオルジフが話に入る。

「アレってのは何だ？」

それにゾルターンも気付き、顔をしかめ答えた。

「ああ……うちの副管理官のことですよ」

「副管理官。そう言えば補佐は副管理官ではないのだな」

ゾルターンは魔導課管理官。

オルジフは第三騎士団副団長。

誠一郎は経理課副管理官。

だとすれば、ゾルターンの補佐は副管理官が順当ではあるが…………。

「とんでもない！　アレを表に出すなんてできません！」

「そうです、僭越《せんえつ》ながら補佐としてでしたら私の方が務められます」

即座に首を振る同部署の二人に、公的な場では遠目にしか見たことがなく、噂でしか知らないオルジフは、優秀な魔導士であるその人物がそこまでなのかと誠一郎に視線を向けた。

「最悪、外交問題になるやも」

いつになく真面目《まじめ》な顔で答えた誠一郎に、オルジフはそれ以上の追究はやめることにした。

「私の方から何か餌《えさ》を与えて、期間中は巣から出ないように働きかけておきます」

「いつもありがとうございます、コンドゥさん」

そんな会話も聞こえないふりをした。

会議は終始誠一郎が主体で行われた。

というのも、彼が出す資料の数も種類も群を抜いていたため、必然的にその説明が主になる。魔導課からもクスターが魔法術式や研究方法の資料を示したが、誠一郎には専門知識過ぎて理解できなかった。だがオルジフいわく、あくまでも大まかな内容で肝心な部分は省かれているらしい。

確かに、国交が正式に結ばれていない国からの視察相手に全てをさらけ出す必要はない。そのあたりは、今回が上手《うま》くいけばカミル始め法務の人間が少しずつカードを切っていくだろう。

ここでも改めて、ゾルターンとオルジフが代表として案内役を務め、クスターと誠一郎がその補佐として細かな説明をしていくという役割分担がされた。先方からの希望もあるであろうが、魔導課と召喚術《しょうかんじゅつ》を行った塔を中心に案内することになるだろう。それまでにアレを巣の奥に押し込めなければ。

「まずは初日の歓迎の晩餐会《ばんさんかい》ですな」

「ああ、相手側が王子を出す以上、こちらも王族を出して歓待《かんたい》しなければなりませんからね。確かユーリウス殿下《でんか》が指揮を執られるそうで」

「…………え？」

資料の束を再びまとめていた誠一郎は、二人の会話に間の抜けた声を出した。

「何を呆《ほう》けているんだ。ユーリウス殿下は次代の王となられる方なのだから、他国からの客人をもてなすのも当然であろう」

ゾルターンが当たり前のように言うが、そこではない。

「他国から王族が来るんだぞ？　歓迎のパーティを開くのは当たり前だろう」

察したオルジフの言葉に、誠一郎は日本にいた頃の他社とのプレゼン会議を想定していて全く失念していたことを思い知った。

「それは……私も参加しなければならないんでしょうか？」

「「当たり前だろう」」でしょう」

＜＜＜

「参った……」

会議を終え、自身の通常業務も終えて帰宅した誠一郎は、メイドのミランとの会話もそこそこに自室に入り、ベッドに座りひとりごちた。

まさか初日がパーティだとは……。

確かに他国から長旅で到着したばかりの王族をいきなり連れまわすわけにはいかないだろうけれど、夜の晩餐会とは思わなかった。と言うか、現代日本人のサラリーマンである誠一郎の辞書に『パーティ』という選択肢がそもそもなかった。

これはプレゼン資料を作り直さなくてはならない…………いや、それよりも自分もそのパーティに参加しなければならないのだ。ドレスコードは？　作法は？

この国に来て十ヵ月。パーティに参加したことがないわけではない。

そうなるとその時の衣装……またノルベルトを頼るか？

いや、官吏なのだから公的な場では制服でいいのではないか？　無理か……。

そんな風に悶々《もんもん》と考え込んでいるうちに、家主が帰ってきたらしい。

「セイイチロウ、帰っていたのか」

既《すで》に部屋着に着替えたアレシュが、繋《つな》がっている寝室から部屋に入ってきてようやく気付いた誠一郎は、顔を上げた。

「あぁ……おかえりなさいませ、アレシュ様」

「オイ、口調」

「あ、すみません。アレシュさん」

アレシュは誠一郎に様付けされるのをことさら嫌がる。

貴族で騎士団長のアレシュのことを、異世界人で一官吏である誠一郎が親しげに呼ぶわけにはいかないので、家の中でだけ様付けを封印している。本当は言葉遣《づか》いももっとくだけて話せと言われているが、その件に関しては時間を掛けて徐々にと言ってある。

「何か問題でもあったのか？」

誠一郎の様子が普通ではない、となると仕事のことだろうと察したアレシュに問われ、誠一郎は苦笑しながら答えた。

「いえ、問題と言うか、晩餐会が……」

「ああ、あるな。衣装などはもう用意してあるぞ」

「え？」

こともなげに言われ、誠一郎は目を丸くした。

その表情が珍《めずら》しくも幼《おさな》げ気《げ》で、アレシュの口元が緩《ゆる》む。

「晩餐会で着る服や装飾品だ。もう用意してある。どうせお前のことだ、当日ギリギリまで仕事をするんだろうから、王宮の方に手配しておいた」

どこまで読まれているのだ。

「そ……れは、助かります。ありがとうございます……。でもよく晩餐会が開かれると知っていましたね」

「他国から王族を含む使節団が来るんだぞ？　当たり前だろう」

貴族社会の常識を説《と》かれ、ぐうの音も出ない。

「それよりも………」

アレシュが横に座り、上質なベッドが少し沈んだ。

頬《ほお》に大きな手を添えられ、自然とキスをされた。

「ん……アレシュさん？」

角度を変えながら再び重なる唇と、背を撫《な》でる手に人の体温の温かみ以上の熱を感じ、誠一郎が目を開ける。

「使節団が来るのはもう明後日だろう？　そろそろ、【結界】を張っておかないとな」

【結界魔法】それは魔法のあるこの世界において、その影響を受けにくくする防護服のような役割を果たす。誠一郎にとっては毒となる魔素の影響も防ぐが、あくまでも体外への影響なので、体内に入れてしまうと意味はない。

ともかく、魔法や魔素が当然のこの世界において、耐性が低すぎる誠一郎が生きていくには大変助かる魔法だ。

しかしこれも魔法には違いなく、しかも魔力量が多いので魔力酔《よ》いは必須《ひっす》となる。

「まだ二日ありますが……」

誠一郎も申しわけないが前日にはお願いしようとは思っていたが、まさか今日言われるとは思っておらず問い返すと、アレシュはその紫の瞳の色合いだけを濃くして、涼しい顔で問うた。

「念入りな【結界】だぞ？　丸一日抱き潰《つぶ》されるのと、二日掛けて馴染《なじ》まされるのと、どちらがよい？」

「……………後者でお願いします」

仕事の残りと、時間と、自分の体力を脳内で天秤《てんびん》にかけた結果、口を歪《ゆが》めて答えた誠一郎に、アレシュは唇の端を上げた。

∆∆∆

白地に赤と金で見事な刺繍《ししゅう》を施された絨毯《じゅうたん》を踏むというのは、なかなか勇気がいる。

まず白という最も汚れやすい色をなぜ選ぶのか。その色が保てることこそが、財力の象徴でもあるのだろうか。

インテリアや芸術品への造詣《ぞうけい》が深いわけではない誠一郎は、絢爛《けんらん》豪華な部屋の足元のみで既に気後れしていた。

エゴロヴァからの使節団を歓迎する晩餐会。

以前誠一郎も参加した晩餐会は、浄化遠征の激励会という名の聖女のお披露目《ひろめ》と国内の貴族同士の顔つなぎの意味もあり比較的簡易であったようだ。日本の中間管理職のサラリーマンであった誠一郎には比較対象がないので正確なことは分からないが、少なくとも前回は立食パーティで自由に動き回れたし、服装も礼装に役職のマントを着けていたので、仕事の延長感が強かった。

しかし今回は他国の、しかも王族を主賓《しゅひん》として迎えることが主題の会であるため前回とは様子が違う。

まずはこの豪華な部屋で参加者は待つ事となった。この後、時間になると広間に移動し晩餐会が開かれる。これは席も決まっているしっかりとした食事会らしい。

ちなみに主催であるロマーニの王族も主賓であるエゴロヴァの使節団もこの場にはいない。主役は別室が用意され、後からの登場予定だそうだ。待合部屋の面々も、以前の会よりもきらびやかな服装の人が多いし、少ない人数なのに知らない人の方が多い。

「セーイチロー」

聞き覚えのある低い美声に振り向いた先に、見覚えのある顔があって少しだけホッとしたのは秘密だ。

カミルもいつものカッチリした官服よりも幾分華美な装いだ。普段の法務課長官を示す青いマントも上質の生地であることは分かるのだが、今日の衣装は袖や縁部分に細かな刺繍が入っており、嫌みでない程度に腕にも装飾品も着けている。何よりも普段後ろに撫でつけられたローズブロンドが、一部下ろされており、人は髪型でこんなに受ける印象が違うのかと感じた。

「それは私のセリフだよ」

一方のカミルも、誠一郎の姿を下から上まで改めて見て、嘆息している。

元来顔立ちは悪くない誠一郎だが、いかんせん普段は仕事の疲れが顔どころかオーラに出ている。きちんとした官服を着ていても、俗に言う「くたびれた」感が拭《ぬぐ》えないのだ。

以前の晩餐会でもノルベルトの手配した美容の専門家達にアレコレされて隈《くま》を消されていたが、今回もメイドのミランに入浴からマッサージとあれこれ指示され普段の倍、肌の調子がよいと思う。

それに加えて、二日かけてみっちりと、それはもうみっちりと、結界魔法と治癒《ちゆ》魔法と共に恋人に愛された結果、精神的には疲れているが肌ツヤはよくなっていた。まさか自分が三十にもなって恋人からの愛情をこんなに向けられるとは思ってもみなかった。

そしてアレシュがあらかじめ用意していた衣装も、派手すぎずどちらかと言うとシンプルなスーツっぽい形のものだが、生地の肌触りが全く違う。さらにカフスには大きさはないが上質であろう宝石が使われており、また襟《えり》の折り返し部分に着けられた銀の花の真ん中にさりげなく紫の宝石が埋め込まれたラペルピンという装飾品を着けている。

それに目を留めたカミルが一瞬、渋い顔をした後「全く……」と嘆息した。

「何か問題がありましたか？」

こちらの世界の常識にも、正直日本のドレスコードにもさほど詳しくない誠一郎にはその意味が理解できず、晩餐会が始まる前に直せればと尋ねたが、カミルは苦笑して首を振った。

「このくらい許容してやらないと、会に参加させろと言いかねないからね」

つまりはこの格好のどこかに、アレシュの痕跡《こんせき》が見えたのだろう。

襟元まできっちりと閉じた服なので、首元の印は見えないだろうから、衣装のどこかになのだろう。やはり自分に知識がないからと任せっぱなしにするべきではなかっただろうか。帰ったら確認しなければ。

そう思う間もなく、次に会ったノルベルトにブフー！　と笑われて、羞恥《しゅうち》とともに意味も理解できた。

「ロマーニでは胸元に装飾品を着けるのは相手がいますの意味ッスよ。それにその花、ミアスの花は『永遠』を表すッス。『結婚』もしくは『結婚の約束』って意味ッスね。ついでに、銀の花はめっちゃ高価だし、あと真ん中の宝石は基本相手の色を着けるんスよ」

ノルベルトの視線がカフスにも向かい、屈託《くったく》のない笑顔を誠一郎に向けた。

「カフスも紫なんスね。徹底的ッスね～」

つまり、誠一郎のこの格好は、

『紫の色を持つ、お金持ちで独占欲の強い伴侶《はんりょ》もしくは婚約者がいます』

ということらしい。

（任せっきりにした俺が悪いけど……！　悪いけど……!!）

誠一郎は羞恥を含む色々な感情に震えながら、帰ったら絶対話し合いだと心に決めた。

そもそもこの国に紫の瞳の人はそう多くないのだ。

あれだけ二人の関係を公《おおやけ》にしないなら、他国の人間の前で近づくなと言われたのに何を考えているのだ。

「セイさんめちゃくちゃ愛されてるッスね〜」

からかいと呆《あき》れを含んだセリフはスルーすることにした誠一郎は、改めてノルベルトに向き直る。

「それよりも、何でお前もいるんだ？」

「前にも言ったじゃないスか。俺は王族の末端で臣下として育てられたから、こういう公式の場では臣下の自覚を持つためによく呼ばれるんスよ」

「ああ、言っていたな……」

「それに今回は養父上《ちちうえ》が地方視察でいないんで、代理でもあるんスよ〜」

「お前が？　バラーネク伯爵《はくしやく》の実子達は？」

「今回の会は小規模に済ませたいから、人数絞《しぼ》ったみたいスよ」

実際、今回の晩餐会に呼ばれたのは二十人余りだ。

大国が文化外交を視野に入れた初めての使節団を迎える会なのだから、参加希望の貴族は掃《は》いて捨てるほどいただろうが、先方が派手な催《もよお》しを好まないとのことで絞られたらしい。

（その中に入れられるのだから、臣下としての自覚だけじゃなく、もしもの時の保険も入ってるんじゃゃ……）

ふと、そう感じたが口には出さなかった。

誠一郎がこの半年以上見てきた限りは、次期国王となる皇太子はユーリウスに絞られているようだし、ノルベルトもバラーネク伯爵家で本当の子どものように育てられ、養父母を慕《した》っているようだ。余計な思惑など、必要ない。

ノルベルトと話し、大分緊張も解《ほぐ》れたところで、オルジフとゾルターン達と合流した。

「うわ」

誠一郎を見るなり顔をしかめたオルジフに理由を聞く気にもなれず、誠一郎は素知らぬ顔でゾルターンに挨拶《あいさつ》した。普段から官服の袖や襟にアレンジを加えて貴族感を出しているゾルターンだが、予想通り礼服はさらにヒラヒラフリフリであった。貴族の礼服にフリルは普通であると知識では知っているが、五十代のヒゲのメタボのおっさんがフリルだらけなのは、なんとも言い難い。

「む、何だ貴様。婚約者がおったのか。物好きな奴《やつ》もいるものだな」

そのゾルターンに指摘され、思わず目が死んだ誠一郎だった。

しかし申し訳程度に礼装をした横のクスターの方に言われた言葉の方が破壊力があった。

「あ、ようやく婚約なさったんですか。おめでとうございます」

「!?」

さも当然のように、祝福の言葉を投げかけられた。

どういうことだ、知って…………いや、別に隠していないのだが。

アレシュが誠一郎の世話を焼きまくっているのは宮廷内では公然であるし、家を買って同居しているのも宿舎で衆目の前で引っ越しさせられたので周知だ。

アレシュ邸の家令達の反応でうすうすは気付いていたが、この国では同性愛については寛大《かんだい》のようだ。貴族の場合は事実婚になり、大きな家の跡継《あとつ》ぎともなると正妻には異性を迎えなければならないが、その他だと同じ家系から養子を貰《もら》うのが慣例となっているようだ。

まず「ようやく」という言葉もめちゃくちゃ気になるが、もしかして魔導課の皆が知っているのか……？

「え、だってコンドゥさんはいつもかの方の魔力を纏《まと》っておられるじゃないですか」

魔力感知能力が高く、専門の知識がある者であれば、それがただ治癒や結界魔法を掛けてもらっただけではないことは分かると言う。それに加えてアレシュの過保護ぶりの噂を聞けば、それがただの『異世界人の保護』ではないことくらい研究バカの集団である魔導課の面々でも分かると言われ、膝《ひざ》から崩れ落ちそうになった。

とりあえず、『魔力の慣らし作業』の翌日に魔導課に行くことは止《や》めようと心に誓った誠一郎であった。

その誓いをしてまもなく、待合室の扉が開き、第一王子にして王位継承権一位であるユーリウス＝ロマーニ＝カスロヴァーが入ってきた。

部屋にいる貴族たちの視線を一斉に向けられても、気後れする様子一つ見せないユーリウスは、王族の佇《たたず》まいで第二騎士団長のラディム＝マコフスカーをはじめとする護衛の騎士と従者とともに現れた。さすがに次期国王とされるだけはあるのかと感心していたら、視線がこちらを見たと感じたと同時に、一瞬輝いて見えた。

何となくだが、少し嫌な予感のした誠一郎だったが、周囲はそんな誠一郎に構うことなく進んでいった。

「皆も知っていると思うが、あのエゴロヴァの第三王子、ラーシュ＝エーリク＝エゴロヴァ王子が今回、我が国へ文化交流を目的として視察に来られている」

よく通る声が待合室に響く。王太子の言葉を遮《さえぎ》る者はいないからだ。

「此度《こたび》の視察は、今後のロマーニの文化発展、貿易に大きく関わるだろう。今日の晩餐会も非常に重要な意味を持つ。皆はロマーニ王国の代表として、国に恥じぬ立ち居振舞いを見せてくれ。頼りにしている」

ユーリウスの言葉に、貴族たちの目が使命感を帯びたものになった。

広間への扉が開かれた。待合室よりもさらに豪華でいながら洗練された光景が広がる。

計算しつくされたカットの入った美しいシャンデリアは眩《まぶ》しすぎず、真っ白なテーブルクロスが長い長いテーブルに敷かれていて、その中央にまた、主張しすぎない薄い金色の布が敷かれている。その上には見事な装飾の入った蠟燭台《ろうそくだい》と花が生けられており、各席には既にナプキンとカトラリーが用意されていて、使用人たちが出席者をそれぞれの席に案内していく。

誠一郎はその末席、主催主賓が座る席から一番遠い席で、オルジフともゾルターンとも遠い。クスターは斜め前だ。

隣にノルベルトが案内された時は驚いたが、ノルベルトの方がもっと驚いていた。

「え!?　セイさんの方が役職上なんスけど!?　てゆーかセイさん案内役なのに、何で主賓から遠いんスか!?」

「役職よりも貴族位の方が優先されているんじゃないのか？」

案内役というのも明日からの実務であり、今日はあくまでも顔合わせであるから各貴族達が優先されたのだろう。

「えー納得いかないッス〜」

「何でお前が納得いかないんだ」

それよりも、仮にも王族が末席の隣の方が問題だと思うが、本人は気にしていないし家臣である自覚を持たせる意味ではこれが正解なのかもしれない。つくづく、民主主義国のサラリーマンには縁遠い世界である。

ともかく、全員が席につき、上席についたユーリウスがそれを見渡し、従者と目配せし、再び声を上げた。

「それでは、はるばるエゴロヴァから我が国ロマーニへ文化交流のためにお越しいただいた使節団の皆様をお迎えしよう」

ユーリウスの手のひらが向けられた、誠一郎達が入ってきたのとは違う扉に視線が集まり、ロマーニの騎士二人の手でゆっくりと開けられた。

先頭にいたのは、銀髪の背の高い男だった。

ロマーニの貴族たちとは少し様相が違う、切れ長の翠《みどり》の瞳に白い肌、人形のように整った顔の男で、それ以上に纏う雰囲気が上位の者のそれであった。間違いなく、あれが第三王子であろう。

その後ろに二人の騎士らしき男が続き、さらに後ろに文官らしき男が二人、年は三十代くらいと五十代前後か。皆背が高い。

なので、なかなか気付かなかったのだが、その男達よりも頭一つ、いや三つ分くらい背の低い影が最後に見えた。遠目にも随分《ずいぶん》幼いことが分かった。

上席に並んで座る際、その幼い子はエゴロヴァの王子……ラーシュの隣に座ったので、他の文官よりも上位の存在だと分かった。

ラーシュとユーリウスが握手を交わし、ユーリウスが紹介する。

「皆も知っていると思うが、こちらが今回の使節団を率いておられるラーシュ王子だ」

それを受け、ラーシュが挨拶を述べる。

「初めまして、エゴロヴァから参りました、ラーシュ＝エーリク＝エゴロヴァと申します。本日は私共のために、このような場を設《もう》けてくださり感謝しております」

昔テレビで見た、ビスクドールのような容姿のラーシュが笑顔を作るが、誠一郎は整いすぎていて作り物じみた不気味さを少し感じた。アレシュも整っているが、あれはいつも不機嫌そうな顔をしていて、人形にはたとえにくい。

「私どもエゴロヴァは、山に囲まれた北の寒国であるがゆえ、魔法と魔導具の研究が発展してまいりました。しかし独自の研究には限界があります。昨今のロマーニ王国の魔法技術の発展は目覚ましく、山奥の我が国にも噂は轟《とどろ》いております。今回はぜひその欠片《かけら》でも学べればと思い参りました。今回の文化交流はお互いの国の発展に繋がる道標《みちしるべ》になると思い、まずは王族である私が学ぶべきと思い参りました。よろしくお願いします」

自国を自虐的《じぎゃくてき》に言っておどけつつ、こちらの国を持ち上げる。しかし自国のプライドが見え隠れしている。上手いな、と誠一郎は感心した。

続いて、ラーシュが文官二人を、そして隣の少年を立たせ紹介した。

「我が国が誇る魔導具技師のゲオルギー＝レプキン。その横が、魔導士のドナート＝アバーエフです」

五十代くらいのガタイのよい文官が技術者で、もう一人の神経質そうな文官が魔導士であったようだ。

そして、皆の視線が少年に集まる。

「ルスアーノ＝ジェリドフ。私の親戚筋《しんせきすじ》に当たる者ですが、この年で既に魔導具にも魔法学にも精通しており、次代の我が国を支える技術者になると思い、今回は後学のために連れてきました。よろしくお願いします」

「よろしくお願いします」

まだ声変わりもしていない、高い声で少年……ルスアーノは挨拶した。礼はしない。

親戚筋と言われれば、なるほど並んで見ると確かに似ている気がする。

切り揃《そろ》えられた黒髪に、翠の瞳。目の色の他にも、白い肌と整った鼻筋など、相似点《そうじてん》が多い。何よりも、纏う雰囲気がよく似ている。王族と親戚筋と言うからには、ルスアーノもかなり位の高い貴族の子息なのだろう。

（年齢的には、シグマくんと同じくらいか……）

誠一郎が下町で出会い、今は国が支援する教育機関で勉強しながら魔導課に出入りをするまでになった少年を思い出しながら誠一郎は末席から彼らを眺《なが》めた。シグマは確か十二歳だっただろうか。

ふと、ルスアーノの視線が参列者をなぞるように見ていっているのが気になったが、どうせ挨拶は明日だろうと視線を逸《そ》らせた。

予想通り、その後すぐにコース料理が運ばれて来て、上席はその周辺の席の者たちとだけ話し始めた。無礼講で席移動、などあるはずもなく、皆自分の席の周りの者とだけ話す。誠一郎的には、ノルベルトとクスターの席が近くて助かった。もちろんだが、カミルも上席だ。

それより問題なのが……。

「セイさんセイさん、ご飯大丈夫ッスか？　食べられない物があったらもらうっスよ？」

コソコソと耳打ちしてくるノルベルトの言う通り、誠一郎的に一番問題なのはそこなのだ。

アレシュやアレシュ邸のコックであるパヴェル達の努力により、この世界の食べ物、正確にはそこに含まれる【魔素】に対して大分耐性のついた誠一郎だったが、宮廷料理となると話は変わってくる。

そもそも魔素が多く含まれる食べ物と言うのは、成長過程と調理過程で魔素を取り入れている物だ。つまり珍しい食物、高級食材、そして国の技術が密集した宮廷厨房《ちゅうぼう》。その詰め合わせである、この宮廷フルコースは誠一郎にとっていつもの倍以上の魔素が入った危険物となる。

「…………残すことは、マナー違反ではないよな？」

「それはまぁ、大丈夫スけど…………あれ？」

運ばれてきた前菜を見て、頭を抱えるのを耐えている誠一郎にノルベルトが首を傾《かし》げた。

「セイさんの料理だけ、何か違いません？」

小声で言われた言葉に、ここで誠一郎は初めて目の前に置かれた皿を見た。

金の縁模様が入った真っ白な皿の真ん中に、赤茶っぽいキノコと野菜が美しく並べられ、緑のソースがかけられている。

次に隣のノルベルトの皿を見ると、キノコと野菜と緑のソースは同じなのだが、種類が違う。

バッと今給仕をしてくれた者が去った方を振り向くと、黒の給仕服をあふれんばかりの筋肉で盛り上げた男が、振り返っていい笑顔でサムズアップしてから去っていった。

「パ……パヴェルさん……」

見覚えのありすぎる筋肉と爽《さわ》やか笑顔に、誠一郎は再び崩れ落ちそうになったが、座っていたので大事には至らなかった。どうやって潜り込んだのかは不明だが、どうやら無事に晩餐会を終えられそうである。

しかしそうなると、今日の会では誠一郎の頑張るところは終了である。

大広間での食事が終われば、隣のサルーンと呼ばれる談話室へ移動し交流を深めるのが基本の段取りらしいが、今回はエゴロヴァからの旅の疲れも考慮され無理はさせられないとなった。

それでも第三王子と魔導士の青年はせっかく用意してくれたのだからと残るようだ。

「セイさんはいいんスか？」

「顔つなぎがしたい人が大勢いるみたいだし、どうせ明日には会うんだ」

そもそも末席の自分はお呼びではないだろう。

少しでも繋がりを持ちたい貴族達はそちらに向かったが、誠一郎の仕事は明日からだ。今日は早々に失礼しようと席を立った。

「コンドゥさんもお帰りですか？」

「クスターさん」

斜め向かいの席にいたクスターも帰り支度《じたく》をしている。

「明日に備えてやることがありますしね」

「まだ仕事をされるのですか。いやはや、コンドゥさんの勤勉さには頭が下がりますね」

「セイさん、働きすぎはダメッスよ！」

案内用の書類はもう完璧なので、今日しなければならないことというのは、アレシュにアクセサリーの意味について問いただすことだ。

「そんなに時間のかかることじゃない」

と、願いたいとノルベルトを振り返ると、先程まで上席にいたはずの人物がノルベルトのすぐ後ろにいて動作が止まる。

「セイさん？　……わっ！」

誠一郎の視線を不思議に思い、ノルベルトも振り返り、そのすぐ後ろに人がいたことに驚き飛び上がる。

「これは……ルスアーノ様。どうかなされましたか？」

この中で一番階級の高いクスターが代表して、その人物……エゴロヴァ王族と親戚だというルスアーノ少年に尋ねてくれた。

近くで見ると、ますますお人形のように整った顔をしている。教会にいたセリオもかなり整った顔立ちの美少年だったが、ルスアーノには気品すら感じる。さすが王族の血筋だ。しかしこちらの王族の末席と違い、実に尊大な態度でクスターを睨《にら》みつけている。

「…………貴方《あなた》が魔導課の案内役と聞いたが、相違ないか？」

「ええ、はい。明日からご案内させていただきます、宮廷魔導課のクスター＝レーンと申します。よろしくお願いいたします」

まだ年端も行かない少年に倨傲《きょごう》な態度を取られても、クスターは気にした様子もなく挨拶をした。だが、ルスアーノは整った眉にさらに皺《しわ》を寄せる。

「どうして……」

「ルスアーノ様。参りましょう」

少年が口を開いたタイミングを見計らったかのように、護衛の騎士がいつの間にかやってきていて、ルスアーノの背をそっと押した。それに不満そうな態度を見せながらも、ルスアーノは渋々退室していった。

「……何だったんでしょうかね？」

わけが分からず、誠一郎は首を傾げたが、クスターは思い当たる節があるのか、小さく苦笑して首を振るだけの返答をよこしてきた。理由は教えてもらえなかった。

ＡＡＡ

「おかえりなさい」

部屋に入ると迎えてきた言葉に、ラーシュは少しだけ目を見開いた。

「まだ起きていたのか」

ラーシュに宛《あて》がわれた一人用の客室で、ルスアーノは既に部屋着に着替えソファでくつろいでいた。

「お前は初めての長距離移動だったのだから、ゆっくり休んでおきなさいと言っておいただろう」

内容は窘《たしな》めるものだが、その口調は優しい。

「大丈夫です。それよりも、やっぱり魔導課からの案内役は平魔導士のようです」

「ああ、そうなのか。サルーンには来ていなかったけど、ホールにはいたのか」

「ええ、末席にいた茶色い髪の男です。クスターとか名乗っていました」

「末席？　それじゃあ彼にも会ったかい？」

「彼？　誰です？」

平魔導士なんてお呼びじゃないという話がしたくて待っていたのに、他の人間の話にすり替わりそうな気配を感じたが、ルスアーノは素直に応じた。

「金髪に蒼《あお》い目の若い青年がいただろう？」

あの会に参加を許された者のほとんどが力を持つ貴族なので、若い人間はほとんどいなかった。

「ああ……いました。金髪を盛り上げている頭をした人ですよね」

「そう。彼はロマーニの王族の一人だよ」

何でもないことのように言われ、ルスアーノの緑の目が丸くなる。

「ええっ？　ですがあの席は身分の低い者が座るところですよ？」

自分の前では表情がコロコロと変わるルスアーノを微笑《ほほえ》ましげに見ながら、ラーシュはこみ上げてくる違う笑いも噛《か》み殺す。

「ああ、庶子《しょし》なのだそうだ。臣下に養子に出していて、宮廷内で臣下として働いているらしいよ」

「っ！　なんと愚《おろ》かな……。出自よりも才能こそ国を担う者には必要であるというのに……」

あの金髪の青年が優秀であるかどうかは知らないが、何もわざわざ晩餐会に呼んで末席でさらし者にするのは趣味が悪いとルスアーノは吐き捨てる。

「この国は、王位継承争いは特にないようだね。今日会ったユーリウス殿下一本に絞っているみたいだ」

「ユーリウス殿下ですか……。まぁ問題はなさそうですが、最初から競争がないというのもどうなのでしょう」

「フフ、ルスアーノは闘争心が強いな」

不満げなルスアーノにラーシュは笑ったが、それにはルスアーノが反論する。

「優秀な者が上に立つのは当然の事です！　王位はお兄様にこそふさわしいです！」

「声が大きいよ。それに呼び方」

作り物めいた笑顔で窘められ、ルスアーノは口を噤《つぐ》んだ。

「あっ、すみません、殿下……。…………でも、私は本当に……」

「ああ、分かっている。ありがとう」

しょんぼりとするルスアーノの艶《つや》やかな黒髪を撫で、キスをする。

「さあ、明日に備えてもう寝なさい」

「はい……」

ラーシュがこれ以上話をする気がないことを悟《さと》り、何よりも実際に初めての国境超えと他国での晩餐会で疲れていたので、素直に頷いた。

部屋を出る前に、ふとあることを思い出して振り返る。

「彼が王族なのだとしたら、一緒にいた男もその関係でしょうか？」

「一緒にいた男？」

そこまでは目を配っていなかった。

「はい、その方の隣である末席にいた、黒い髪と黒い目の、何だか覇気《はき》のない男でした」

「魔術士かな？」

覇気がないと言われて思いつく職を言ってみるが、ルスアーノは首をちょこんと傾げた。

「どうでしょう。宮廷魔導士のクスターとも親しげに見えましたが……」

記憶を総動員して思い出そうとするが、王家の血を引くノルベルトの隣《となり》にいた覇気のない男……と言われても、ぼんやりとしか思い出せない。なんせ距離もあったし。

「ふむ……まぁ気にしておこう。さ、もうお休み、ルフィ」

「おやすみなさいませ…………お兄様」

扉が閉められた後も、ラーシュは一人、今日の晩餐会で得た情報を整理した。

ＡＡＡ

主賓の一人に年端も行かない少年がいたせいか、晩餐会が終わって帰宅しても、まだ夕の木の刻（午後九時前）だった。

「おかえりなさいませ、コンドゥ様」

「只今《ただいま》戻りました。アレシュさんは……」

出迎えてくれたヴァルトムは、挨拶もそこそこに訊《たず》ねる誠一郎に微笑ましげに目を細めた。

違う、そういうのではないんだ。

とは口には出せず、アレシュの私室へ向かう。

誠一郎の部屋とアレシュの部屋は寝室で繋がっているが、アレシュの私室への扉の鍵を持っているのはアレシュだけだ。不公平だとは思わない。彼が家主なのだから当然だ。

ドアをノックしようとして、礼装のままだったことを思い出し一度部屋で着替えてこようかと迷ったが、いやこのままの方が話が早いと思い直し、木製の装飾の施された扉のドアノッカーを控えめに叩《たた》く。

「失礼します」

返事がなかったので、声を掛けながら中に入ると、ソファに足を投げ出しうたた寝しているアレシュがいた。騎士という職業柄か、あまり寝顔を見せない男が珍しい。

猫脚のソファはアレシュの体格からすると華奢《きゃしゃ》で頼りなく見えるが、しっかりと作られているしクッション部分はカウチのように広い。おそらくオーダーメイドなのだろう。

晩餐会の勢いのまま乗り込んできたはいいが、相手がこうだと気概が削《そ》がれた。まつげが長い。

こうなると、この格好のままなのは非効率である。汚さないうちに着替えようと踵《きびす》を返すと、後ろに強い重力を感じた。

「うわっ」

衝撃を覚悟したが、魔法を使ったのかと思うほどの軽やかさで受け止められ、気付くと背中はソファのクッションに付き、誠一郎は体ごとアレシュの下に敷かれていた。

「……戻ったのか」

「はい、ただいま帰りました」

まだ寝ぼけが残った状態のアレシュに、誠一郎の口が思わず緩みそうになるが、それよりも今の体勢がまずい。

「アレシュさん、礼服にシワがつくので退《ど》いてください」

「シワくらいつけばよいだろう」

「よくないですよ、こんな高価な服。俺は弁償《べんしょう》できませんからね」

知識の浅い誠一郎でも分かるほどの上等な布に細かな刺繡。軽く見積もっても、誠一郎の月収を越えそうだ。

誠一郎は国からの支援金と、経理課副管理官としての給与を貰っているので、決して貧しくはない。

国からの支援金はそのままヴァルトムに生活費と家賃として渡しているが、給与だけでも王宮の管理職なのだ。貧乏なわけがない。

それでも貴族の者たちとは金銭感覚において一線を画する。

アレシュのように、誠一郎と一緒に暮らすために一軒家をポンと買ったりだとか、晩餐会に出るならと宝石を使った礼装を即用意したりなんてできない。

そこまで考えて、この部屋に来た目的を思い出す。

「それはもう全てお前にやった物だから、好きに使えばいい」

その言葉をきっかけに、誠一郎はなまっている腹筋を使いどうにか半身を起こす。

「そう、その話があって来たんです。とりあえず、上から退いてもらえませんか？」

姿勢を正して話をしようと願い出るが、アレシュは退く気配がない。

「アレシュさん、大事な話です」

「……言ってみろ」

目線だけで同じ姿勢のまま促《うなが》され、誠一郎はしばし考えた末に、不毛なやり取りは省略した方がよいかと諦《あきら》めて口を開いた。

「この……ラペルピンのことです」

襟に着けられた銀の花を襟ごと持ち上げ、花の中心にある宝石と同じアレシュの瞳をじっと見る。

アレシュは何も言わない。誠一郎の言葉を待っている。

「これの意味を聞きました。…………知識不足で何も分からず着けて行った俺が悪いのですが、こういう物だということはきちんと……」

「意味を知ったら着けていかなかったか？」

誠一郎の含めるような言葉を遮り、アレシュが口を開いた。

「え……」

「意味を知っていれば、着けて行かなかったかと聞いているんだ」

重ねて訊《き》かれ、一瞬思考が止まりかける。

（いや………いやいやいや）

すぐに我に返り、誠一郎は心の中で首を振る。

（今はそういう話をしているんじゃない）

問題は、婚約を表すような物を何も教えずに公共の場に着けて行かせたことだ。知っていたら着けたかどうかは別の話だ。

「そういう話をしているんじゃないです」

「他国の人間も来るような場所だ。変な虫が寄ってこないようにするのは当然だろう」

アレシュが何を心配しているのか知らないが、誠一郎は今日の晩餐会でエゴロヴァの人間とは一言も口を利《き》いていない。目すら合っていない。

「そうではなくて、こういう騙《だま》し討《う》ちのようなことをするのが問題だと言っているんです」

今日だけで、身内の人間に散々変な顔をされ、恥ずかしい思いをした。

「だが意味を知っていれば、お前は身に着けなかっただろう」

ああ、もう。堂々巡りだ。

誠一郎は一度、意識的に息を吸い、そして吐いた。自分が大人《おとな》にならねばならない、そう感じたからだ。

アレシュのこの年下じみた物言いは、誠一郎にとっては年相応の我儘《わがまま》な年下の恋人として、かわいくも思っている。

だがそれとこれとは話は別だ。公私混同は困る。

「いいですかアレシュさん。今は俺がラペルピンを身に着けたかどうかではなく、意味も知らずに公共の場に着けて行って、意図しない意思表示を周囲にしてしまったことについて言っているのです」

魔導課の人間に至っては、「やっと婚約したのか」と誤解させてしまった。

「それはつまり、お前は俺と一緒になる気がないということか」

「え」

アレシュの低い声に再び顔を見ると、その顔は拗《す》ねた年下ではなく、真面目な男の顔だったため、誠一郎は思わず口を噤んだ。

だから今話しているのは、そういう話ではない。

しかし、この話を流すこともできなかった。

アレシュと一緒になる気がないか、だと？

「まだ付き合い始めてひと月ですよ……」

思わず口から出たのは、その言葉だった。

そうだ。誠一郎とアレシュが恋人になって、まだひと月しか経《た》っていない。

そもそも出会ったのだって十ヵ月前程だ。性急にも程があるだろう。

だけどアレシュには違ったらしい。

グッと肩を押さえられ、再びソファに背を沈められた。

「時間を掛ければ、お前は故郷に帰るだろう」

「っ！」

肩から外されたアレシュの手が、誠一郎を傷付けないように虚空《こくう》を握りしめる。

誠一郎はこの世界の人間ではない。

帰るために、転移魔法の研究を進めるよう働きかけた。

それでもアレシュの一途《いちず》な想いを無視しきれなかったのは、誠一郎だ。

考えないようにしていたわけではない。帰還魔法の完成もそう簡単なものではないだろうし、まだまだ時間の猶予《ゆうよ》はあると思っていた。

だがアレシュは違った。

「俺は、セイイチロウ。お前を離すつもりはない」

睨みつけるような眉間《みけん》の皺を隠すかのように、アレシュの頭が誠一郎の肩にあてられる。

骨と骨が接したせいで、アレシュの声が振動となって誠一郎に響く。

「それまでに、縛《しば》り付けられるならば、縛りたい」

誠一郎は何も答えることができなかった。

しばしの後、アレシュから部屋から出ていくように言われ、ただ頷いただけだった。

パヴェルのこととの礼を言うこともできなかった。

その日から、アレシュの部屋への扉の鍵は閉められたままとなった。

第三章　顔合わせました

翌朝、一人できちんと枕で寝たはずなのに眠りが浅かった誠一郎《せいいちろう》は、洗顔と着替えを済ませ、部屋を出た。隣《となり》の部屋の扉を見るが、物音はしない。食堂に下りたがそこにもアレシュの姿はなかった。

「おはようございます、セーイチロ様」

ふくよかな壮年《そうねん》女性、メイドのミランにされた挨拶《あいさつ》にもおざなりにしか返せない。

「あの……アレシュさんは………」

「アレシュ様でしたら今日は早くに仕事に出られました」

「そうですか……」

これは本格的に機嫌を損ねたようだ。

誠一郎は席に着き、パヴェルの作った朝食を口に運ぶ。ふわふわのスフレオムレツも、誠一郎好みの味付けのスープにも、今日はあまり味を感じない。

誠一郎とアレシュは物理的に住む世界が違う。

だからこそ、いずれくる別れをアレシュは恐れ、先手を取ろうとしたのだろう。

確かに、アレシュの好意に向き合うと決めたからには、まずその問題について考え、話し合うべきだった。しかし、そう言われても、故郷の家族も友人も二十九年生きてきた全てと別れの選択など、そうそうできるものではない。そもそも付き合いはじめて一ヵ月足らずですぐに結婚を考えること自体がおかしいじゃないか。

ザク、とサラダの葉野菜に必要以上にフォークが強く突き刺さる。

(そうだ、そもそも昨日の騙《だま》し討《う》ちに関しては謝罪も何もされていないぞ!? 話をする時間などいくらでもあったはずだ。それをこちらが無知なのをよいことに、黙って身に着けさせるのはルール違反だろう!)

アレシュに対しての恩は数え切れないほどにある。

愛情もある。

だがそれとこれとは、話が別だ。

いや、恋人になったからこそ、信頼関係が大事であると誠一郎は思う。

(それを言いたいだけ言って、部屋から締め出したあげく、朝も顔を合わせないなんて……子どもかっ!)

何だかムカムカしてきた。

この件に関しては、アレシュの方から言ってくるまで保留にしよう。

そもそも、今日からエゴロヴァからの使節団の案内があるのだ。外交問題に関わる重要な仕事で、失敗は許されない。色恋にうつつを抜かしている場合ではないのだ。

誠一郎は残りのスープをぐいと勢いよく飲み干した。

(ないと言っているのに…………)

「それでだな、私からもユアに贈ろうと思うのだが、同じ異世界から来たお前の意見も聞いてみようと思ってだな……」

登城するなり第二騎士団の騎士に拉致《らち》られ連れてこられた応接間で、ソワソワと口上を垂れる銀髪の美青年を前に、誠一郎は死んだ魚の目になっていた。

言わずと知れた、この国の王位継承権第一位であるユーリウス殿下《でんか》である。

「……コンドゥ、もう少し表情を取り繕《つくろ》え」

「無駄《むだ》なので止《や》めました」

コソッと注意してくる第二騎士団団長のラディムに抑揚《よくよう》のない声で答える。誠一郎は、聖女大好き王子のコイバナに対し使う表情筋は持ち合わせていないのだ。

「そもそも、本日わたくしはエゴロヴァからの使節団の案内を仰せつかって王宮に参ったのですが」

大事な仕事の邪魔《じゃま》を、国の王子がすんのかよと非難したが、それが耳に入ったらしいユーリウスが顔を上げた。

「ああ、心配するな。エゴロヴァの使節団は一部が昨日遅くまで晩餐《ばんさん》していたこともあり、旅の疲れもあるので今日は水の刻(十四時)からの予定に変わった」

今はまだ木の刻（午前九時）。元々、光の刻（十一時）からと遅めに設定されていたのに、さらに遅延したらしい。

「そうですか。それならば経理課の方でいくつか仕事を片付けておきましょう」

そう言って立ち上がろうとしたが、もちろんそれはラディムに止められ、再びソファに体を沈められる。歴戦の勇士である騎士団長に貧弱な誠一郎が勝てるはずもない。そう、昨夜と同じように。

思い出してムカムカしてきてしまった。

しかし相手は一国の王子。そう簡単には引かない。

「ユアとお前は同郷であるし、恋愛的な立場も同じだから参考になると思って呼んだんだ」

「…………」

恋愛的な立場というのは、この国の人間からプロポーズを受ける立場ということであろうか。いや、そもそもの話。

誠一郎と同じく日本からやってきた白石優愛《しらいしゆあ》（と言うか、彼女が聖女として召喚《しょうかん》される時に誠一郎が巻き込まれたのだが）だが、確かにユーリウスとはいい感じになっていた。なっていたが、誠一郎の知る限り…………「いい感じ」止まりのはずだ。

「そもそも殿下は白石さんとお付き合いを始められているのですか？」

「！」

「！」

ユーリウスとラディムの動きが同時に止まった。

まさか…………。

「お付き合いを始められてもいないのに、婚約を申し込もうとしているんですか……？」

嘘《うそ》だろ、おいというのが顔に出ていたのだろう。ラディムに青い顔で首を振って注意を促《うなが》された。

「せ、正確に好意を確認したわけではないが、ユアも同じ気持ちのはずだ！　だからこそ、交際とともに婚約を申し込むために贈り物をだな……」

「うわ、重」

「!?」

「コンドゥ！　さすがに口が過ぎる！」

思わず口から出てしまった言葉に、ユーリウスが目を見開き、ラディムがいきり立った。

「あ、すみません。つい本音が……」

「謝っていない！　謝っていないぞコンドゥ！」

「お、お前最近本当に私への不敬が過ぎないか……？」

そう言われても、大事な仕事の前に恋の相談で無理やり拉致られている現状では、敬意など吹き飛んで当然だ。

しかし、付き合ってもいないのに、婚約の申し込みをしようとしているユーリウスと。

付き合ってはいるが、意思の確認をせずに婚約という既成事実《きせいじじつ》を周囲に喧伝《けんでん》したアレシュ。

果たしてどちらがマシなのだろう？

相手の意思を確認するだけ、この王子の方がマシ……なのだろうか？

「まず、私と白石さんの故郷の国で女性が十六歳で結婚というのは、相当早いです」

「！　そうなのか⁉」

法律的には結婚できる年だが、日本の一般的な十六歳となると大体高校生だ。

「日本では多くの人は十八歳まで学校に通います。さらに、経済的に裕福であったり、学習の意志が強い人はさらに上の学校に進み、二十歳もしくは二十二歳まで学生として勉強します」

優愛は見るからに裕福な家庭で育ったであろうと思えるし、恐らく大学に進むつもりもあっただろう。

「そうして就職し、働き出して落ち着いてから結婚する人が多いですね」

最近は女性の社会進出も進み、さらに晩婚の傾向が強いがそれは置いておこう。

「そ、そうなのか……」

そういえば、確かこのユーリウス殿下は二十歳だったはずだ。ロマーニ王国の様子を見るに、中世のヨーロッパに似た文化を感じるので、やはり貴族は婚姻《こんいん》も婚約も早いのだろう。

しかし優愛は思いきり現代日本の、今どきの女子高生だ。

「正直、即婚約という申し込みは受け入れがたいかと……」

「だが、王族であられる殿下がそんな軽く聖女と交際を始めるわけにもいかない」

ラディムの言葉に、さもありなんと誠一郎も頷《うなず》いた。一国の王子と聖女が付き合うとなると、それは一大事だ。しかもこの国的には結婚適齢期の二人。簡単にはことが運ばないだろう。

「まぁ白石さんの意識がそうであることを念頭に置いて、お考えになれられてはいかがですかね」

あとは本人たちの問題であると切り捨てようとしたが、それならば誠一郎はわざわざ仕事前に連行されていないのだ。

「お前がアレシュのプロポーズを受けたのは、年齢的なものなのか？」

ビシッ。

今度は誠一郎が止まる番だった。

「……………………………………………………プロポーズなど受けた覚えはありません」

長い長い沈黙の後、そう答えた誠一郎にラディムは何かを察し、ユーリウスは首を傾《かし》げた。

「？　何を言っている。わざわざ他国の人間も出る晩餐会で、婚約の証《あかし》を着けて主張していたではないか」

「………着けていましたが、プロポーズは受けていません」

「は？　何を………まさか」

不可解そうに顔をしかめたユーリウスであったが、王太子として元来察しは悪くない。ハッとした顔をして、一度ラディムを振り返り、頷かれ、気の毒そうに誠一郎に視線を戻した。

「知らなかったのか」

「…………」

沈黙は肯定《こうてい》である。

いい年をしているとはいえ、この世界に来てまだ一年にも満たない誠一郎だ。常識知らずと罵《ののし》れはしない。

しかし。

「まぁなんだ……私はアレシュの気持ちも分からなくはない」

「…………どういった理由で？」

「そう怖い顔をするな。私は王太子だぞ」

恨《うら》めしげな目つきで見てくる誠一郎を、ユーリウスの方があしらうように手を振った。

「お前もユアも、別世界の人間だから、早く摑《つか》まえておかねばいなくなってしまう恐れがあるだろう」

言われて、誠一郎は口を結んだ。

「ユアは帰りたいと公言しているし、お前も帰還《きかん》のための転移魔法の研究を進めさせている張本人なんだ。…………いずれ帰るつもりなのだろう？」

そうだ。

優愛も誠一郎も、有無《うむ》を言わさずこの世界に連れてこられた存在。

帰れるのならば帰りたい。そう思って行動している。

「…………そう簡単に、故郷を捨てる覚悟《かくご》などできません」

「まぁそうであろう。その件に関しては、私からも謝罪する」

話のついでではあるが、初めてこの国の中枢《ちゅうすう》の人間に謝られたことに、誠一郎は目を丸くした。

「何を驚いている。最初から……いやすまん、最初からではないな。だが、お前にもユアにも悪いことをしたとは、ちゃんと分かっている」

だが国を救うためにしたこと。後悔はしていない。

そう言い切る青年は、確かに次代の国王を引き継ぐ者であった。

「元は我々のせいとはいえ、ユアもセーイチロ、お前もこの国に来て、縁ができた。そして私もアレシュも、その縁を、お前達を失うのが怖い」

だからこそ、早く、無理にでも縛《しば》り付けたい。

「お前には理不尽《りふじん》に感じられたかも知れないが、それだけアレシュも必死なんだ。そして私も。それは分かってやってほしい」

一国の王子として、そして一人の恋する青年として伝えられた言葉に、誠一郎は適当に返事をすることはできずに、黙り込むしかできなかった。

<<<

「遅いぞ！　集合時間が延びたというのに、何をやっていた」

あの後、話は終わったと思ったのに、その後改めて優愛へのプロポーズの相談をされ、昼食まで一緒に摂《と》らされてオルジフ達との合流場所に行った時には、すでに他のメンバーは揃《そろ》っていた。ゾルターンに叱咤《しった》され、王子殿下に拉致られ恋愛相談を受けていたと言うわけにもいかずに、誠一郎は素直に謝った。まぁまぁと取りなしてくれるクスターにも謝罪する。大事な仕事前でゾルターンも気が立っているのだろう。この仕事の責任者は彼なのだ。鼻息が荒い。オルジフにも謝罪しようと顔を向けると、こちらは仕事前から既《すで》に疲れた顔をしていた。昨日の晩餐会に遅くまで残っていたのだろうか。

「大丈夫ですか？」

「誰のせいだと……」

声を掛けたら睨《にら》まれた。解《げ》せぬ。

解せぬが、本当に誠一郎に関係あるのならば、共通項はアレシュであろう。

「あとでちょっと時間を作れ」

「…………はい」

仕事の予定がどんどんずれこんでいるのは分かったが、迷惑を掛けているのならば要求は飲むべきだと頷いた。アレシュの様子を知りたかったのもある。

「ああ、お待たせしてしまいましたか？」

既に全員揃って席についている部屋に、昨日の礼装とは一変し、黒っぽい地味な衣装のラーシュを先頭にエゴロヴァの使節団が現れたのは、それから幾分も経《た》っていない頃だった。地味と言っても、王族である彼にふさわしく上等な生地で作られた服だと分かるし、シンプルながらスタイルのよいラーシュにはとても似合っていた。続くエゴロヴァの面々も、護衛の騎士以外は皆揃いの上着を着ており、それが使節団の制服なのだろうことが察せられた。

「いえいえ、お気になさらず。さ、どうぞこちらへ」

ゾルターンが席を勧めている間、ロマーニの人間はみな立ち、エゴロヴァの人間が座るのを待って再び席に着いた。

「昨日は我々のために素晴らしい席を設《もう》けていただき、ありがとうございました」

「いやいや、我が国は国を挙げて、エゴロヴァからの貴方《あなた》方を歓迎していることが伝わって何よりです」

ラーシュとゾルターンの会話の間、エゴロヴァの他の面々は興味がなさそうによそを向いている。なるほど、ラーシュ以外は研究肌のものばかりのようだ。

「改めまして、エゴロヴァを代表して参りました。ラーシュ＝エーリク＝エゴロヴァと申します。どうぞお見知りおきを」

エゴロヴァの人間は昨日挨拶を終えていたが、ラーシュに促され、他の三人も渋々挨拶をした。対してこちらも、ゾルターンとオルジフは昨日に引き続きになるだろうが丁寧に挨拶した。ゾルターンが続いて、クスターと誠一郎を紹介する。

「私の部下のクスター＝レーンです。非常に優秀な魔導士ですので、使節団の皆様との意見交換にも役立つでしょう」

そして誠一郎をちらりと見て、エゴロヴァの面々に向き直る。

「彼は経理課のコンドゥです。今回は雑用として補佐をいたしますので、何でもお申し付けください」

そうきたか。

困り顔のクスターと、反応を見るようにこちらを見ているオルジフの視線を受けながら、誠一郎は凪《な》いだ目で前を向いた。

よほどカミル直々に誠一郎に声を掛けたことが気に入らなかったのだろう。今回の仕事の書類作成の八割方は誠一郎が作ったのだが、それも雑用とみなすというわけか。

「彼には家名はないのですか？」

案の定、神経質そうな魔導士……確か名前はドナートだったか、が尋ねてきた。

フルネームで紹介しなかったのもわざとだろう。実際はコンドゥ……近藤が家名であるが、名前だけしか紹介されないイコール庶民《しょみん》と認識される。

だがそれでよい。

「コンドゥと申します。皆様のご案内のお力添えが少しでも務まればと思います。よろしくお願いします。」

誠一郎はこちらの世界では聞き覚えのない響きであろう。異世界から召喚した聖女の話は近隣諸国に知られていても、もうひとり誤って召喚してしまった事実は実は秘匿《ひとく》されている。国を上げての計画で、何の関係もない人間を一人攫《さら》ってきてしまったというのは、それだけで十分外聞が悪い。だからこそ、誠一郎は最初国で飼い殺しにしようとされていた。それが勝手に働いて、結果を出すものだから宰相《さいしょう》のカミルが面白がってどんどん仕事を与えて今に至る。

しかし、カミルとて他国からの目は気にする。と言うより、一番気にしなくてはいけない立場のはずだ。

それ故に誠一郎の存在は他国ではあまり知られていないはずだ。

転移魔法の視察に来た他国の人間に、異世界人ですと自己紹介すれば面倒は必至だ。結果的に、ゾルターンGJ《グッジョブ》案件となった。

ドナートは蔑《さげす》んだような目で誠一郎を見たが、ラーシュとルスアーノ少年は興味深そうに誠一郎を見た。

「ロマーニでは、庶民を役職付きに引き上げることもあるのですか」

「いえそんな……まぁ、はい、そういうこともあります」

ラーシュの質問に否定しかけたゾルターンだったが、他でもない彼の部署の副官が庶民出であることを思い出し、苦虫を嚙《か》み潰《つぶ》したような顔で肯定した。

「ああ、違います。ただ素直に感心したのです」

ラーシュの言葉通り、ドナート以外は悪感情は持っていなさそうだ。魔導具技師だというゲオルギーに至っては、この会話そのものに興味がなさそうだったが。

(王族とその身内は貴族主義ではないということか？　いや、この二人に限ったことかもしれないな)

エゴロヴァのお国事情に関しては全く分からないが、今回の視察の間だけでも穏便《おんびん》に済ませるためには、相手の意向を理解しなければならない。願わくば、この魔法視察を元に外交を深め、安定した魔石輸入をしたいところだ。

挨拶も一通り済んだので、会合に入る。

使節団の案内初日である今日は、この応接間で質疑応答する予定であった。そのために誠一郎は大量の資料を作ったし、それはクスターも同じである。

しかしその書類の半分も出し終わらない内に、技師のゲオルギーが痺《しび》れを切らしたように、太い指で強めに机をトントンと叩《たた》いた。

「いつまでこの生産性のない話を進めるつもりですかね？　こんな紙切れの束よりも、儂《わし》は現場が見たいのだが」

使節団の滞在期間は七日しかない。

昨日着いたので、今日を含めあと六日だ。

確かに時間は少ないが、滞在期間の全体の流れを今説明していたので、痺れを切らすには早すぎると誠一郎は思った。しかし他の面々も同意らしく、ルスアーノもドナートも前のめりで賛同した。

「そうです！　我々は転移魔法を学びに来ているのです！」

「全くです。このような小さな数字や行程の説明は不要であります」

魔法研究を学ぶものにとっては、退屈な話だったらしい。

「すみません皆さん。止めないか、お前達。あちらにも行程の準備がおありなのだから」

ラーシュが一人だけ窘《たしな》めてくれたが、それで聞くような聞き分けのよい者は存在しなかった。

「ですが殿下！　儂らは技術を学ぶためにはるばる来たのですぜ⁉　こんな魔導具の一つもない部屋で、何を学べって言うんですかい！」

「そうです。何よりも魔法は机上《きじょう》の空論であってはいけません。実際に見てからの論理です」

「魔導課！　宮廷魔導課を見せてください！」

まずい。

誠一郎はじめ、ゾルターン、クスターの脳裏《のうり》に同じ言葉が浮かんだ。

思わず三人は顔を見合わせる。

意志を伝える魔法も魔導具も存在しないが、この時三人は確かに通じ合った。

「んえっほん、そ、それでは我が宮廷魔導課を案内させていただきましょうか」

「よろしいのですか？」

「ええ、ええ、エゴロヴァからはるばるお越しいただいているのです。使者の方々のご希望にはなるべく沿うようにと王太子殿下からも承っております故」

ラーシュの気遣《きづか》いに、ゾルターンは汗を隠しながら胸を張って答えた。さすが貴族である。

「それでは私が先に行って、使節団の方々が参られるご用意を……」

「ああ、さっき見せていただいた資料で、少しご質問があるので道すがら教えていただけませんか？」

クスターが立ち上がろうとすると、向かいのルスアーノに呼び止められた。まずい。

しかし相手は王族と関わりがあるという少年で、正式な使節団の一員だ。断るわけにはいかない。クスターの視線を受け、誠一郎が立ち上がる。

「クスターさんはどうぞ皆様とご一緒においでください。伝達へは私が参ります」

「何をそんなに焦《あせ》っている？　伝令などその辺の従者に頼めばよいだろう」

ドナートの質問に、〇コンマ数秒、三人の体が固まった。

宮廷魔導課は国の魔法研究の最先端の部署だ。他国の人間に見られたくないものなど山ほどある。相手もそれは重々承知の上で、強行突破がしたいのではなく、伝令など案内役がしなくてもよくないか？　と思うのは当然だ。

しかしロマーニ国は事情が違う。

「いえ……実は私が、ちょうど皆様にお渡しする書類をいくつか忘れておりまして、この機会にと思った次第なのですよ」

誠一郎は息をするように嘘をついた。書類の束を抱えてきた誠一郎のことを見ていたエゴロヴァの面々は、ああなるほどと少し間の抜けた案内役に納得した。

「荷物も多いだろうから、俺も行こう」

実は誠一郎の護衛であるオルジフも話を合わせて立った。

助かる。

誠一郎は心から感謝した。

いざとなったら、実力行使で例の彼を隠すことができると。


数々の前科……実績の結果、王宮の端の端に配置されている魔導課に、若干息を切らしながらたどり着き、扉を開ける。

「失礼します！　経理課近藤です！　イストさんはいますか!?」

ノックの後少し乱暴に開かれた扉に、中にいた宮廷魔導士の面々は面食らったが、その相手が顔見知りの誠一郎だということに落ち着きを取り戻した。

「コンドゥさん、どうしましたか？」

「あれ？　コンドゥさんはクスター様達とエゴロヴァの方々の案内の仕事があるんじゃなかったですっけ？」

のんきな魔導士達の中にイストがいないか見渡すが、見当たらない。どこかに出ているのならば万々歳《ばんばんざい》だが、この文献や魔導具などで散らかった部屋の中、埋もれている可能性もある。

「イストさんはどこですか？」

「イストさんなら、奥の研究室だよ。じゃない、ですよ」

聞き覚えのある高い声に目を向けると、焦《こ》げ茶色の髪の少年……シグマがそこにいた。

「シグマくん。今日も見学ですか？」

「はい、今日は教会の私塾の日じゃないので」

そう答える少年は、先日十二歳になったばかりの正真正銘《しょうしんしょうめい》の少年である。

下町生まれで、職人の父親を早くに亡くし、その伝手《つて》で大工見習いをしていたが家計のために端材で作ったおもちゃなどを露店《ろてん》で売っていた。そこでそろばんに似た物を見つけた誠一郎に声を掛けられ、色々あって今は王子と聖女が主催する教会の私塾に通うようになった。

近いうちに、王家が主体となる平民の奨学生《しょうがくせい》第一号となる予定なのだが、イストとの意思疎通が上手な事と、前から魔導具に興味があったために、特別に魔導課の出入りも許されている。誠一郎的には、理解力も早く、効率よく作業をするために自ら頭を働かせ工夫する上に向上心もあるシグマにはぜひとも経理課に来てほしかったのだが、イストに先を越されてしまったのだった。

「それで、イストさんは奥の部屋ですって？」

宮廷魔導課の部屋は中からさらにいくつかの小さな部屋に通じており、魔導課だけが使う資料置き場の他に、素材置き場、そして個人が使う研究室があった。周囲の空気が混じってはいけないとか、物質が変化しないようにとか、はたまた集中しなくてはいけないなどの理由で使われる研究室の一番奥の部屋を指してシグマが頷く。

「よし、塞《ふさ》ぎますよ」

「へ？」

言うやいなや、大きな作業机を押し始めた誠一郎に、全員が目を丸くする。

「何しているんですか、時間がないんです。オルジフさん、早くそっちの机も持ってきて重ねてください！」

「お、おう」

この中で唯一《ゆいいつ》事情を知っている、はずのオルジフも誠一郎に言われ思わず従う。

「にいちゃん、これ何の騒ぎなの？　そこ塞いじゃうと、イストさん出られなくなっちゃうよ!?」

「出られないようにしているんです」

イストが本気になれば、魔法で簡単にドアを吹き飛ばすくらいやりそうだが、恐らく意味も分からずそういった行動に出ないだろう。ドアが開かない↓まぁいいか。くらいだ。

それはドアの外に興味を引くものがない状態に限られるので、今の何も知らないうちに黙って閉じ込めておくのが最善であると誠一郎は判断した。

今日のエゴロヴァの使者達が、この部屋に来て滞在するのは僅《わず》かな時間のはずだ。それくらいは保《も》つだろう。

「これからすぐにエゴロヴァの使節団の方々が参られます！　見られるとやばい物はすぐに隠してください！　その上で、動かせる物ならば寄せてとりあえず見場《みば》をよくしてくださいっ」

誠一郎の言葉に、それまで『？』と誠一郎を眺《なが》めていたり、自分の作業に没頭《ぼっとう》していた魔導士達が揃って飛び上がった。

「エゴロヴァの使節団!?　魔導課に来るのは明後日のはずじゃ!?」

「使節団って王族がいたんだろう!?　え、やばい俺こんな格好だぞ!?」

「何でそんな急に!?」

口ぐちに驚きの声を上げるが、手は素早く書きかけの書類や素材をかき集めている。見られると芳《かんば》しくないものが沢山ありそうだ。

「格好はどうでもいいです！　一番は機密事項！　他国に見られるとまずい物！　見ても分からないだろうじゃだめですよ。あちらは技師も連れてきていますからね！」

テキパキと指示を出し続け、魔導士達を急《せ》かす誠一郎に、オルジフは呆気《あっけ》にとられながらも、バリケードを積み上げていった。

「めちゃくちゃ声張れるじゃねーか………」

◇◇◇

ゾルターンがエゴロヴァの使節団を連れてきた時には、足の踏み場も怪しかった床は何とか動線ができていたし、机の上も端に寄せられただけのようだが片付いて見える程度にはなっていたし、換気もしたし、何よりも一番奥の研究室の前にはバリケードができ、ついでにこちら側からは魔法で固定もされていた。なぜ全体を固定しないかと言うと、それをするとイストに魔力が伝わってしまい興味を持たれてぶち破られるかもしれないからだ。

興味深そうにキョロキョロしているエゴロヴァの面々の後ろで、クスターがホッとした様子を見せていた。誠一郎と目が合ったので、黙って頷きあった。

「ここがロマーニの宮廷魔導課ですか」

「結構狭いですね」

今でこそ人手は増えたが、誠一郎がテコ入れするまで宮廷魔導課は人数も少なかった。

これからもっと増やす予定だし、確かに部屋の拡大か増加を検討した方がよいだろう。上に申請してみようと誠一郎は心のタスクを追加した。

「小さな部屋がいくつか併設されていまして、各々が研究室に使ったりもしているんです」

ゾルターンはあまりこの部屋にはいないらしいので、クスターが案内を買って出てくれていた。誠一郎も頻繁《ひんぱん》に訪れはするが、魔法のことも部屋の設備についてもさっぱりなので、ここでは出る幕はないかと下がろうとした。

「ここは何ですか？」

「あ、そこはコンドゥさんが作ってくれた仮眠室です。ね、コンドゥさん！」

「………………ええ、はい」

すぐに呼び戻されてしまった。

「仮眠室！　よいなそれは」

「作業に没頭した時などは、家に帰るのは億劫《おっくう》じゃからの！」

「魔法膠着《こうちゃく》を待つ時間に休めたらよいですね」

口ぐちに研究バカ達が盛り上がっている。

「君は経理課の人間だろう？　なぜ魔導課の設備に口出しを？」

ラーシュに当然の質問を投げかけられ、誠一郎は迷ったが正直に答えることにした。

「いえ、ただこちらにはよくお邪魔させていただくことがあって、その際に床で寝ている魔導士の方々をお見受けしたものですから……。床で寝るよりも、きちんと布団で寝た方が短時間で回復でき、体への負担もなく効率的かと思いまして」

誠一郎も向こうの世界で働いていた時は、試行錯誤《さくご》したものだ。

床で寝たり机で寝るとどうしても体のどこかが痛むし、何よりも睡眠の質が悪く、疲れが取れない。部屋の角で丸まってみたり、トイレで寝てみたり、椅子を二つ並べてみたり、横に三つ並べてその上で寝てみたり色々した。

仮眠室があればどんなによいか……と何度願っただろう。しかし会社はそんな願いを聞き入れてはくれなかった。

だが今は違う。

床に転がる魔導士達を見て、懐《なつ》かしさすら感じ、人員を増やす際の作業机などの仕入れの際、簡易ベッドと布団も導入した。もちろんちゃんと上の許可は取ってある。まぁ予算案を通すのはほぼ誠一郎だが。研究室の一つにそれを運び込み、完全な仮眠室に仕上げた際には、長年の夢が叶《かな》った清々《すがすが》しさを感じたものだ。

「それだけじゃないですよ！　コンドゥさんは我々が仕事しやすいように、定期補充される簡易食コーナーを設置してくださったり、自動清掃魔導具を購入してくださったり色々便宜《べんぎ》を図ってくださってるんです！」

キラキラした目で誠一郎を褒《ほ》め称《たた》える魔導士達とは対象的に、ゾルターンとオルジフは顔をしかめて誠一郎を見た。これが正しい人の反応である。

「とにかく休まず働かせる設備ばかりが増えていないか……？」

オルジフの呟《つぶや》きを、誠一郎は聞こえないふりをした。

誠一郎は魔導課を働きやすい環境にし、転移魔法の研究を進める手助けをしている。それと同時に、魔導課でかつての自分の夢を叶えているのだ。

簡単に食べられて栄養の摂れる食事が常備され。

きちんと休める仮眠室があり。

部屋を自動的に清潔に保ってくれる機械……魔導具がある。

そう、まさに働き放題の夢の職場である。

もちろんこれが通じるのは、誠一郎と同じワーカーホリックと呼ばれる病気の人間だけだ。

そして魔導課には、研究バカと呼ばれる同種の病人ばかりがいた。

「そんなことありませんよ。何よりも不遇だった我が魔導課の予算を増やしてくださったのがコンドゥさんなんですから、感謝してもしきれません！」

オルジフの呟きを拾った研究バカの一人が誠一郎を擁護《ようご》してくれた。同じく研究バカ種らしいエゴロヴァの使節団は、それには首を傾げた。

「ですがその人はただの経理の人間なのでしょう？　魔導士のように特別な力があるわけではないのですから、そんなに持ち上げなくても……」

ドナートの言葉に、他の二人もうんうんと頷いている。なるほど、エゴロヴァは技師や魔導士が重宝される土地であるらしい。確かに寒さが厳しい国となると、耐寒設備を作り出す魔導具技師や魔導士は崇《あが》められて当然だ。

「ですが、研究にもお金は掛かるじゃないですか。お金を出してもらえるからこそ、我々は研究を進めることができるのですから、転移魔法の進化はひとえにコンドゥさんのおかげとも言えますよ！」

「そんなことはありませんよ。皆さんの研究の成果です」

それはさすがに言い過ぎだと誠一郎が止めると、魔導士達からは口々に感謝を伝えられてしまった。エゴロヴァの技師と魔導士が不服そうな顔をしていたため、その後ろで、ラーシュだけが笑みを浮かべ自分を見ていることに、誠一郎は気付かなかった。一方で、ルスアーノは違うことが気になったらしく口を開いた。

「さっきから気になっていたんですけど、その子は何ですか？」

ルスアーノが指した先で、宮廷魔導士の制服の中一人だけ白いシャツとベージュのハーフパンツ姿のシグマがビクリと肩を震わせた。

当たり前だが、シグマは魔導課の者ではないので制服は支給されていない。それでも、宮廷に出入りするのなら最低限よりも上のキレイな格好をしなければならないということで、シャツなどの一式を誠一郎から渡してある。これは必要経費であるので、もちろん経費で落とした。どこぞのバカ王子が聖女にドレスやアクセサリーを貢《みつ》ぐのにも経費を使われていたのだから、あれよりも数百倍正当性があると思っている。アレは結局優愛が返却を願い出て、ほぼ国庫に戻ったのだが。

シグマが助けを求めるように誠一郎を見た。普段はしっかりした子だが、やはり貴族相手となると固くなってしまう。

「その子は大変優秀な技師ですので、魔導具の研究の手伝いと本人の学習のために特別に魔導課に出入りを許されている子です」

「ほう！　将来の魔導具技師ということか！　その年で王宮内に出入りできるということは、かなり優秀なんだな！」

ゲオルギーが手を叩く横で、ドナートが眉をしかめた。

「ですがその子は平民の子ではないですか？　平民の子を王宮内の研究施設に出入りさせているのですか？」

もしも情報などを持ち出されたり、高価な素材や魔導具を盗み出されたらどうするんだ。言葉にはしなかったが、言外に込められた意味を正しく理解して、シグマが下を向いた。

その機密だらけの場所にアポなしで急遽《きゅうきょ》突撃してきたのは、そちらの方ではないかと誠一郎は思ったが、来賓《らいひん》なので黙っておいた。

「は、いや、普段はそんなに気安く出入りをしているわけではないのですよ！　今日はたまたま！　見学に来ただけです！」

普段研究室にほとんど出入りしないゾルターンがそう言ってゴマをする様子に、ロマーニの魔導士達の方が苦い顔をしたくらいだ。

頼りにならない上司よりも、頻繁に出入りしている将来有望な少年の方が、彼らにとってはとっくに身内になっていた。何より彼は、あのイストとまともに会話できるという意味でも貴重な人材なのだ。魔導士達に無言で肩を叩かれ、シグマが小さくだが笑っているのに誠一郎もホッとする。

「平民でそれが許されるってことは、相当魔導具に精通して魔力操作も上手《うま》いのだろうな！」

やはり血筋を重んじるのはドナートだけのようで、ゲオルギーはシグマに興味津々《しんしん》だし、同世代であろうルスアーノも目を輝かせてチラチラ見ている。これは意外とよい化学反応かもしれない、と思った矢先だった。

「あ、いえ、俺……僕は、魔力も少ないので、魔力操作なんかもあまりできません」

「なんじゃと⁉」

シグマの答えを聞いたゲオルギーが元々大きい声をさらに張り上げた。

「魔力操作もできんと魔導具技師だと⁉　そんなことができるわけがないだろう！　どうなっとるのだ、この国は！」

非難するような言い草と大声に、シグマがまた縮こまってしまった。

おまけに頼りの魔導士達は揃いも揃って、クラスの勉強はできるけど気弱なタイプを集めたようなメンツで、皆言い返せずに戸惑《とまど》っている。

ここでイストがいれば空気も読まずに反論を並べ立ててくれただろうが、彼はいない。誠一郎が閉じ込めたからなのだが。

仕方がないので、誠一郎はシグマの前に出た。

「何も魔導具技師全員が魔力操作に長《た》けずとも、仕事はできますでしょう」

「何だとっ⁉　お前に何が分かるというのだ！」

この道何十年の職人相手は骨が折れる。その上、相手は大事な賓客だ。怒らせてもいけない。

「申し訳ございませんが、私は経理課の人間なので金勘定しかできません。ですが、この魔導課が研究を進めるための予算を申請し用意することができます」

「それが何だというんじゃ」

「適材適所、分担作業でございます」

「分担作業だぁ？」

眉も口も歪《ゆが》める相手に、誠一郎は根気よく、そして相手を持ち上げつつ伝える努力をした。

「はい。ロマーニ王国は貴国ほど魔力操作に優れた者も魔導具技術に造詣《ぞうけい》が深いものもおりません。魔導具国家であるエゴロヴァ国だからこそ、両方に秀でた職人が多く存在するのでしょう」

「む、まぁのぅ」

ゲオルギー以外にもドナートもルスアーノも満更《まんざら》でもない顔をしている。ラーシュだけ、変わらぬ笑顔で目だけはしっかりと誠一郎を見ていた。

「ですので、技師は技師として、魔導士は魔導士として、協力して魔導具を作り上げていくことでお互いを補い合って研究を進める取り組みを始めました」

「ほぅ……」

「人材不足も大変ですね」

そうなのだ。魔力関係に関しては才能がほとんどであるため、魔導士も魔導技師もなり手が大変少ない。そんなのがゴロゴロいるエゴロヴァの方がおかしいのだ。

そう言えば、エゴロヴァには魔石が多く採れる鉱山があると聞いた。

魔石は魔素を多く含んだ鉱石だ。それに人の手が加わり、魔力源として使われる。

全く魔素に耐性がなかった誠一郎がこちらに来て少しずつ耐性を作れたように、魔素が多い地域の人間の魔力量も上がるのではないのか？　ふと、そんな考えが浮かんだ。

これが事実だとすれば、魔力量を人為的に増やすことができ、魔導士、魔導技師の人手不足解消にも繋《つな》がる。

（早速イストさんに確認……はできないんだった）

自分が閉じ込めた魔導士を思い出し、誠一郎は落ち着いた。

（エゴロヴァの使節団が帰ってからでもいいか……。いや、体のことならシーロさんに聞くのも有りりか）

シーロはこの王宮の医局長の男だ。以前誠一郎が倒れた後、アレシュに強制的に連れて行かれ健康診断をしてもらって以来、何かと気にかけてくれている。

誠一郎が心のタスクをまた増やしている間に、シグマはゲオルギーに質問攻めにあっていた。

「しかしどの程度の魔力量で技師の仕事が可能なのかの？」

「あ、あ、魔力量の測定でしたら以前こういう物を作りました」

「むう！　魔力を感知して色が変わるのか？　これは？」

「それはクェルシルという物が入っていて……」

「ほう！　ということは膨《ふく》らむのだな!?　その圧点から色が変わる仕組みか！　面白い！」

「そ、そうです」

以前イストとシグマで作った魔力測定器を見て、すぐに構造を理解したゲオルギーの声が大きくなる。

が、今度は責めるような言い方ではないせいか、魔導具の話ができて嬉《うれ》しいのか、シグマは戸惑いながらも返せている。

「私にも見せてください！」

挙手するルスアーノの後ろで、ドナートも気にしている。結局のところ、研究バカなのか。

「わあ、シンプルだけど分かりやすいですね」

「はい、誰でも見て分かるように作りたかったので……」

「ふん、学のない平民らしい考え方だ」

「分かりやすいことは大事じゃぞ」

「そうですよね、魔力測定器ならうちの国にもあるけど、構造が全然違います」

そう言ってルスアーノが取り出したのは、綺麗《きれい》に細工された懐中《かいちゅう》時計のような代物《しろもの》だった。

対するシグマ作の物は、温度計に似ている。

「これはどういった仕組みなんですか？」

「うむ、これはだな、魔鉱石に文言を刻んで書いていて……」

「そ、そんな高度な技術を……！」

だんだんとシグマを中心に他の魔導士達も集まり始めた。

上の技術を見せてもらえるのは大変喜ばしい。いいぞ、もっとやれ。

「オイ、顔に出てる」

「……は？　何がですか？」

オルジフにボソリと注意をされて、自覚がない誠一郎は首を傾げた。

「今にも『しめしめ』とか言いそうな顔をしている」

「…………これは、大変失礼しました」

「否定しないのかよ」

ロマーニ国側として何ら意向に反することはしていないので、誠一郎は作りものめいた笑顔でニコリとした。

「…………まぁいいけどよ。それより、この状況じゃ今日は遅くなりそうだし、例の話は明日にするか」

「そうですね」

目の前の研究バカ……もとい、優秀な技師と魔導士達の討論を眺めながら、誠一郎は頷いた。

今日は遅めに開始されたにも拘《かか》わらず、予定を途中で大幅変更して、今この状況である。これが終わるのを待ってからオルジフと話などしていては、帰宅が夕の木の刻（夜九時台）になりそうだ。

「でしたら私が明日の朝にお伺いいたしましょうか」

何となくだが、この仕事は毎回予定通りには行かない気がする。そう思って提案した誠一郎に、オルジフも一瞬考えた後に頷いた。

「それで、どうだった？　お前達」

魔導課での見学と討論の後、案内役の者達とも別れ、エゴロヴァの者だけで食事を終えた四人は、今は与えられた客室の談話室で過ごしている。

「技術力では我が国には到底及ばないが、及ばないながらの発想力などが面白いですな」

「平民が交じっているのがどうかと思いますが、まぁ有意義にはなるのではないでしょうか」

それぞれ楽しげに、ただ自国への自信は揺るがない二人にラーシュは口角を上げ、次に群を抜いて幼い身内に目を向けた。

「ルフィは？　どうだった？」

ルスアーノは、頬《ほお》を赤らめながらもその愛らしい唇を少し尖《とが》らせていた。

「学べるものは多いと思います。ですが……魔力も少ない魔導士でもない子どもが宮廷魔導士の研究室に出入りしているのには驚きました」

「うん？　お前もこうして、他国への使節団の一員として来ているではないか」

「私は……っ！　私は……実力ではないのですか……」

しょんぼりと下を向いてしまったルスアーノに、ラーシュ達は顔を見合わせる。

「そんなことはないよ。ルフィは優秀な魔導士だ」

「そうです、将来は国を背負って立つ魔導士となるでしょう」

「何も他と比べてくよくよするこたぁねぇよ。それにあの子は魔導士じゃなくて魔導技師になるんだろう？」

ルスアーノは確かに小さな頃から優秀だった。

魔力量も兄弟で一番多かったし、勉強家で魔法もどんどん覚えた。そんなルスアーノが、今回のロマーニ王国視察に同行したいと言い出した時は、強く止める者もいなかったくらいだ。

それでも、優秀なのはあくまで同世代の間で、コネも何もなく宮廷魔導課への出入りを許され、実際に現場で役に立っているシグマを見て自信が揺らいだのだろう。

「彼が気になるのなら、この滞在の間に吸収できるものは全て吸収して、自分の成長の糧《かて》としなさい」

ラーシュの静かな言葉に、ルスアーノは黙って頷いた。

「それで殿下は何か気になることはありましたか？」

ドナートに問われ、ラーシュは少し考える素振りを見せた後、小さく笑った。

「そうだな、私は彼が気になるな。あの経理の」

聞いた従者達が、顔をしかめる。

「あの平民ですか？」

「特に印象に残っておりませんが……」

「金勘定しか脳がないと自分で言っておったしのぅ」

これだから研究者というのは。

ラーシュは笑みを崩さずに続けた。

「最初に配られた書類もよくまとまっていて読みやすかったし、彼は能力が高いと思うがね」

「ですが魔法は一切使えないそうですよ？」

「今回も書類を用意するだけのためにいると、魔導課長官が言っておりましたよ」

「全く……お前達が騒ぎ立てるから、資料が半分しかもらえなかったと言うのに……。配られた書類もどうせ読んでいないのだろう？」

グッと詰まる研究バカ三人を眺めながら、ラーシュはため息を吐《つ》いた。この研究バカ三人だけでは得られる物も得られないだろう。だからこそ、この使節団のリーダーが魔法に精通していないラーシュなのだ。

この話が来た時は、ラーシュにとって転移魔法の研究はついでだ。

彼らと違い、ラーシュにとって厄介《やっかい》な仕事だと思う反面、ラーシュはラーシュとしての目的を見つけた。

「先に潜入させていた間諜《かんちょう》の話ではね、今日の会合の前、彼はどこにいたと思う？」

ラーシュの問いに答えられる者はいなく、お互いの顔を見合わせるばかりだ。

「彼は第一王子の私室へ呼ばれ、昼食も共にしていたそうだよ」

「なっ……!?　ですがあの者は平民のはずでは……!?」

驚く三人に我が意を得たりと笑みを深くするラーシュ。

「さてね……。話の内容までは摑めなかったが、第一王子と懇意《こんい》であることは確かのようだ」

そこでルスアーノがハッとした顔でラーシュを見た。

「お兄様！　あの者は確か、晩餐会で……」

それに無言の笑みで返し、ラーシュは頭の中で組み立てる。

転移魔法の研究成果。

聖女による浄化。

庶子の王子。

第一王子と懇意で、庶子の王子とも懇意の平民の男。
ロマーニに来てよかったと、ラーシュは改めて自分の選択を賞賛した。

第四章　誤解されました

昨夜は帰りが遅かったのもあるが、やはりアレシュは部屋に籠《こ》もり顔を見せなかった。しかし今日は仕事は休みのはずだ。朝に顔くらい見られるだろうと思った誠一郎だったが、メイドのミランから言われた言葉に、朝食もそこそこに家を飛び出した。

　向かう先は最初から決まっている。

「オルジフさんは来られていますか!?」

　バンと扉を開け、騎士詰め所にやってきた騎士団長が囲っている異世界人に、第三騎士団の騎士達はざわめいた。特に誠一郎《せいいちろう》に煮え湯を飲まされた……と思っている一部の騎士達は殺気を纏《まと》わせたが、誠一郎はどこ吹く風で副団長のオルジフを見つけるや否や執務室に引っ張り込んだ。

「アレシュ様がご実家に帰られたことに関して、何かご存じですか？」

　元々今日の朝、話をするという約束だったが、それよりもずいぶん早く、しかも待ち合わせ場所ではなく詰め所に押しかけてきた誠一郎に驚いていたが、なるほどそういうことかとオルジフは落ち着きを取り戻した。

「いや、それは初耳だが……意外だな。お前でも慌《あわ》てることがあるんだな」

「……っ！　………すみません、取り乱しました」

言われて誠一郎も自分が社会人にあるまじき感情的な行動を起こした己を自覚し、羞恥《しゅうち》に口を結び謝罪した。

その様子が普段と違いおかしくて、オルジフが吹き出すとばつが悪そうに視線を逸《そ》らされた。ますますらしくない。らしくないが、そうかアレシュの一方的な関係ではないのかとオルジフは少し安心した。

「確認だが、お前はアレシュの恋人、てことでいいんだよな？」

すでに覚悟《かくご》はしてきたようで、誠一郎は素直に頷《うなず》いた。

「はい」

思えば最初からおかしかったのだ。

いくら国が誤って召喚《しょうかん》してしまったと言っても、あそこまで面倒を見る必要はない。そもそも監視係は別に付けられていたようだったのに、アレシュはそれを押しのける勢いで誠一郎の面倒を見ていた。おまけに今まで面倒だという理由でずっと実家暮らしだった者が、急に一戸建てを購入して異世界人を引き取ったのだ。それ以外にも、この異世界人の打ち出す政策にことごとく乗り、さらに頼まれてもいない魔獣討伐《とうばつ》も買って出る。付き合わされるこっちの身にもなってほしいが、全てはこの男のためだったのだ。

以前突然相談された恋バナの相手の特徴も『年上』『王宮勤め』『仕事熱心』と合致する。むしろ何で今まで繋《つな》がらなかったのか。そんな相手はアレシュの周りではこの男しかいない。

オルジフは、自分は人の感情や関係に関して鋭いと思っていたため、これはショックだった。

いや、この男が仕事仕事で色恋の匂《にお》いを一切させなかったせいだ。

だからアレシュの想いももしや一方的なのでは？　と思ったが、極めつきのラペルピンと今日のこの様子だ。

（よかったなアレシュ……）

思わず年下の従兄弟《いとこ》を思って遠い目になったオルジフだったが、以前の浄化遠征からの魔獣討伐の強行軍を思い出して、いややっぱり多少は恨《うら》んでもよいかと思い直した。それと同時に、このまま相手をからかうために呼んだのではなかったことを思い出す。

おまけに事態はさらに進んでいるっぽい。

「アレシュの帰省は初耳だが、理由は何となく想像はつくぞ」

「え！」

驚いて視線を戻した誠一郎の、胸元をトンと指で突いた。

「こないだの晩餐会《ばんさんかい》のラペルピンだよ。あの場であんな格好してりゃ、誰でも察しがつく。この国で紫の色を持つ奴《やつ》は少ないからな」

さらにそれでこの異世界人と懇意で、あの銀の花を用意できる財力を持った者……となると絞《しぼ》られるどころか一人しかいない。

そしてあの場には貴族の有力な者が集められていたのだ。アレシュの実家、インドラーク侯《こう》爵《しゃく》家《け》に話が行くのも必然だ。

「そ……れは…………」

つまりは誠一郎との関係について、実家から呼び出しが掛かったということか。

ラペルピンの件はアレシュの独断であるし、誠一郎もそれには抗議している身ではあるが、自分の存在がアレシュの負担になっているという事実に動揺《どうよう》する。

（いや、だからこういうことは慎重にしたかったのに、アレシュさんが先走るから……！）

そもそも誠一郎にも関係する話なのだから、一言相談ないしは報告があって然《しか》るべき問題だ。それを何で他の人から聞かなくてはいけないのか。貴族間のやり取りでは誠一郎は戦力外と思われたのかもしれないが、前もって言ってくれればちゃんと調べて傾向と対策を練ったのに。

「俺に聞くってことは、アレシュからは何も聞いていないのか？」

素直に頷くのが嫌で、視線を斜め下へ逸らすと、オルジフからはため息が聞こえた。

「さてはそれ以前に揉《も》めてるな？　どうりでアレシュのヤツ…………」

「……何ですか？」

「あー……まぁいいか。そもそれでお前に文句があったんだ」

そう言えばアレシュが家を出る前からオルジフは話があると言っていた。

「晩餐会の次の日だよ。アレシュが普段しない騎士達の指導をしてな……そりゃあもうひどいもんだった」

アレシュは普段は己の鍛錬《たんれん》はするが部下の指導などはあまりしない。それが昨日は自ら指導を買って出たため、アレシュに憧《あこが》れを持つ騎士達は喜び参加した……が、早い段階でそれを後悔した。それだけアレシュの指導は桁《けた》が違い、凡人には苛烈《かれつ》なものであった。

おまけに鍛錬後は普段の仏頂面《ぶっちょうづら》が三割増しで、もはや黒いオーラまで見える気がした。そして何度かオルジフに何かを言いかけては止《や》め、を繰り返され、オルジフの精神は午前中の鍛錬で消耗《しょうもう》しかけていた。

確実に何かがあったと分かる落ち込みぶりに、当たりをつけてみれば案の定だったわけだが。

「それで、原因は何なんだ？」

これだけ迷惑をかけられているし、情報提供もしてやっているのだから、聞く権利があるだろうと胸を張るオルジフに、誠一郎も素直に応じた。

「実は……」

数分後、主《あるじ》のいない騎士団長執務室の机に体重を預けるオルジフがいた。その支えがないと、跪《ひざまず》いてしまいそうだったからだ。

「つまりアレは……同意のない物だったってわけか……」

「まぁ……はい」

暴走している！

初恋が暴走している！

オルジフの脳内で、幼いころのアレシュが無表情で走り回った。

「身内が……迷惑をかけた……」

オルジフに頭を下げられ、誠一郎の方が慌てる。まさか謝罪されるとは思わなかった。

「いえ、別に迷惑……迷惑……では……」

言い切りたいところだが、やはり被《こうむ》った物が大きすぎて言い切れない。

「や……無理しなくていいぞ……」

「いえ、決して迷惑……ではないこともないのですが、でも、気持ちが迷惑なわけではないんで！」

アレシュがこちらに相談も説明もせずに独断で動いたのは問題だと思うが、その想い自体を否定するつもりはない。それだけは伝えたいと思った。

「それを聞いて少し安心した」

あのアレシュに限ってとは思ったが、アレシュの今までの行動を冷静に思い返してみると、一方的な感情で無理を強《し》いている可能性もありそうだと思ったのだが、違っていてよかった。身内から犯罪者が出ていなくてよかった。

一方の誠一郎も密《ひそ》かに感動していた。

昨日のユーリウスの言葉といい、家の家令達の態度といい、アレシュのプロポーズは受けるのが当然、アレシュがかわいそうだという雰囲気《ふんいき》すら漂《ただよ》っていた。まるで誠一郎の常識がおかしいような空気に、この世界に来たばかりの時の孤独感を思い出していた。アレシュの身内でもあるオルジフからも、責められる覚悟はしていたのだが、謝罪をもらうとは思ってもみなかったのだ。

オルジフとアレシュの親戚としての血の繋がりは薄いとは聞いているが、今は同じ騎士団の団長と副団長だ。その関係性もあって、アレシュに最も近い人物とも言える。そんな彼に味方をしてもらえて嬉《うれ》しかった誠一郎だったが。

「まぁでも……あの感情を母親の腹に置き忘れてきたのかと言われたアレシュが、そこまでなりふり構わず好きになれる人ができたっていうのは、正直嬉しいけどな」

「それが一番反応に困るんですよ」

時間のこともあるので、オルジフの着替えを待って移動の道すがら話をすることになった。

「アレシュさんのご実家は、どういったお考えなんでしょうか？」

「どうかな……。俺もそんなに付き合いが深いわけじゃないが」

オルジフとアレシュは母親が姉妹である。二人は従兄弟になるわけだが、いかんせんアレシュの母は第一夫人の子、オルジフの母は第二夫人の子で腹違いになるため、血の繋がりはあるがアレシュが騎士団入りするまではそれほど付き合いがなかった。

誠一郎が分かっているのは、インドラーク侯爵家は王都に居を構えているが、本宅は海に近い地方にある事。夫人は一人で、アレシュの上に兄が二人、姉が一人いる程度だ。

「アレシュの上は全員結婚済みで、当のアレシュは浮いた話一つなかったから、頭ごなしに反対というわけではないと思うぞ」

どちらかと言えばオルジフもだが、「あのアレシュに想い人が⁉」という方が強いと思う。

しかし誠一郎は考え込む。

そうであったとしても、相手は自分。男で異世界人だ。

この国が同性同士に関してさほど問題視しないと言っても、他の問題が多い。

何よりも段階を踏まずに晩餐会で公表といった手段に出たことも悪手《あくしゅ》であった。本来であれば、先にご両親に挨拶《あいさつ》をして…………。

（って、俺はなんで結婚を前提の手順を考えているんだ‼）

思わず一番効果的で円滑《えんかつ》な方法を考えたが、そもそも結婚を目的としているわけではない。アレシュに毒されている。

いや、だからといって別れたいとかそういうことでもないし、アレシュの両親に認められたい気持ちはあるのだが……――。

「……………ところでエゴロヴァからの使者の方々に関してはどう思われました？」

「急に話が飛んだな!?」

どちらにせよ、これから仕事なのだ。誠一郎は頭を切り替えた。決して逃げではない、と自分に言い聞かせながら。

「まぁいいけどよ……。あーまぁ技師に関しては、研究熱心な職人だな。魔導士も貴族然としてるが、研究者気質が強い」

それには誠一郎も同意なので、頷いて先を促《うなが》す。

「護衛の騎士らはそれなりの腕だ。問題は……あとの二人だ」

「ルスアーノ様もですか」

てっきりラーシュ王子だけかと思っていたので誠一郎は聞き返した。

「ああ、もちろんラーシュ王子に関しては色々と噂《うわさ》が多くて、側室の子でありながら次期国王にって派閥《はばつ》もあるらしい」

「側室の御子で、第三王子で、ですか」

一応簡単に調べはしたが、誠一郎が知っているのは上辺《うわべ》の情報だけだ。

「ああ、かと言って別に他の王子に問題があるわけじゃない。ラーシュ王子が優秀なんだ」

表立って王位を狙っている感じではないが、さりげなく慈善《じぜん》事業や地方の視察、改善に携《たずさ》わり、いつの間にか重要な魔鉱石の発掘事業にも顔が利《き》くようになっていた。

「確かに、今回ご一緒の魔導士や技師の方々とも仲はよさげでしたね」

二人とも、ラーシュに王子として敬意を払うと同時に、妙に親しげと言うか、以前から付き合いがあるように見えた。

「エゴロヴァと言えば、魔鉱石の発掘に魔法、魔法道具が重要だ。そのどの組織とも親しくできているとなると、もしも他の王子に何かあれば一気に王位継承候補として上がるだろうな」

「それはそれは……」

話を聞く限り、ラーシュは実に上手《うま》くやっているらしい。地盤づくりを重視して、影響力のある技術者を掌握《しょうあく》するのは、堅実で賢い統治者だ。

今回の使節団を率いる役目を引き受けたのも、その関係だろう。

思い返してみると、ラーシュは誠一郎が用意した書類も真剣に読んでいたし、技師達が暴走気味でも苦笑して許しつつ周囲をよく見ていた。ああいう人間が上に立つ人間というのだろう。

（今後外交を結ぶのなら、ラーシュ殿下に取り入る必要があるのか……。いや、ラーシュ殿下にばかり行っては他の派閥に睨《にら》まれるか？）

誠一郎は少し考えて、止めた。

外交問題などを考えるのは誠一郎の仕事ではない。

カミルなどが誠一郎よりもよっぽど情報もノウハウも知って準備をして上手くやるだろう。

誠一郎の仕事はあくまでも、今回の使節団を不快にさせない程度に案内することだ。

しかし、ラーシュは分かるがルスアーノもとなると、疑問に思う。

誠一郎から見て、彼は転移魔法に興味があって使節団にくっついてきた王族の親戚……お坊ちゃんという立ち位置だ。顔つきだけではなく、言動にもまだ幼さが残るが魔法への探求心は本物のようで、昨日の魔導課でもロマーニの宮廷魔導士達に交じって、引けを取らない質問もしていた。

「それにしちゃあ、周りの対応が丁寧《ていねい》すぎる……。あの子……どこかで見たことがある気がするんだよな……」

「そうですか？」

王族の親族なのだから、あんなものではないか？　と首を傾《かし》げたら、オルジフに呆《あき》れたような目で見られた。

「お前……結構役に立たないな……」

「その方面に関しては範囲外ですので、お任せします」

適材適所です、と答えたら、

「アレシュと一緒になったら、そうも言ってられないぞ」

と言われた。

そこで蒸し返すか。

◇◇◇

昨日魔導課に押しかけさんざん研究室を見て満足したのか、ラーシュにお叱《しか》りを受けたのか、今日のエゴロヴァ使節団は大人《おとな》しく書類を見てくれた。特にラーシュは色々と質問をしてきて、それに誠一郎とクスターが答えた。魔導課の方はいったんゾルターンが返事をし、「それに関してはクスターが詳しくお話しします！」と毎回やっていたのだけが無駄だなと感じたくらいスムーズな会だった。

問題は、昼食時に起こった。

来賓用《らいひんよう》の食堂で交流となったはよいが、そこで昨日会ったシグマの話になった。発言主はルスアーノだが、それに続いたのはラーシュだった。

「昨日聞いたのですが、教会で庶民《しょみん》の子を集めて私塾を開いているそうですね」

これに関しては実行したのは誠一郎だが、国を挙げての事業ということになっているので、誠一郎はオルジフに視線で任せ黙ることにした。

「ええ、庶民にも学は必要だというユーリウス殿下《でんか》のお考えです」

「王子殿下自らですか」

ドナートが感心したように言った。

「ええ、次代の人材育成を目的とし、簡単な読み書きや計算、行儀作法《ぎょうぎ》程度ですが庶民にも学習の機会を設けるべきだというお考えです」

「庶民にですか……。果たしてそれは意味を成すのでしょうか」

「昨日会った少年は将来よい技師になれると思うぞ」

「そうです、既《すで》に庶民出で魔力も少ないのに、結果を出しているじゃないですか」

昨日よほど好印象だったのか、ゲオルギーとルスアーノはシグマのことが気になるようだと思ったのだが、ラーシュだけは違った。

優雅な仕草でパイ生地で包み焼きにされたガレガスという料理を切り分けながら、視線を上げた。

「発起人は、今代の聖女であると聞きましたよ」

ああ、そういうことか。

誠一郎はサラダの葉野菜をフォークでまとめて刺しながら納得した。

今回は転移魔法を学びにきたということなのと、まだエゴロヴァ側の出方が分からない以上、ロマーニ王国としては聖女を出したくないし、出すつもりもない。いざとなったら巻き込まれ召喚がバレてでも、誠一郎の方を出した方がましという判断もあり、誠一郎が案内役に抜擢《ばってき》されたのだろうことは推測していた。異世界から召喚された人物、という転移魔法の生き証人という立場だけだと、誠一郎と優愛は同等だからだ。

「よくご存じで。そうです、聖女様とユーリウス殿下のお二人で指揮を執《と》っておられます」

「今代の聖女はずいぶんと精力的に活動なさっているそうですね」

「ええ、魔力の扱いにもこちらの作法にも疎《うと》かったのですが、非常に努力家で心優しい御方です」

「ではもう作法なども身につけられておられるんですね」

ラーシュの追撃に、ゾルターンが応じた。

「いえいえ！　とはいえまだ他国の方々の前に出るには足りませぬ！　加えて王族の方の前になど、まだとてもとても！」

カミルかユーリウス辺りから、優愛《ゆあ》との接触を避けさせるように言われているのだろう。笑い飛ばすようにラーシュの含みを一蹴《いっしゅう》してくれた。誠一郎ではこうはいかないので助かる、と思っていたが、話はまだ終わらなかった。

「そうですか、残念です。ですが学がない庶民向けの私塾というのは大変興味深いです。そちらの見学はできませんか？」

ロマーニ側の案内人達の視線が一斉に誠一郎に向いた。

不思議そうなエゴロヴァ側を見ないようにしながら、誠一郎は静かに席を立った。

「急に他国の高貴な方々が参られては、お出迎えの用意もできませんので、教会側に確認してまいりましょう」

礼をして食堂を出て、一気に早歩きになる。

私塾のスケジュールは頭に入っているが、優愛とユーリウスの訪問日は知らない。まずは二人のスケジュールを確認し、その間に教会に知らせを送らねば……！

エゴロヴァの使節団が来て三日目。

一日たりとも予定通りに進まないスケジュールに、胃がキリキリしてきた。


誠一郎がどうにか第二騎士団経由でユーリウスと優愛の動向を把握し、今日は教会に近付かないように抑えてもらうように頼んで教会にも伝令を飛ばした結果、さほど時間を待たずにエゴロヴァとロマーニ側とで別れて馬車で出発できた。

「殿下、急に教育機関が見たいなど、どうなされたのですか？」

エゴロヴァ側の馬車はワゴン部分も広く豪華で、ロマーニ側が急遽《きゅうきょ》用意したにしては他国の賓客《ひんきやく》を運ぶには十分だった。

そのゆったりとしたソファに姿勢よく腰かけながら、ドナートが疑問を口にした。

昨日話し合った時は、今日はちゃんとあちらの説明を聞くようにと言っていたのはラーシュだったはずだ。

「ちょっと気になることがあってね」

「今代の聖女の件ですか？」

ロマーニ王国に百年周期で訪れる瘴気《しようき》被害を浄化するために現れるという聖女。その伝説に関しては近隣国にも知れ渡っており、今代はなんと異世界から召喚するために古代の召喚魔法を復活させたこともエゴロヴァでは話題となっていた。

「浄化魔法も召喚魔法も気になりますが、あちらは今回聖女と会わす気はないようでしたが」

「あ、それで聖女が出没するらしいところに急に訪問をするのですか？」

ルスアーノの言葉に、ラーシュは笑って首を振った。

「私はそんな騙《だま》し討《う》ちのようなことはしないよ……どうして目を逸らすのかな、みんな。まぁいい。今回滞在できるのは七日しかないからね、聖女のことはとりあえずいいよ」

まだ他国との交流の際に顔を出さない聖女だ。初のお目見えともなれば、大々的なものを計画しているはずだから、そこに割って入る気はない。

「庶民向けの教育機関というのは私も考えたことがあるから、その仕組みにも興味がある」

「にも、ということは他にもあるのですか？」

ルスアーノの質問に、ラーシュの唇の端が上がる。

「その私塾で指導にあたる者の中に、王宮経理課に在籍している例の庶子《しょし》の王族がいるらしいよ」

「なんと！」

間諜《かんちょう》の話では、経理課に勤めながら定期的に計算の授業に赴《おもむ》いているらしい。

「王族自らですか……。庶民の教育にかなり本格的に取り組んでいるのですね」

理解できないかのようにドナートが顔を顰《しか》めるのを、ラーシュは笑っていなした。

「とも考えられるし、主宰する第一王子とは別の意図で潜入しているのかもしれないね」

私塾は聖女と第一王子が主体で作られたとは、ロマーニの案内人達も言っていた。

ただこの事業が拡大し、ゆくゆくは国を担うこととなるならば関わっておかねば損だ。

晩餐会に参加していながらも末席に座っていた現王の庶子。教会私塾に関わっているのは果たして本人の意思か、背後に付いている者の意思か。

「王宮経理課というと……案内人のあの者のいる部署ですか」

「ああ、コンドゥだな。私は彼にもとても興味があるよ」

「資料をとても褒《ほ》めていらしてましたものね」

確かに改めて見た物と、今日さらに追加された資料は大変見やすい上に内容も多岐《たき》にわたっていた。あれを一人でまとめるとなると、膨大《ぼうだい》な時間と労力が必要だっただろうから経理課全体で以前から用意されていたものかもしれない。

「それもあるが、昨日からどうも今回の案内役達の指揮を執っているのは、彼の気がする」

こちら側が何か予定にないことを言う度にいち早く反応し、動いているのはあの覇気《はき》のない男だ。

「まさか。下っ端だから走り回っているのでしょう」

「そうだとしても、随分《ずいぶん》察しがよくて仕事が早い。ああいう人材がいたら便利そうだな」

転移魔法目的で来たが、思わぬ拾い物だったかもしれないと笑うラーシュに、欲しい物は必ず手にしてきた彼を知っているゲオルギーとドナートは、顔を見合わせ、彼《か》の者に同情した。

しかし、ルスアーノは思い出したように声を発した。

「あ、ダメですよ。おにい……殿下。あの者はこの国に伴侶《はんりょ》がおります」

「そうなのか？」

昨日今日を見た限り、そんな感じはしなかったがルスアーノは力強く頷いた。

「はい、晩餐会の時に胸元に銀の花に紫の宝石の入った装飾をしておりました」

「花……確かミアスの花はこの国では『永遠』を示す物で、結婚か婚約済みであることを表すのではなかったですかね？」

「そうです。それにカフスもスピネルを使っていました」

「それはそれは……随分情熱的な伴侶がいるようだな」

「スピネルはかなり希少な宝石だろう？　財力もすごいな」

四人はさっきまで一緒だったコンドゥの姿を思い浮かべ、あれに…………？　と若干の疑問を感じながらも、晩餐会で身に着けているということは少なくともその『情熱的』で『金銭に余裕のある』『紫の色を持つ』相手とは婚約済みなのだろうと納得した。

「相手がいるとなると引き抜くのは難しいか……」

「どうしてもと言われるのなら、その相手ごと引き抜いては？」

「いや、それだけの財力を持っているということは有力貴族だろうから、なかなか国が離さないだろう」

それにしても、あの男の相手とは、どんな人物なのだろう。


「ようこそ、お待ちしておりました」

それほど遠くない王都の教会では、司祭のシーグヴォルドが迎えてくれた。

以前の教会視察の際に世話になった、誠一郎を『アブラーン神の使徒殿《しとどの》』と称する、少し思い込みが激しいが真面目《まじめ》な司祭だ。

元はロマーニでも有力な貴族であるエールヴァール侯爵家の嫡男《ちゃくなん》であるが、幼少期は魔力コントロールが上手くいかず、この教会に預けられ落ち着いたことから盲目的《もうもくてき》と言ってよいほどのアブラーン神の信徒となった。

祈りを通じて魔石に魔力を吸収されて落ち着いていたと知った後、家とも話し合って、神に仕える道を選んだのだそうだ。

「お久しぶりです、シーグヴォルド司祭。急にすみませんでした」

「いえ、使徒殿……セイイチロ殿の頼みでしたら」

まずはエゴロヴァからの使節団に紹介しようと振り返ると、四人は全員目を丸くしてシーグヴォルドと誠一郎を見ていた。

「？　ええと、ラーシュ殿下、こちらがロマーニの王都の教会の司祭を務めておられます、シーグヴォルド様です」

何か驚くことはあっただろうかと内心首を傾げながら紹介すると、いち早く我に返ったラーシュが微笑《ほほえ》んで手を差し出した。

「突然の訪問失礼する。エゴロヴァから来たラーシュ＝エーリクだ」

「司祭を務めさせていただいております、シーグヴォルドと申します。ようこそいらっしゃいました」

にこやかに握手を交わす二人は、長身でタイプの違う美青年同士とあって大変絵になった。ここに優愛がいたらキャッキャとはしゃいだことだろう。大分落ち着きが出てきたが、美形を見るとはしゃぎがちな癖《くせ》が抜けないから、なかなか外に出せないのだ。

「救済院の私塾の見学に来られたのですよね？　最低限の礼儀は教えておりますが、何か無礼がありましたらどうか私めにおっしゃってくださいませ」

「いいえ、無理に参ったのはこちらだ。無礼などとは思わないよ」

ラーシュのそのセリフを聞いて安心した。礼儀作法を学んでいるとはいえ、元は庶民の子がほとんどだ。救済院の子ども達はそれよりもマシだが、どちらもまだ幼いし他国の王族相手では何が無礼になるかも分からない。言質《げんち》が取れたことに、誠一郎はシーグヴォルドにサムズアップしたい気持ちだった。

もちろんするわけにもいかないので、ラーシュ達をゾルターンが率先して案内している内にこっそりと礼を言っておく。

「ありがとうございます、シーグヴォルドさん」

「何の。私どもが面倒を見ている子ども達のことですから、セイイチロ殿はお気になさらないでください。それよりも、お忙しいのに他国からの客人の案内もされていて大丈夫ですか？」

「ハハ、大丈夫です。拘束《こうそく》時間はさほど長くありませんので」

「それならよいのですが。くれぐれもご自愛くださいね」

実際、使節団に王族がいることもあって、かなりゆったりめのスケジュールとなっている。その分準備が大変で、当日になって急な要望も多いのだが。だがその話を今ここでしても仕方がないので、誠一郎は笑って流した。

「今日のこの時間の予定は第三グループで計算の時間で変更はありませんかね？」

「はい、先ほど始まったばかりなので、授業風景の見学にはもってこいだと思います」

そう言えば、今日の講師役はノルベルトだった気がする。抜き打ちチェックの意味でもちょうどよかった、と誠一郎は思った。

二人が親しげに話す様子を、エゴロヴァの使者達が気にしていることには気付かずに。

「紫だ……」


「ところで救済院の方とは言え、セイイチロ殿のご体調は大丈夫なのですか？」

シーグヴォルドが気にしているのは、誠一郎が魔素にも魔法にも弱い体質を指してだろう。

教会にはご神体の魔道具に魔力を貯めており、またその貴重な魔道具のために結界魔法も使われているので普通の場所よりも魔力濃度が濃い。

「ああ、大丈夫です。祈りの間に行くわけではありませんし、私自身に結界を張っているので影響は少ないのです」

アレシュに念入りに【結界】を施されてから、まだ三日しか経《た》っていない。前回の浄化遠征《えんせい》から魔獣討伐へ行った時と比べると、日も少なく結界の効力も十分だ。

そこまで考えて、誠一郎は思った。

（まだ……三日なのか）

あの行為から、晩餐会に参加して、ケンカをして顔を見なくなって、まだ三日しか経っていないのだ。遠征などで離れている期間もあったのに、一緒に暮らしているせいかたった三日顔を見ていないだけで、随分会っていない気がする。

誠一郎が過去に付き合った相手とは、仕事にかまけて二〜三週間会わないなんてざらだった。もちろんそれを理由に別れられたが、誠一郎は仕事が忙しくなるとすぐに忘れてしまっていた。いや、意識に入ってこないと言った方がよいか。よくも悪くも仕事に埋め尽くされて、恋愛感情の入る隙間《すきま》がなくなってしまうのだ。

（今は他国の重要人物の案内という、大変な仕事をしているはずなんだけどな……）

こんなにもアレシュのことばかり思い出してしまう自分に、不思議な気持ちになる。とは言え、大事な仕事中なのは変わりないので、集中しようと思い直す。

「そ、そうですか……。結界を……」

一方誠一郎の答えに、シーグヴォルドは少し顔を赤らめ視線を逸らせた。

シーグヴォルドは魔力は多いが、感知能力はさほど高くない。なので前回も誠一郎の纏う結界について気付かなかったが、以前魔力酔《よ》いをした誠一郎にイストが実践《じっせん》して見せた「魔力の馴染ませ方」と「結界魔法」を思い出し、それが一体どうしてそうなってこうなっているかを察したのだ。

幸いにもそのことには気付かない誠一郎は、救済院に近付いてきたのでエゴロヴァの面々に断り、確認のため先に教室に向かった。

その姿を後ろから見ていたエゴロヴァの使節団は、仲睦《なかむつ》まじくしか見えない二人に、頷きあっていた。

私塾はちょうど計算の授業の終わりかけだった。

グループ分けされた子ども達は、各々の事情もあり救済児と庶民の子ども達が交じっており一グループで二十名前後となっていた。

紙やペンが買えない子も多いので、薄い木の皮とインクのないペンが支給されており、これで削り書くように使われていた。

ちなみにこの木の皮とペンは木工工場と金属工場からの寄付だ。下町の子達に無償《むしょう》で勉強を教えてくれるということで、町ぐるみで協力し合っている。庶民の中には教会に足を運ぶ者もずいぶん増えており、活気のある教会になってきた。

「おお、皆大人しく授業を聞いているな」

「年齢はバラバラなんですね」

呟《つぶや》いたオルジフと、ルスアーノの感想に、誠一郎が頷く。

「学習できるのは庶民の子にとって貴重な機会ですからね。将来にも関わるので親からも十分に言い含められているようです。基礎知識のみを与えているので、年齢関係なく分けました」

「それだと理解力に差が出ないか？」

スタートが同じでも、五歳の子と十二歳の子では学習速度が違うだろう。

「まだ始まったばかりですので、そこはおいおいですね。近いうちに学習速度でグループを組み直そうと考えています」

「ほう……」

今後上の学校に進むわけではないので、学びたい子は学びやすい環境を整え、シグマに次《つ》ぐ国保障の特待生を育てていくためには、特進クラス的なものを作るべきだ。

「貴殿は年齢よりも、徹底して実力を見るのだな」

ラーシュに直接話しかけられ、一度オルジフとゾルターンを見た後、誠一郎は答えた。

「当然です。これは慈善事業ではなく、国が行う人材育成なのですから」

計算の授業は滞《とどこお》りなく終わり、誠一郎は講師をしていた者を呼んだ。

「うーわー！　何でセイさんがいるんスか～～～」

授業を終えたノルベルトは、真っ先に誠一郎に不満をぶつけた。

授業見学が入ってすぐに気付いたものの、授業を止めるわけにはいかずどうにかこなしたが、他国の偉い人が視察にくるとしか聞いていなかった。

「俺が案内役をしているのは知っているんだから、ちょっと考えれば分かるだろう」

「だって他国の偉い人だけだと思ったんスもん～～」

他国の王族に見られるよりも、誠一郎に見られるのが嫌だと言って嘆《なげ》くノルベルトに、ゾルターンが必死の形相で手を振る。

「まずは！　ラーシュ殿下にご挨拶をしないか！」

「あ、とと、すみません。ノルベルト＝バラーネクです。晩餐会にも一応参加していました」

「ああ、知っています。ラーシュ＝エーリクです、よろしく」

ラーシュが代表して挨拶を返し手を差し伸べたので、ノルベルトも、ゾルターンもオルジフも目を丸くした。

大国エゴロヴァの王子が、伯爵家とはいえ一介《いっかい》の官吏《かんり》に対等な挨拶をしたのだから。

ノルベルトも戸惑《とまど》い、誠一郎を見たが誠一郎も正解は知らない。とは言え、差し伸べられた手を無視するわけにもいかないだろうことは明白だ。視線で握手を促し、ノルベルトはおずおずと手を差し出した。


「はーっめっちゃ緊張したッス。噂と違って、ラーシュ王子って気さくな人なんスね」

その後、教会内の花苑などの案内を申し出たゾルターン達と共にラーシュ達が席を外したため、ノルベルトはホッとした様子で誠一郎とオルジフの元に来た。

「気さく……かどうかは疑問だが」

「え、そうなんスか？」

「ああ。まぁでも今回一緒の技師や魔導士とは親しげだから、気さくというのは合っているのか？」

オルジフの言葉に、今朝の会話を思い出す。

ラーシュは確かに一部には気さくだ。

『今後利用価値のある相手』に対して非常に上手くやっている。

ということは、ノルベルトがその枠《わく》に当てはまったことになるのだが、一体何が彼の琴線《きんせん》に触れたのだろう。そこまで考えて、はたと気付く。

（そう言えばコイツも王族だったな……）

普段のノルベルトを見ていると、どうしても忘れてしまう。

ロマーニの一部の貴族では周知のこととは言え、エゴロヴァの使節団の責任者が知っているのは、偶然か調べて来たのか？

「いや～それにしてもセイさん急に来るんスもん。ビックリしたッスよ～」

言われて思い出す。

「六十五点」

「いきなり採点!?　このまま流れると思ったのに～～～！」

「喋《しゃべ》りが早すぎる。人前で話す時は自分が思っている一・五倍になると思って、極力ゆっくり喋れ。あと授業構成が甘いな。あとで計画表を見せてみろ」

「うえええ～～～」

「仲よいなお前ら……」

丁寧語以外で喋る誠一郎を初めて見たオルジフは、二人の会話にアレシュは妬《や》かないのか少し心配になった。

ノルベルトに指導を行っていたら、マントをクンと引っ張る力を感じた。振り返ると、頭一つ分くらい下に若草色のふわふわした頭があった。

「セリオさん」

この教会で修道士見習いをしているセリオは、前回の教会査察の際の誠一郎の案内役だった。フワフワの若草色の髪と長いまつ毛で、女の子と見まがうばかりの可愛《かわい》らしさだが、口から出るのは大体憎まれ口だ。

「お前……来てるんなら教会の方にも顔出せよ」

セリオは確か今日の学習グループにはいなかったはずだから、誰かに聞いて駆けつけたのだろう。

「ああ、すみません。今日は教会に用はなかったので」

「そっ……それでも一応一声掛けろよ！　……無理に中まで入れとは言わないからさ」

誠一郎の体質のことを知っていて、それを心配してくれるくらいの関係にはなれたことに感慨深いものを感じる。

「すみません、今度はセリオさんが学習の時にこちらに寄りますね」

「そうは言って……いつだよ」

「いつかまではちょっと今は……。近いうちに寄ります」

「本当だな？　絶対だぞ？　アブラーン神に誓えよ？」

異世界の優愛と誠一郎を有無を言わさず拉致《らち》した神に誓うのはちょっと御免《ごめん》こうむりたいが、そこは一応合わせて頷いておく。

「あーちょっと目を離した隙にまた仕事増やして……」

ノルベルトに指摘されたのを否定しようとしたが、それよりも先にラーシュ達が戻ってきた。

「コンドゥはこちらの私塾にも顔が利くのだね」

「ああ、はい。立ち上げ当時は計算の授業の講師をしていましたので」

「そうなんですか。ところで先ほどから司祭様とノルベルトさんが貴方《あなた》のことを『セイ』と呼んでいるようですが、家名が？」

しまった。

あまりにも急だったので、口止めしておくのを忘れていた。

下手《へた》に凝《こ》った嘘《うそ》をついたら、すぐバレそうなので誠一郎は正直に話すことにした。

「はい、近藤の方が家名で、誠一郎は名前です」

「ああ、コンドゥの方が家名だったのか。セイ……失礼、もう一度」

「誠一郎です」

「セイ……チロ？」

ロマーニに限らず、こちらの世界ではやはり日本名は発音しにくいようだ。いや、誠一郎の名前自体日本でも噛《か》みがちの名前ではあった。

「はい」

「セーチロウですね、うん覚えた」

人形じみた整った顔が、煌《きら》びやかな笑顔を浮かべた。普段アレシュを見慣れている誠一郎でも、あまりの眩《まぶ》しさに目を細めたほどだ。美形とは有害である。

「しかし名前を名乗るのも制約するとは……貴方の伴侶は随分独占欲が強いのですね」

流し目で言われた台詞《せりふ》に吐きそうになったほどに。

ラーシュ達が先に出た後、セリオから散々「伴侶って何だよ誰だよ」とマントを引っ張られたのを何とか宥《なだ》め、帰路に就《つ》いた。後ろでノルベルトが爆笑していたのが大変遺憾《いかん》であったので、経理課に戻ったら新しい仕事に挑戦させようと思っている。

今回は昼から急に教会を訪れたが、帰宅時間はそう遅くはならなかった。

アレシュはもう帰っているだろうか。

「おかえりなさいませ、セイイチロウ様」

「ただいま戻りました」

わざわざ迎えに出てきてくれた執事《しつじ》のヴァルトムに返事を返すと、気の利く家令は誠一郎の視線を察してくれた。

「アレシュ様でしたら、まだご帰宅いただいておりませんよ」

「えっ、いや……そうですか」

帰ってすぐにアレシュを探していたのを気付かれた気恥ずかしさに否定しようとしたが、探していたのは間違いないので、素直に一番情報を持っているヴァルトムに教えを乞《こ》うことにした。

「いつ頃お戻りになるかとか聞いていますか？」

「それが……しばらくご実家でお過ごしになるとの伝令が参りまして」

「は!?」

予想外の答えに、思わず声が出て口を塞《ふさ》いだ。

ケンカした翌日に実家に帰り、その上しばらく戻らないだと？

何だそれ、子どもか！

（こっちは仕事中もアレシュさんのことを考えてしまっているというのに……）

いや、これは誠一郎の勝手であり、アレシュには関係ない。八つ当たりに近い。

冷静になろうと、一つ大きく深呼吸する。

状況的に喧嘩《けんか》後の「実家に帰らせていただきます」状態で、これが事実ならばこの後の展開は誠一郎が実家まで謝りにお伺いする流れだが、多分違う。まず平民で異世界人の誠一郎が、いきなり侯爵家を訪ねるのもおかしいし、アレシュだっていい大人だ。そんな感情任せのことをして誠一郎の気を引こうとは思っていないだろう。

（少し……いや、かなり子どもっぽいところはあるが……）

誠一郎の立場も、貴族社会のことも分かっていて、その辺は普段から気を使ってくれているのも知っている。

そこは信じている。

となると、誠一郎のすべきことは一つだ。

「そうですか、分かりました。お戻りになる頃が分かりましたら、教えてもらえますか？」

「もちろんでございます」

やることは沢山ある。

明日は改めて魔導課の訪問だから、急なスケジュール変更はないと思うが油断はできない。

ゾルターンやクスター達が案内や解説をしてくれている間に、自分も次の予定の準備をしなくては。

その前に、明日は寄るところがあるから今日は早めに休むことにした。

仕事がたくさんあるというのは、余計なことを考えなくてよい。


翌朝、誠一郎は早々に王宮に出勤していた。

エゴロヴァ使節団の案内は今日は光の刻からだが、その二時間前の木の刻には王宮に着いていた。

経理課の仕事も気になるが、今日は他に目的があったからだ。

誠一郎は天井の高い廊下を歩く。木枠の大きな窓からは、見事な庭園が見えるがそれには目もくれず、目的の場所に向かう。

主塔に近い西側の一階。訪れる時は、有無を言わさず引きずられて行ったり、意識がなかったりが多いが場所はちゃんと把握している。

「失礼します。医務局長のシーロさんはいらっしゃいますでしょうか？」

同じような白衣を身に着けた医務局員達が、奥の部屋に案内してくれた。

シーロ専用の診察室兼、書斎だ。相変わらず、高い壁を本が覆《おお》っていて本に押しつぶされそうな部屋だ。この部屋で診察を受ける人は何も言わないのだろうかと思う。

「えっコンドゥ!?　アレシュから聞いたの？　まだできてないよ！」

誠一郎の姿を見るなり、金縁眼鏡《めがね》にくすんだ金髪の男、王宮医務局長のシーロ＝クエルバスは驚いた表情を見せた。

「まだできていないとは、何がですか？」

一方の誠一郎も、身に覚えのない台詞を言われ目を丸くして問い返した。

「あれ？　アレシュから薬のこと聞いたんじゃないの？　じゃあ何をしに？」

今日誠一郎が医務局を訪れたのは、魔素や魔力の濃い地方にいると本人の魔力も増えるのではないかという仮説を確認するためだ。

それはともかく、色々と聞き逃せないことが多すぎた。

「今日はご相談があって来たのですが、薬とは何です？　アレシュ様が関わっているんですか？」

「あちゃ～、やばい、アレシュに怒られる」

もしかしなくても、アレシュに何か秘密裏《ひみつり》に頼まれていることをうっかり喋ったようだ。だが、これを見逃すわけにもいかない。重ねて追及すると、それほどアレシュが怖くはないのか、シーロはあっさりと口を割った。

「アレシュからね、魔素中毒と魔力酔いを治める薬が作れないかって言われてたんだよ」

「魔素中毒……ですか」

それはもしかしなくても、誠一郎のためだろうか。

一般的に、この世界の住人は元からなのか生まれた時から触れているせいか、魔素に対して耐性がある。なので魔素中毒の治療薬など基本は必要がない。魔力酔いに関しても同じくだ。

一方の誠一郎は、最初に比べると魔素耐性はかなりマシになっているが、それはあくまで日常生活ならギリ、程度だ。魔素が多く含まれるような嗜好品《しこうひん》の類《たぐい》はＮＧだし、魔素が多い場所、大きな魔法が使われている場所などに近付くのは難しい。

今はアレシュに【結界】を張ってもらっているから、教会や魔導課にも問題なく出入りできるが、それがないと多分すぐ熱を出すか倒れる。

「普段は自分がついていて対策するけど、遠征とかが入ることもあるからって」

アレシュが属する、というか率いる第三騎士団は魔獣討伐などが主なので、よく遠征が入る。大体魔獣が出るのは僻地《へきち》が多いので、遠ければ遠いほどそれだけ期間は長くなる。

出会ってからこれまでは、聖女の浄化遠征があったのでそういった任務は入っていなかったが、これからは違う。季節的にも暖かくなってくると魔獣も活性化するので、これから遠征が増えるだろうから、と言われたらしい。

「………」

いつも誠一郎がそういった場所に向かう前は、【結界魔法】を張り、普段は週一でお願いしているのでこれ幸いにと一日中ベッドで過ごすことを強要してきたと思っていたら……。

本当は、誠一郎の体のことなのだから、誠一郎が気を付ければいいだけの話なのだ。

魔素や魔法が多い場所には近付かないようにして、大人しくしていればよいだけの話である。

しかし誠一郎は、教会にも魔導課にも行く。仕事があるからだ。

アレシュは誠一郎に仕事を減らせ、体に気をつけろとは言うが、辞めろとは言わない。

仕事が誠一郎の自己確立であることを理解して、尊重してくれているからだ。

(口うるさいし、子どもっぽいし、相談もなく勝手に物事を進める人だけど……)

誠一郎は、熱っぽい頬《ほお》を隠すために咳《せき》ばらいをするふりをして顔を逸らせた。

どうにか顔の熱を理性で抑え込み、誠一郎は目的だった魔力についての仮説をシーロに確認した。

「魔力量が、魔素環境によって増えるかもだって？」

「はい、今回エゴロヴァの方々を見ていて、そういう可能性はないかと思ったのですが」

「………………それは考えたことがなかったな」

シーロは腕組をして、どっかりと雑にソファに座った。促され、誠一郎も向かいに座る。

「今まで魔力量は血筋に関係していると言われてきてたからね、だから貴族に多いんだ」

魔法が使えるのは一種のステータスである上、制御するのにはコツがいるため、貴族レベルでなければ制御法を学べる環境にもない。

たまに、シーグヴォルドのように規格外の魔力を持つ者がいるが。だから平民は魔力量が多く、制御できない子が生まれると教会などに預けるのだ。

「血筋、ということは同じ環境で育つ者でもありますよね」

「確かに、そうとも言えるね」

「まだ仮説段階なので、ぜひシーロさんにもご協力いただいて検証したいんです。魔力量の多い人材が増えれば、人手不足解消にも繋がりますし」

「それはつまり……」

キラリとシーロの眼鏡が光った。

「治癒《ちゆ》魔法が使える人材を、教会と取り合わなくてもよいということか！」

治癒魔法は魔力制御が繊細で難しいため、よほど魔力を持っていて制御法を学んだものしか使えない。

聖女である優愛はこれにしっかり当てはまり、最高水準の学習を受け治療師《ちりょうし》として大変優秀である。

そんなわけで、希少な人材であるため二大権力である王宮と教会で日々治療師の取り合いが起こっており、庶民の町での治療師は本当に簡単な治癒魔法を使う程度の魔力を持った者が、民間療法を混ぜて行っているのが現状だ。

「はい、魔力量の多い人材が確保できれば、それこそ魔力制御を主にした学習塾を開いてもよいと思っています」

貴族が主に通う学園では、様々な学習が行われるが、治療師だけを目指すならば必要ない物も多い。要は大学と専門学校の住み分けだ。

「人材育成に関することですので、宰相《さいしょう》閣下《かっか》には私から話は通りしておきます。その際に、シーロさんのご協力を得られるとお伝えしても？」

「ああ、もちろんだよ！」

そこでいったん、誠一郎が言葉を切ってシーロに向き直る。

「急な魔力量の増加などが人体にどのような影響を与えるかわかりませんし、人権問題もありますので慎重にことを進めたいと思っています」

「魔力量のことは分かるけど、人権とは？」

「魔力量が増えれば働き口も増えますから、一部の者が無理を強《し》いられる可能性もあると思うんです」

例えば金銭に余裕のない家の親が子どもの魔力量が上がるならと、魔素の多い危険な場所に無理やり行かせたりだとか、それで魔力量が増えるという商売を始める者だとか。

「ううん、可能性はあるだろうけど、それは個人の問題だからそこに気を使って計画を停滞させるのはどうだろう？」

人権問題について敏感な豊かな国から来た誠一郎と、シーロでは価値観が違う。

おそらくシーロの意見がこの国では大多数で、誠一郎は甘いのだろう。だが譲《ゆず》るつもりもない。

「いえ、それによって得られるはずの人材を使いつぶすわけにはいきません。人材は有限です。それに国家主体での人材育成計画と連携《れんけい》させるので、民間のあやしげな商売と結びつけるのもまずいです。国家とは、国民からの信頼で成り立っているのですから」

誠一郎のいた国でも、過去にずさんな管理で様々な事件が起こり、沢山の人が死んだ。

それを知っているのならば、避《さ》けられる惨事《さんじ》は避けねば損だ。

「コンドゥは本当に面白い考え方をするねぇ。よいけど、君背負い込みすぎじゃない？　僕はアレシュから君の健康に気を付けるようにも言われているんだからね」

「大丈夫です」

「何を根拠に即答しているのかね……。今日もこれからエゴロヴァからの使者の案内だろう？」

シーロの心配は分かるが、誠一郎は慢心していた。

「今日は私はやることはほとんどないですから」

前回と同じく、魔導課に行けばあの研究バカ共で盛り上がるはずだし、今日はイストは第一騎士団に申請を受け、他所に同行していて不在だ。
なんて思っていたことが、誠一郎にもありました。

第五章　告げられました

前回同様技術者同士で盛り上がる面々から少し距離を取り、オルジフとラーシュと話をしていたところ、急に大きな声が聞こえてきた。まだ声変わりが終わっていない、ボーイソプラノでその主が誰だか分かる。

「何があったんだ？」

駆けつけ、ラーシュがシグマに摑《つか》みかかるルスアーノを剝《は》がし問いかけた。誠一郎《せいいちろう》も急ぎシグマの側《そば》に寄る。

「お前らしくもない、どうしたルスアーノ」

まだシグマに摑みかかろうとするルスアーノを、ラーシュはやんわり手首を摑んで止める。

「だってこの者が……！」

感情的になりすぎていて、説明ができそうもないので誠一郎はシグマの方にこっそり訊《き》いた。

「何があったんですか？」

シグマの方は顔面蒼白《そうはく》だ。元々身分の高い相手に気後れする庶民《しょみん》なのに、他国のお偉いさんの子であろうルスアーノに怒りを向けられては無理もない。だが、誠一郎はシグマが取り返しのつかない失態をするとは思っていなかった。

「大丈夫ですから」

重ねて言うと、おずおずと口を開いた。

「一昨日《おととい》見せた魔導具のことを聞きたいと言われたので、もう一度説明していたんです」

一昨日見せた魔導具というと、あの魔力測定器か。頷《うなず》いて先を促《うなが》すと、一度ルスアーノに視線をやった後に再び誠一郎に向き直って続けた。

「あの……どうやって思い付いたのかとか聞かれたから……俺……じゃなかった、僕ひとりじゃなくて、イストさんと一緒に作ったって言ったら急に怒り出して………」

「それは……」

シグマの新情報と言ったら、イストの話だけだ。

となると、まさか……――。

「なぜお前のような半人前の庶民の技師が、あの御方と一緒に仕事ができるの!?」

「マジか」

誠一郎の口から漏《も》れた声は、小さすぎてシグマにしか聞こえなかった。

何とかルスアーノを宥《なだ》めてもらい、散らかった魔導課を後にして談話室に移動した誠一郎は、いや、誠一郎はじめロマーニ陣営一同は頭を抱えた。

「つまり……うちのイストはそちらの国では、そこそこ有名人であると……」

「新魔法の発見や、古代魔法の復活、従来の魔法の簡略化など様々な功績のある高名な魔導士ですから、当然です。逆になぜご存じないのか」

ゾルターンの恐る恐るといった問いかけに、ドナートがハキハキと答える。

マジか。

誠一郎は今度はどうにかその言葉を飲み込んだ。

イストが優秀な魔導士であることは知っていたし、だからこそ商家の生まれなのに魔導課副管理官にまでなっているのだ。

だがロマーニ側からすれば、それ以上に彼の言動がひどすぎて、どうにか暴走しないように適当に自由にさせている、といったのが一番当てはまる。

これはロマーニが魔法研究に関して、魔獣討伐《とうばつ》などの攻撃的な魔法と王都を守る結界魔法以外をおろそかにしていたせいもある。だからこそ第三騎士団がもてはやされ、魔導課は不遇の扱いであったたし、平民の間にも魔法は広まっていない。

だが適当に自由にさせた結果、イストは少ない予算内でも様々な功績を上げていたらしい。

申し訳ないが、誠一郎も魔法は専門外だったのでその辺のことは予想外だった。知っていたらすぐに金にしたものを。

「いやはや……あの者はなんというか……あまりそういった成果に関して報告を上げてきませんでしてね……」

「報告されなくても、魔導士なら何をしているか分かるでしょう」

ゾルターンの言い訳をバッサリ切られた。ごもっともだ。

ゾルターンはほとんど魔導課に顔を出さないし、イストは結構研究室に籠《こ》もって色々やっては、結果が出るとそれに満足して放置していることが多い。まさかイストに論文が書けるとは、と誠一郎はちょっと失礼なことを思った。

「イスト殿の着眼点や発想力は素晴らしいです。今回の転移魔法についても、イスト殿主体の研究だろうと思いましたので、ぜひご教授願いたかったのですが……」

「特にこのルスアーノは、イスト氏に傾倒しておりまして、どうしてもお会いしてお話ししてみたいと今回の使節団入りを希望したくらいでして……」

「そ、それは言わなくてもよいじゃないですか！」

顔を真っ赤にしてラーシュに抗議するルスアーノは、年相応の少年だった。

「ですがイスト氏ほどのお方ともなれば、お忙しいでしょうが、顔も見られていないとなりまして……」

違うんです、表に出すとやらかすから閉じ込めていたんです。

「そんな中、そちらの少年がイスト氏と共同開発したと話を伺いまして、感情が昂《たか》ぶったようです。本当に申し訳ない」

王族に面と向かって謝られては、許さないわけにもいかず、ゾルターンとオルジフが慌《あわ》てて取りなしている。

その横で、誠一郎はクスターと視線を合わせた。

どうします？

どうしましょうか。

「非礼を詫《わ》びた上でお願いなのですが、どうかルスアーノとイスト氏を会わせてやってもらえませんか？」

王族に面と向かってお願いされては、断るわけにもいかない。

「あー……それがイストは今所用で王都を出ていまして……」

これは本当である。環境関係の研究員と共に地方の調査に出ているのだ。一昨日は奥の部屋にいたが。

「それは我々の滞在中にはお戻りになられないということですか?」

当然の質問に、ロマーニ側がうっと息を飲む。

残念ながら……明日には帰ってくるのである。

ここで嘘《うそ》を吐《つ》いて後でばれたら国際問題になる。しかしイストと会わせても国際問題になるだろう。

どちらを取るべきか……。誠一郎は思考を放棄《ほうき》し、ゾルターンに全任することにした。部下の責任は上司が取るべきだ。

かくして明後日は、イストを交えての魔導課での座談会となった。


「疲れた……」

久しぶりに口から出た言葉に、誠一郎は自分でも驚いた。

エゴロヴァ側には散々、変わり者だから無礼があっても許してくれるよう言質《げんち》を取った。これである程度は大丈夫だと思うが、イストがある程度で終わるとも思えない。

何かあった時のために、エゴロヴァ側の弱みも握れたらいいのに、と思いながら誠一郎は邸宅の扉を開けた。

「ただいま戻りました……」

呟《つぶや》きながら入ったが、いつも待ち構えてくれているヴァルトムもミランもいなかった。

何か手のはなせないことがあるのだろう、と思い自室に向かうか帰宅を知らせに探すべきか迷っていると、エントランスホールに続く階段上に人影が見えた。

見上げると、ヴァルトムでもミランでもパヴェルでもない。

見覚えのない女性が、ヒールで優雅に降りてきた。

髪は黒と藍《あい》が混じったような艶《つや》やかな色で、白い肌に濃い藍色の瞳がキリリと釣《つ》り上がっていて勝ち気そうだ。それを縁取るまつ毛は長く、要は美人だ。

スッキリとしたデザインのドレスはそれでも上質なことが分かり、この美女が上流階級の者であることをこれでもかと知らしめている。

「遅かったわね」

階段の踊り場から誠一郎を見下ろした美女が赤い唇を開いた。

ここはアレシュの邸宅なのだから、中にいるということは、アレシュの客人であることは間違いない。しかしアレシュは今不在である。

そんなことはヴァルトムかミランが伝えているはずだから、彼女がここにいるということは、アレシュが不在であっても入館が許される立場であるということだ。

するとと美女の後ろから現れたヴァルトムが音もなく誠一郎の傍《そば》まで下りてきて、耳打ちした。

「アレシュ様の姉上様であります、エレネ様でございます」

（何で……何で皆俺に仕事をさせてくれないのだろう……）

◇◇◇

「ルフィ、いつまで浮かれているつもりだい？」

軽い足取りで部屋に戻ってからも、鼻歌まで零《こぼ》れ出しているルスアーノを見て、さすがにラーシュも声を掛けた。

言われたルスアーノの方は、自覚がなかったのかきょとんとしている。

「憧《あこが》れの君に会えるからと言って、少し顔が緩《ゆる》み過ぎだよ」

「そっ、そんなことはありません！」

すぐに赤くなって否定するが、全く説得力がない。だが普段の澄ました顔よりも年相応で、ラーシュ自身は兄として喜ばしいのだが。

「お兄様こそ、今日はあの経理課の人にばかり話しかけていたじゃないですか」

意趣返《いしゅがえ》しをするように指摘され、ラーシュは笑った。言われた通り、ラーシュは機会があればあの経理課の彼にばかり話しかけていた。

「質問に対して、迅速《じんそく》で正確な回答が来るのが楽しくてね」

優秀な人間との会話は実に有意義である。でも、とラーシュはルスアーノに視線を合わせた。

「ここはエゴロヴァではないのだから、部屋の外ではしっかりね」

一応釘《くぎ》を刺しておくと、ルスアーノはスッと熱を落とした。

「エゴロヴァでも、気を緩められないじゃないですか」

確かに、とラーシュは頷く。

王族ともなれば王宮内でも気は抜けない。ましてや、ラーシュもルスアーノも王位継承順位は低いが目立つ存在なので、足を引っ張ろうとする輩《やから》が後を絶たない。

ルスアーノがロマーニについて行きたいと言い出した時は、少しは息抜きさせてやりたい気持ちがあったのも確かだ。

「でも明日も大事な用事があるのだから、気を引き締めなさい」

「……………分かっています」

明日は七日間の視察の中で、唯一《ゆいいつ》案内人を付けない日だ。

ドナート達は町を散策してくると言っていたが、ラーシュ達には他に用事がある。

と言うか、魔法文化交流の視察を看板に、こちらの方が本命と言っても過言ではない。

ラーシュ自身は、王族の庶子など興味があることは他にもあったが。

「兄としては、妹の婚約相手との対面は大事な用事だからね」

「それは……私も同じです、お兄様」

そう言ってルスアーノは、儚《はかな》い少女のような笑みを浮かべた。

AAA

カチャリ、カチャリと静かな室内にナイフとフォークの音が響く。

いつもアレシュと食事をする広いテーブルで、誠一郎は今、先ほど会ったばかりのアレシュの姉という人物と向き合って夕食を摂《と》っていた。

突然現れたアレシュの姉、エレネ。

混乱しながらも挨拶《あいさつ》を交わした後、ヴァルトム達が気を利《き》かせて「とりあえず食事でも」と場を設けてくれたわけだ。

正直誠一郎は助かった。食事中ならば口数が減っても許されるからだ。その間に頭をフル回転させて、状況把握と現状打破の計画を練る。

「相変わらず美味《おい》しいわね、お前の料理は」

「ありがとうございます」

「今からでも家に来ない？」

「お気持ちだけいただいておきます」

声をかけられたパヴェルと仲良さげに話すエレネ。

(そうか、アレシュさんの姉ということはパヴェルさんやパヴェルさんの師匠《ししょう》の料理も食べたことがあるのか)

アレシュと一緒に育った人、ということで少しだけ興味が湧《わ》いた。

「……あなたは、随分《ずいぶん》と小食なのね」

急に話しかけられて、危うくナイフを落とすところだったが寸前で耐えた。

「……はい」

パヴェルのおかげで食べられる物は増えたが、胃弱による小食は変わらない。これでも日本にいた頃に比べれば食べる量は増えたのだが、貴族女性であるエレネと大差ない。おそらくアレシュは若く騎士ということもあり、よく食べるのでそのギャップに驚いたようだ。

改めてその姿を確認する。アレシュの姉というだけあって、どこか雰囲気《ふんいき》は似ていると思う。藍色の混じった黒髪と藍の瞳で、姉弟と言っても同じ色にはならないらしい。そう言えば紫は珍しい色だと前にも聞いた。

化粧のせいで上に見えるが、おそらく誠一郎よりも年下だ。

以前アレシュに聞いた話では、アレシュの兄姉は上から兄・兄・姉、で一番下がアレシュだ。ということは、今目の前にいるエレネはアレシュと一番年が近いことになる。二十代半ばくらいだろうか。確か既婚であるはずだ。

しかし誠一郎としては、アレシュの姉であると同じくらい、貴族の女性という存在を相手にしたことがないため、圧倒的経験不足で対応に困っていた。

食事中は無口でもいけると思っていたが、食事とは永遠に続くものではなく。

食後のお茶が出され、歓談《かんだん》タイムに突入するやいなや、エレネが口を開いた。

「あなた、明日は使節団の案内はないのでしょう？」

なぜそれをと思ったが、別に機密事項ではないし、貴族ともなれば知ろうと思えば可能であろうと素直に頷いた。

「はい。ですが明日は魔導課の案内人の方とこれまでの成果とこれからの予定を話し合う約束になっております」

エレネに明日の予定を押さえられないように先手を打ったように聞こえるが、別に嘘ではない。

クスターと共に、全く予定通りに進まなかった三日間とXデー……ではなく、イストをどう大人《おとな》しくさせるかの相談をする予定だ。

その後はカミルにアポを取っているので例の生活区の魔素濃度と個人の魔力量についての相談を行う予定となっている。なので、今日中にその資料をまとめておきたいのだが……。

それを聞いてエレネは不愉快《ふゆかい》そうに眉を顰《ひそ》めた。機嫌が悪くなった時の仕草が、アレシュに似ているなと思った。

「……まぁいいわ。先日、うちの両親がアレシュを呼び出したことは知っているわね？」

「はい」

それから帰宅できていないのだ、当然だろう。

「呼び出された理由は？」

「……心当たりはあります」

オルジフからも言われたし、多分、というか絶対、晩餐会《ばんさんかい》での誠一郎の装飾品だろう。

「私もちょうどその時に実家に帰っていたのだけど」

夫が長期の仕事だったので里帰りをしていたと言う。

「アレシュが聖女召喚《しょうかん》に巻き込まれた異世界人を保護していることは、私も両親も知っていたわ」

突然実家を出て、家を買ったのだから当然把握はしているだろう。

「妙な噂《うわさ》も聞いてはいたのだけど……まさかねぇ……」

チロリと向けられた目には、品定めするような色があり、それも当然かと誠一郎は背筋を正した。

ラペルピンの件の時は、まだ結婚などは考えていないと思ったが、誠一郎はもう三十歳だ。異世界だ帰還《きかん》だを除外して考えれば、適齢期《てきれいき》であるし、こちらの世界の基準で言えばそれはアレシュにも当てはまる。結婚云々《うんぬん》は置いておいても、アレシュの身内にはいつか会わねばならなかった。

できれば今後の外交問題に関わる仕事中の今ではない時にしてほしかったが……。

「ご挨拶が遅れまして申し訳ございませんでした。改めまして、王宮経理課副管理官を務めさせていただいております、近藤《こんどう》誠一郎と申します。ご存じの通り、聖女召喚の際に誤って一緒に召喚されてしまった異世界の者で、アレシュ様には大変お世話になっています」

座ったまま深々と礼をするが、エレネの返答はない。

だが言わねばならない。

「アレシュ様とはお付き合いもさせていただいています」

視線を上げると、藍色の目がじっと誠一郎を見ていた。表情は……読めない。アレシュも無表情だが分かりやすい。だが、エレネの表情は誠一郎には読めなかった。

「本来であれば、私もアレシュ様のご実家にご挨拶にお伺いするべきだとは思うのですが、何分今はエゴロヴァからの使者の方々のご案内を仰せつかっておりますので、それが終わりましたら……」

アレシュが行っているからといって、誠一郎が単身で侯爵家《こうしゃくけ》を訪れるのはお門違いだということは分かっているが、行く気はあるアピールだけでもしておこうと口にしたところで、お茶を飲んでいたエレネの目尻がピクリと動いたのが見えた気がした。

「……あなた何も知らないのね」

「え？」

エレネがカチャリとソーサーにカップを置いた。

「エゴロヴァの使節団が来た目的を知らないの？」

「そ……れは、転移魔法の視察という名目で、魔法関係での外交を始めるおつもりだと……」

「外交が魔法技術交換だけなわけないでしょう。一番簡単な外交の結び方も知らないの？」

そう言われても、誠一郎は経理課だ。外交など全く縁がなかった。

一番簡単な国同士の外交と言われても、歴史上を振り返って思いつくのなんて貴族や王族の婚姻《こんいん》くらいしか…………――。

「…………え？」

誠一郎の表情を見て、エレネが言葉を続けた。

「そのエゴロヴァの王族の明日の予定はご存じ？」

「ロマーニ国の貴族との面談があると……」

まさか、と思いつつも質問に答える。

「そうよ、第四王女との婚約の話で、インドラーク侯爵家においでになるのよ」

だからアレシュは帰ってこられないのよ、と感情のない高い声が告げた。

「――――……ンドゥさん、コンドゥさん！」

「っ！」

ハッと顔を上げると、向かいの席でクスターがその小さな目に心配そうな色を浮かべてこちらを見ていた。今はクスターとエゴロヴァ使節団についての対策会議を王宮内の小部屋を使わせてもらって行っていたのだった、と誠一郎は思い出した。

「す、すみません！」

慌ててどこまで進んでいたか書類を見返す。

エゴロヴァ使節団の今日までの行動のまとめは終わっており、次は残りの二日間の予定の組み直しだったはずだ。

「少し休憩《きゅうけい》しますか」

クスターに提案され、集中力を取り戻すには少し時間が必要かとお言葉に甘えることにした。

部屋では飲食も許されており、クスターがごく自然に王宮のメイドにお茶を頼んでくれた。

人のよい係長、といった雰囲気のクスターだが、生まれついての貴族としての気品が身についている。

「何か心配事でもあるんですか？　あ、イストさんの他にです」

茶目っ気を出した付け足しに、誠一郎もくすりと笑って、胸のつかえが少し和《やわ》らいだ気がした。だがこれはあくまでプライベートな話で、仕事相手に相談することでもないだろう。

そう思ったが、貴族であるクスターの話が聞きたい誘惑に負けて質問をした。

「クスターさんは、ご結婚は？」

「え？　ああ、していますよ。こう見えて新婚なんです」

クスターは三十代半ばくらいだから、この国の貴族としては遅い結婚なのだろう。もうすでに子どもの二、三人いてもおかしくない風貌《ふうぼう》なので、本人も自覚しておどけたように言った。

「そうなんですか、奥様も貴族の方なんですか？」

「ええ、そうですよ。彼女は私よりも上の階級の貴族の御息女でね、対する私は伯爵家《はくしやくけ》の三男坊のせいで、結婚までにはちょっと紆余曲折《うよきよくせつ》あったんですよ。まぁ結果的に結婚できているので、今はもう笑い話ですが」

「貴族同士でもそうなんですね……」

そうなると、異世界人でもちろん爵位《しやくい》などない男の誠一郎は、既《すで》に詰《つ》んでいるのではないのだろうか。

いや、結婚がしたいわけではないのだが。だけど。

「貴族の方ともなると、幼い頃から婚約者とかいたりするんですか？」

「良い家柄の跡継ぎとかでしたらいますね。私は三男坊だし魔導士として学生時代から魔法研究に没頭《ぼつとう》していたせいもあり、そっち方面にはとんと疎《うと》くて……」

おかげで婚期も逃して一生独り身だと思っていたとクスターは笑った。

確かに、アレシュも侯爵家だが今の今まで浮いた話の一つも聞いたことがないし、婚約者などいたら誠一郎と同居を始めた時点で待ったが掛かっただろう。

しかしアレシュが結婚相手として引く手あまたであることは間違いない。

見目麗《うるわ》しく、三男だが家柄も十二分。

おまけに本人も花形の第三騎士団の騎士団長だ。

政治的に見ても、家柄的に見ても、そして女性から見ても申し分がないだろう。

アレシュの家は侯爵家であるし政治的にも資産的にも裕福な家であるため、婚約の申し出があってもほとんどは断れる立場であったのだろう。

だが、相手が他国の王族となると、その限りではないことは容易に想像できた。


「お忙しいところ、お時間を作ってくださりありがとうございました」

「いや、私の方でも経過報告が欲しいところだった」

もはや見慣れた藍色のカーテンにアンティーク調のテーブル。

宰相《さいしょう》の執務室で、誠一郎はカミルと向かい合って座っていた。

事前にスケジュールの提出は行っていたが、エゴロヴァ側が次から次へと要望を出すために予定外の結果になっているため、中間報告の機会を設けておいて正解だった。

「ふむ……これを見る限り、ラーシュ殿下《でんか》は国政に大変興味があるようだな」

「私もそのように感じました。他の方は魔法や魔道具研究が目的でしたが、ラーシュ殿下はそれよりもロマーニの国政全体をご覧になっている印象です。あとは、ドナート様以外は身分に関係なく採用するところに好感を持ってらっしゃいました」

「ふむ」

誠一郎の作成した書類をめくりながら、カミルは思案顔になった。

カミルからしてみれば、エゴロヴァの政治を誰が牛耳《ぎゅうじ》るのかは一番大事な問題だろう。エゴロヴァの情勢をよく知らない誠一郎は、そこには意見せずに自分の感想だけを伝えた。誠一郎にできるのは、金勘定だけなのだ。

「それから？　他にも話があるのだろう？」

ふいに話しかけられ、一瞬焦《あせ》ったが、気を取り直して昨夜作成したての書類を出す。

「こちらなのですが……エゴロヴァの方々や救済院の子達を見ていて私なりに仮説を立てまして、医務局長のシーロさんからの助力もいただけるお約束をしております」

渡された書類の束を見て、カミルがその青灰色《せいかいしょく》の目を開いた。

「『魔力と魔素環境の関係性と魔力量増幅計画について』……？　お前はまた………」

どこか呆《あき》れた響きのある物言いで、額を押さえため息を吐いたカミルに、この世界の常識を知らない誠一郎は、やはり突拍子がなさすぎたかと反省した。

だが専門家のシーロはやる価値はあると言っていたし、今の庶民の学力向上計画である程度の人材は得られるが、魔力を持つ人材は相変わらず全然足りない。

ロマーニ国はこれから、聖女に頼らず魔の森を抑えていく予定だし、他国との外交にも使う必要があるので、魔力量の多い人材はいくらいてもよい。だがそれが生まれ持っての才能のみとなってしまってはどうしようもない。訓練や生活環境でどうにかなるのならば、試してみるべきだと思う。

「突拍子がないと感じられるかもしれませんが、現に救済院の魔力の多い子達や魔導課の魔導士達の出身地には偏《かたよ》りがあります。その地の貴族の方も、魔力量が多い方が多いという見解がですね……」

「それで？　それは血筋ではなく、地域そのものに原因があると？」

低い声で尋ねられ、一瞬言葉に詰まる。

魔力量というのはこの世界では大事な一種のステータスだ。

魔力量によって就《つ》ける仕事も変わるし、貴族向けの学園でもそれによってクラス分けをされる。その影響か、階級以外にも魔力量が多い＝家柄のよさにも繋《つな》がっているらしい。その根拠を否定しかねない提案は、もう少し機を見た方がよかったかもしれない。

だがこの研究には時間がかかるだろう。

だからこそ、一刻でも早く実現させるべきだと焦ってしまったと頭を下げる。

「申し訳ありません……。余所者《よそもの》が、出過ぎたことを……」

「お前は本当に、次から次へと面白いことをするな」

「え？」

顔を上げると、カミルが見覚えのある顔でくつくつと笑いを噛《か》み殺していた。

「面白い！　これが実現すれば貴族界が騒然となるだろうな！」

「は、はぁ……」

誠一郎は忘れていた。

カミルこそが、貴族内で恐れられる実力と行動力と権力を兼ね備えた異端児《いたんじ》だということを。

「しかし魔素濃度の濃い地域となると、体に不調が出るやもしれないな。まずは受刑者辺りから始めてみるか」

「それは悪手《あくしゅ》です閣下《かっか》」

「うん？」

ある程度予想していたカミルの提案に、誠一郎は下腹に力を入れて居住まいを正した。

権力者が受刑者や弱い者を実験に使うことは、使い捨てのコマと見なされ大変効率が悪いと論じた。

「もちろん安全面は万全の態勢で臨《のぞ》まねばならないことを前提といたしまして、貴族の方にこそご参加いただくべきかと」

「その心は？」

「貴族の方々の間で魔力は大変重要なのでありましょう？　それならば自ら率先して行うべきです。安全性と実用性が確認された後では、それこそ最初から権力を持っていらっしゃる貴族の方に独占される危険性もございますが、初期から自ら危険を冒してでもご参加くだされば、不平不満も生じにくいでしょう」

「確かにな……」

実用化された後では、実行できる者は一気にとはいかない。そうなれば、元から権力のあるものがその権利を独占しようとするだろう。

そうなると貴族界にさらに偏りができる結果となってしまう。

「また、魔素濃度の濃い地域は普段から魔獣被害などに遭《あ》っておりますし、この計画に協力くださる地域の領主様には国から支援金を出すのがよろしいかと」

ただで土地を使わせてもらうわけにもいかないし、普段から魔素濃度の濃い地域の貴族ならば魔力量も多いだろう。そのコントロール法も同時に教えてもらえば魔力暴走も起きにくい。

「地方支援にもなると」

「はい。あとできましたら、年齢層はバラバラで揃《そろ》えたいですね。成長期の者の方が成長度が早いのかなど、あらゆる情報が必要です」

「ふむ。それは分かるが貴族が自分の子どもをそう簡単に出すとも思えないが……」

「そこはそれ、カミル様のお力でこの計画の優位性を説《と》いていただければ……」

「セーイチロー……お前という奴《やつ》は……」

今度は笑いを噛み殺し切れていない顔で言われたので、誠一郎の方も『悪代官様《あくだいかんさま》こそ』と言いたげな顔でにっこりと笑ってみせた。今度こそ、カミルは声を上げて笑った。

「全く……話というから、てっきりあのことかと思ったが」

「あのこととは？」

ひとしきり笑い終えたカミルの指示で、メイドがお茶を淹《い》れ直したところでカミルが呆れたように言った一言に、誠一郎は首を傾《かし》げた。

「インドラーク家への婚約の申し入れのことだよ」

「…………ご存じだったのですね」

誠一郎の言葉に、カミルは当然のごとく頷いた。

「私を誰だと思っているんだ。他国の王族が自国の貴族を訪ねるのを把握していないわけがないだろう」

確かに。

ではなぜ、そのことを誠一郎に言わなかったのか。

理由は、『必要ないから』だろう。

「そうですね」

「それだけか？　私から聞きたいことは？」

「特には」

他人から聞いても、意味がない。

「………そうか。ならいい。この計画については、後日クエルバス医務局長とゾルターン長官も呼んで話し合おう」

「はい。失礼します」

誠一郎は静かに、礼をして部屋を出た。

アレシュの姉はもう帰ってくれたのだろうか、と思いながら帰路に着いた。


家に帰ると、ヴァルトムが迎えてくれた。と同時に、階段の上にエレネの姿が見えて誠一郎はため息が出そうになるのを耐えた。

「何よその顔は」

「いえ……」

弁解する気も起きず、顔を逸《そ》らす。

「アレシュさんは……」

ヴァルトムに聞くと、無言で首を振られる。今日も帰らないらしい。

「そうですか」

誠一郎は気持ちを切り替え、部屋に戻ろうと階段を上がった。その先にいたエレネがこちらを見ているが、今は相手をするつもりはない。

なんせ明日はあのイストを他国の王族の前に出さなくてはならないのだ。誠一郎にはここで使う気力も体力も持ち合わせていない。

「あ……」

エレネが何か言おうと一度声を出し止まったので、さすがに無視することもできずに立ち止まる。

「……何でしょうか？」

しばらく待っても次の言葉が出てこなかったのに焦《じ》れて先を促すと、エレネはツンと顔を上げた。

「……今日の仕事はどうだったの？」

「……他国の王族も関わる内容ですので、お話しするのは差し控えさせてください」

昨日仕事内容は知っているようだったのに、何を聞いてくるんだと返事をしたら、ぎゅっとその整った眉《まゆ》に皺《しわ》が寄った。機嫌を損ねたらしいが、言えるわけがないだろう。

「そう！　ならいいわ、下がりなさい」

言われなくとも、と誠一郎は礼をして自室に入った。

椅子に座って一息つくと、ミランが着替えを持ってきてくれた。

「お疲れですか？　セーイチロ様」

「いえ……はい」

否定しかけて、止《や》めた。

この世界に来て、味方は誰もいないと気を張って仕事をしてきた。アレシュだけが誠一郎を慮《おもんぱか》ってくれていると思っていたが、このアレシュ邸の人達にはずっと優しくされてきた。

コックのパヴェルはいつだって誠一郎の食事に心血を注いでくれていたし、メイドのミランは身の回りのことは自分でしたいという誠一郎を尊重しつつも、さりげなく世話を焼いてくれた。執事のヴァルトムは厳しいことも言うが、主人のアレシュの次に誠一郎を優先してくれた。

帰る場所、ということもあるが、アレシュ以外のこの家の人達に対して、誠一郎はどこか家族のような温かみを勝手に感じていた。だからこそ、心配されるといつものように受け流すのではなく、素直に応じたくなった。

「エレネ様は、何をしに来られているのでしょう？」

そしていつお帰りになるのでしょうかという言葉を含んだ誠一郎の質問に、ミランはふくよかな手を頰《ほお》に当てて首を傾げた。

「旦那様《だんなさま》がお仕事でお忙しい時期なので、そのお暇《ひま》つぶしと仰《おつしや》っておいでalong でしたが」

「それで弟がいない弟の家に滞在するんですか？」

「旦那様のお勤め先が王宮ですので、少しでもお側にいたいお気持ちやもしれません」

「はあ……」

夫は王宮勤めなのか。それで王宮に近いアレシュの家に押しかけているということか？

しかし最初はインドラーク家の王都内の邸宅に行ったはずだ。そこでアレシュとも会っているはずなのに、なぜアレシュがいないと分かっていてここに来た？

アレシュの婚約の話を誠一郎に知らせて牽制《けんせい》するためかとも思ったが、どうも違和感が残る。

大体主人のアレシュがいないのに、誠一郎がこの家を出ると言ってもヴァルトム達が許すわけもない。

そもそも、エレネは誠一郎に出ていけなどとは言っていない。

アレシュからはあまり家族の話は聞いていないが、インドラーク侯爵家の三番目で唯一の娘。それがエレネだった。

貴族の家で男に囲まれた唯一の娘となると、どういう立ち位置なのか。

跡継ぎはすでに決まっている。その補佐もいる。さらに下の弟はやたらと優秀である。

「エレネ様も大層お美しく、努力家のお方だったのですが、なんせその下がアレシュ様でしたので……」

ミランは元々インドラーク家のメイドだった。子どもを産んだのを機に一度引退して、子育てがひと段落したタイミングでアレシュから声をかけられて今に至るそうだから、アレシュやエレネの幼少期を知っていた。

アレシュは物心ついたころには神童と呼ばれ、武芸に秀でて魔力も多く、勉強もよくできた。

一方のエレネは、女に武芸は必要ないと言われ、勉強は四つ下の弟に負けるわけにはいかないと努力した。エレネはアレシュの四つ上の二十六歳だそうだ。

しかし希望していた魔法研究の道へは、魔力が足りずに進めなかった。

一方の弟は、史上最年少で花形の第三騎士団の団長に就いた。

「仲が……悪いのですか？」

「いえ、そういうわけではございません。アレシュ様はエレネ様にとって唯一の弟君ですから、幼少期はそれは可愛《かわい》がっておいででした。ただ、アレシュ様もですがエレネ様もお優しいのですが、少々不器用で……」

誠一郎の脳裏《のうり》に、姉に構われ迷惑そうにしているアレシュ（小）が思い浮かんだ。

翌日、エレネに捕まる前に早々に出勤を果たした誠一郎は、オルジフと合流して魔導課に向かった。

「しかしお前らがそんなに不安がる魔導士と、エゴロヴァで天才扱いされている魔導士が同一人物なんて本当なのか？」

「イストさんが天才であることはこちらでも分かっておりますよ。だからこその、宮廷魔導課副管理官なんじゃないですか」

ただし実績と行動を天秤《てんびん》にかければ、とんとんになるだろう。

「色々聞いたが、具体的にはどういうことに気を付ければよい？」

オルジフも直接のかかわりがなく、それなのにロマーニとエゴロヴァからの情報が過多で、人物像が分からなくなってきているのだろう。

「そうですね、まず他人《ひと》の話はあまり聞きません。一度で意味が伝わることがないので、伝えたいことは繰り返し言うようにしてください」

あれは大体頭の中で他のことを考えていて、聞こえていないか、脳内まで届くのに時差がある場合がある。

「それから、自分の好きなことを語る時は饒舌《じょうぜつ》になり、興奮すると敬語を忘れます。あとは……そうですね、それらを五歳くらいの子どもに押し込んだ感じです」

「子ども……」

基本的に生活力がなく、よく物をこぼすし汚し、それをそのままにしている。誠一郎の日本にいた頃の従兄弟《いとこ》の子どもがそんな感じだった。

「でも天才魔導士で、副管理官なんだよな？」

「はい。天才魔導士で副管理官です」

それだけの行動をしても、副管理官なのだ。

「基本的に腕力はありませんが、脳の制御部分が緩いので、興味のあるものを見つけた時などとんでもない力を発揮するので、その時は力ずくで抑えつけるのをよろしくお願いします」

「お……おう……。ところでお前、何か顔色悪くないか？　大丈夫か？」

引きながらも一応返事をしたオルジフに、よし言質は取ったぞと思っていたら、顔を覗《のぞ》き込《こ》まれた。

「普段からですけど」

顔色が悪いのは言われ慣れすぎていつも通りに返すが、首を傾げられた。

「いや、いつもより覇気《はき》がないっつーか……いや、いつもないけど」

喧嘩《けんか》を売られているのだろうか。

「あーともかく、お前の世話を任されたんだから、お前に何かあったらアレシュからの突き上げが怖いんだよ。頼むから元気でいてくれ」

「………善処します」

そんなことを話していると、廊下の向こうから煌《きら》びやかな一団がやって来るのが見えた。ラーシュとエゴロヴァの面々。それからゾルターンとクスターの案内役の二人だ。

「おはようございます」

胸の下に手を添え、ロマーニ式の挨拶をする。

「おはようございます、セーチロウ」

名前を呼ばれて驚いたが、ラーシュは変わらず爽《さわ》やかな笑顔だ。

逆に、一昨日あれだけイストに会えるとはしゃいでいたルスアーノが浮かない顔をしている。

「ルスアーノ様、いかがなされました？　お体の調子でも悪いのでしょうか？」

オルジフも気付いて声を掛けたら、ルスアーノは顔を上げ、少し迷うようにラーシュに視線を送った。

「少し残念なことがありましてね……そうだ、セーチロウに助言を求めるのがよいんじゃないのか？」

「私ですか？」

魔導課に行く道すがら、ラーシュはそんなことを言って誠一郎を振り返った。

「そう。君はこの国の貴族に婚約者がいるのだろう？　聞いたよ。私たちはね、昨日ロマーニの貴族の一人に婚約の申し入れに行ったんだけど、断られてしまったんだよ」

「何と！　エゴロヴァ王族からの申し入れを断るとは、どこの家の者ですかけしからん！」

ゾルターンが憤慨《ふんがい》している。知らなかったのか。

「インドラーク侯爵家のご子息なんだけど」

「え」

「え」

インドラーク侯爵家で、未婚の息子《むすこ》と言えば三男のアレシュしかいない。

オルジフとクスターの視線が誠一郎に集まる。

その視線は痛いほどに感じながらも、誠一郎は無反応を貫いた。

「何でも最近婚約されたとか。だが彼ほどの逸材《いつざい》を我々も諦《あきら》めきれなくてね……。そこでこの国の貴族と婚約して、熱愛されていると聞く君に、何かこの国の貴族に好かれる術《すべ》を教えてもらいたいんだが」

誠一郎は、全員の様々な思惑の視線を集めながら、無になることに努めた。


今日はあのイストを他国の王族に会わせなくてはならないという、ただでさえ難易度が高く気を遣《つか》う仕事だというのに、その前から疲労が溜《た》まってしまった誠一郎だった。

ラーシュからの質問に対しては「人それぞれですので私にはよく分かりません」と適当に濁《にご》して答えた。ゾルターンが、

「ラーシュ殿下の質問だぞ！　真面目《まじめ》に答えぬか！」

と怒鳴っていたが、クスターが慌てて宥め、オルジフが間に入ってくれた。大変気を遣われているのが分かるので、正直ラーシュやゾルターンよりもこの二人からの視線の方が煩《わずら》わしかった。

「ところでお相手というのは、王族の方でいらっしゃるのですか？」

「おお！　そうでした！」

オルジフが話の矛先《ほこさき》を変えつつ質問する。ゾルターンも詳しく聞きたいのか、話に乗ってくれた。

「私の妹である第四王女です。ロマーニとのお付き合いは長くなるでしょうから、ぜひいずれはこちらに嫁入りをと考えたのですが」

「第四王女様ですか！　それはますます光栄な話ですな！　よろしければ私の方で高位貴族の年頃の者をご紹介しましょうか？」

「第四王女……？」

ゾルターンが張り切って申し出た。他国の王族との婚姻を結ばせたともなると、外交的に大変なお手柄だから無理もない。その分、仲人として長く責任が生じそうではあるが。

「嬉《うれ》しいお申し出ですが、インドラーク騎士団長ほどの方ともなると、替わりはなかなかおられないのではないでしょうか？」

ルスアーノの言う通り、由緒正しく金銭面でも困っていない侯爵家の家柄と第三騎士団長という立場で未婚、というのが優良物件すぎる。

ラーシュもルスアーノも、どうしてもアレシュが諦めきれないらしい。

オルジフとクスターの視線を感じる。

（ああ、もう疲れた）

誠一郎がうんざりし始めた辺りで、一行はやっと魔導課にたどり着いた。

前回の突撃訪問と違い、事前に通達が出されていたため魔導課の中はそれなりに片付いていた。出迎えた魔導士達も多少は身ぎれいになっており、誠一郎もゾルターンも一息吐いた。

「それであの……イスト様は……」

ルスアーノがさっきまでの青い顔ではなく、頬を桃色にしてキョロキョロと落ち着きなく辺りを見渡した。

「ルスアーノ、それよりも先にすることがあったよね？」

「あ……すみません。先日の少年に謝らせていただけますか？」

先日の少年というと、シグマのことか。

ルスアーノ的にも、前回のことは反省しているらしい。

「そんな、わざわざ謝っていただかなくとも……」

「いえ、私が謝りたいのです。謝らせてください」

ゾルターンの言葉にルスアーノが毅然《きぜん》と答えた。

ただ、そのシグマもイストと共に姿がない。シグマはあくまでも出入りが許されているだけの一般人だ。常に魔導課にいるわけではない。むしろ前回不興《ふきょう》を買ったということで、今日は来ないように言われたのかもしれない。ゾルターンが焦って部下の魔導士に聞いているから、その線な気がしてきた。

と言うか、肝心《かんじん》のイストもいない。

「ど、どうなっておる!? きちんと時間までには来ておくように伝えたのだろうな！」

「は、はいっ、もちろんです！」

そう言われても、来ないのがイストである。

ゾルターンはイストの扱いには長《た》けていると思っていたが、案内役が忙しく人任せにしてしまったらしい。誠一郎だったら事前に拘束《こうそく》して魔導課内に繋いでおく。

バンッ！　と激しい音とともに開かれた扉に、エゴロヴァ側の護衛騎士たちが身構える。

視線が一気に扉に集まる中、礼儀も何もない作法で扉をぶち破った本人は、誠一郎と目が合うなりそのペリドットの瞳に喜色《きしょく》を浮かべた。

「いたー！　コンドゥ！　お金ください!!」

初対面の時を彷彿《ほうふつ》とさせる会話で、イストはエゴロヴァの使節団の前に現れた。

第六章　登場しました

「嫌です」

呆気《あっけ》にとられる面々を前に、イストはその眠そうな目をパチパチと瞬《またた》いた。

「え？　え？　なんで？？？」

断られるとは思っていなかったという表情だが、このやり取りは初めてではない。誠一郎《せいいちろう》は一度たりともイエスと答えたことはないはずだ。なぜ驚けるのかに驚く。

それよりも、今は誠一郎が魔導課に訪問する日常の一コマではない。

「あっあっ！　ダメですよイストさん！　今日は他国の偉い方々とお会いする日でしょう!?」

イストの後ろからぴょこりと見覚えのある茶髪が見え、慌《あわ》てたような少年の声に、まずはゾルターンが我に返った。

「い、イストォォォ！　おまっ、お前は！　遅れてきて、あろうことか……っ、ああもうよい！　まずはエゴロヴァの皆様に挨拶《あいさつ》をせんか！」

ずかずかとイストの前に踏み出し、説教しようとしたが中断してイストの背を押し出した。賢明な判断だ。なぜならイストに説教など無駄《むだ》だからだ。

「ほえ？　ん〜？　…………あー、そうでした。そうでした。えっと、宮廷魔導課副管理官をやっています、イストです」

申し訳程度の礼の所作で挨拶するイストに、後ろのゾルターンは震えている。爆発しそうになるのをどうにか抑え込んでいるらしい。

「エゴロヴァから参りました、ラーシュ＝エーリク＝エゴロヴァです」

「る、ルスアーノ＝ジェリドフと申します！」

慌ててラーシュに続いたルスアーノに続き、ドナートとゲオルギーも自己紹介した。幸い、エゴロヴァの面々は驚いてはいるが不快とは思っていないようだ。

特にキラキラとした目でイストを見るルスアーノの背中を、ラーシュがトンと軽く叩《たた》いた。ルスアーノはハッとして、イストの後ろ、この場で一番不安げなシグマを見た。

「あ、あの……」

ルスアーノの声を聞いて、シグマの肩がびくりと跳《は》ねた。それを見てますます勢いがついたようで、ルスアーノがずいとシグマの前まで近付いた。

「せ、先日は大変失礼な態度を取りました」

「え？　え？」

突然の貴族からの謝罪に、シグマは信じられないものを見るように目をぱちぱちさせた。

「イスト様とご一緒にお仕事をされたことに嫉妬《しっと》して、貴方《あなた》には何の非もないのに、ひどいことを言いました。ごめんなさい」

「あっえっ!?　い、いや別に……っ」

「許していただけますか？」

気品あふれる美少年に上目遣《うわめづか》いで訊《き》かれ、シグマは果たして顔を真っ赤にして何度も頷《うなず》いた。

「挨拶も終わったことですし、コンドゥ、お金ください」

「だからダメですって」

一方こちらの大人《おとな》は、再び自分の要求だけを口にしたので、再度却下した。

「あれ？」

「あれではない！　挨拶が終わったからと言ってエゴロヴァの方々を無視するでない！　今日は恐れ多くもお前に会いに来てくださったのだぞ！」

ゾルターンが普段なら出るであろうげんこつが、エゴロヴァ使節団の面前とあり出せずに拳《こぶし》を握って震えている。

「でもでも、コンドゥがいるのも珍《めずら》しいから、早くお金欲しいですしっ」

「ですから、何にどれだけどう使うかをきちんと話してくださいと、何度も言っているでしょう」

言い募《つの》るイストに、いつものもっと予算ほしい～ではなく、明確な目的があるのだと察した誠一郎は、一度エゴロヴァの面々に頭を下げてから、イストに近付く。この状態のイストに何を言っても、駄々を捏《こ》ね続けるだろうから、先に解決しなければ先方にはもっと失礼なこととなる。本当は書面にて提出してほしいが、イストにそこまで期待はしていないので、基本口頭で申請を受けていた。

「町で見かけた魔導具で使えそうなのがあったから買って」

「昨日の視察でですか？　何に使えそうなんです？」

イストはエゴロヴァ使節団と遠ざけるために、地方の町の視察に同行させたはずだ。

「転移魔法」

「！」

ざわり、と空気が動いた。

確認せずとも分かる。エゴロヴァの面々がこちらを凝視している。

「イストさん、この話はまた後で……」

「えー、コンドゥ忙しいから今じゃないと聞いてもらえないでしょ。あれ次元を超える古代魔法の媒体《ばいたい》の代用にできるかもしれないから、そしたらコンドゥも元いた世界に戻れるよ～」

「んばっ……！」

失敗した。

せめて別部屋に連れて行って聞くべきだった。

いや、しかし熱望していた面談を果たした王族の前からイストを引き剝《は》がすことは果たしてできたであろうか？

どう回収したらよいか分からない事態に頭をフル回転させたが、もちろんそれよりも早く他者からの介入が入った。

「セーチロウは、異次元の者なのですか？」

ラーシュの言葉が魔導課内に響く。

どうしよう、何と答えるべきか……。ロマーニ国の失態に関わることなので、おいそれと誠一郎の判断では答えられない。そこまで考えたところで『勝手に召喚《しょうかん》されたんだから、そんなの知ったこっちゃない』ともう一人の誠一郎が言い放ったが、それによって起きる事態の後始末は自分なのだと抑え込んだ。

そうこうしている内に、全く何の心配もしない人物は一切の気負いなく答えた。

「そうなんです、コンドゥは聖女様と一緒に来た異次元世界の者なんです。色々面白いことを知っているし、発想も面白いんですよ～」

やはりイストの投入には、無駄かもしれないが本人への前準備は必須であったことを、誠一郎もゾルターン達もひしひしと感じたのであった。

しかし、バレてしまっては仕方がない。

まるで悪役の台詞《せりふ》だが、誠一郎の心境はまさにそれだった。

誠一郎が聖女召喚に巻き込まれたと言っても、個人的には納得いかないが『不慮《ふりょ》の事故』と言ってしまえばそれまでだ。

国は一応〝手厚い保障〟をしているわけだし、誠一郎が勝手に働いているだけだし。

そんなわけで、エゴロヴァの面々からの質問の嵐には、さほど動じなかった。

「私はあくまでも王宮官吏《かんり》という立場ですので、そういった質問への回答は国の許可がないと答えられないので、上にお問い合わせください」

公務員は上の許可がなければ勝手に答えることはできない。そう言っておけば、一応の体面は保てる。

そう。彼らの滞在期間は明日までなのだ。

今日すぐに上に申請したところで、すぐに許可は下りないし、下りたところで彼らは切望していた相手が今目の前にいて、そんな時間などないはずなのだ。

「それよりもよろしいのですか？　イストさんとお話ししたいことがあったのでは？」

「あ、そ、そうでした！」

いち早く反応したルスアーノに続いて、ドナートもそれに倣《なら》ってイストに群がる。

イストの方も、要望を伝えられたので満足したのか二人の魔導士の方をちゃんと向いた。いやこれは伝えた時点でもう了承されたとみなしているな。とは思ったが、今はそこを訂正してまたイストの意識をこちらに向けられても困るので放置することとした。

「まさかあなたが異世界の者だとは……」

ラーシュだけが誠一郎の傍《そば》に来たので、さりげなくオルジフが間に入ってきた。

「彼のことはまだ国外には発表しておりませんので、どうかご内密に」

「ああ。なるほど、それで第三騎士団副団長の貴方が護衛に就《つ》いているのですね」

指摘され、肯定も否定もせずオルジフは微笑《ほほえ》んだ。

「……分かりました。そのことについては今回は追究は控えます」

オルジフの態度に、ラーシュが芝居がかった仕草で降参の仕草をした。こういう時に強く出られるという意味では、オルジフは役職的にも階級的にも最適任だったのだと、改めて思った。

「しかし……」

ラーシュが銀色の長いまつ毛で縁取られた翡翠色《ひすいいろ》の瞳で誠一郎をじっと見た。

「つまり貴方は、異世界から来て何の伝手《つて》も手段も持たない中で、今こうして役職付きの官吏として国外の賓客《ひんきゃく》の案内まで任されているということですか……」

「何の伝手もないわけでは……。むしろ異世界人ということで目立った結果でしょう」

庶民《しょみん》が一から努力したところで、まず王宮に就職することが難しいだろうが、誠一郎は最初から仕事を求めたら王宮経理課に入れられた。これは下手《へた》に城下に出すよりも監視の目が届く範囲にいさせた方がよいという思惑があったからだろう。

そうは言っても、その後改革を押し通しまくって宰相《さいしょう》に目を掛けられスピード出世したのだが、誠一郎はこれは今まで通り仕事をしただけの結果だと思っている。

むしろ宰相とアレシュが後ろ盾になってくれたおかげで、現代日本の時のように変なしがらみがなく、計画の発案なども聞いてもらえた。魔素や魔法酔《よ》いさえなければ、この国は日本よりもよっぽど仕事がしやすいとすら思っていた。

「それだけでこれだけの仕事はできないでしょう。どうりで、資料の作り方などが見たことのない形状だったりしたわけです」

ラーシュは誠一郎の資料を随分《ずいぶん》気に入ってくれたみたいだ。これは素直に嬉《うれ》しい。この王子は色々と噂《うわさ》はあるが、なるほど人心掌握《しょうあく》が得意で仕事ができるのだと感心した。

「あなたがそれだけ優秀で魅力的であるから、この短期間に伴侶《はんりょ》まで得られたわけですね」

ピシリ。

そんな音の幻聴がしたかと思うレベルで凍《こお》り付いた誠一郎に、オルジフの方が慌てた。

「…………伴侶は、おりませんが……」

「え？　でも晩餐会《ばんさんかい》ではラペルピンを……ああ、まだ婚約中なのですね」

晩餐会では遠目でしか会っていないはずなのに、見られていたのか。もしくは他の誰かから報告を受けたのか。

「私も運よくお会いさせていただきましたが、大変立派なお相手で……」

いや、運よくも何も、自分から会いに行ったんだろうと喉元《のどもと》まで出かかったが耐えた。何かがおかしい気がする。

誠一郎の伴侶だと分かって婚約の申し入れに行ったのか？　もしくは、会って初めて気づいたのか？

いや、それにしては婚約を諦《あきら》めていない言動の後に、誠一郎の相手を褒《ほ》める台詞だ。何だこの不適合具合は。

「それは一体……」

「コンドゥさん！　助けてください!!」

誰のことを、と言いかけたところで三人の会話に割り込んでくるものがいた。クスターだ。

「いきなり何ですか？」

と言いつつ、今この状況でクスターが助けを求めることなど一つしかないので、そちらに視線を向けると、イストを中心にした輪の中、ロマーニの魔導士は皆青い顔をしており、一人ゾルターンが真っ赤な顔をしてイストの口を塞《ふさ》ごうとしていた。

一方のエゴロヴァ側は皆輝いた目をしている。

いや、正確にはロマーニの魔導士達も、顔色こそ悪いが目は輝いていたのだ。

これは……。

「オルジフさん！　拘束《こうそく》を！」

「えっ？　あ、おお！」

誠一郎の声に一瞬戸惑《とまど》ったオルジフだったが、ここに来るまでの会話を思い出し、即座にイストを捕まえ口を塞いだ。

「ああっ！　イスト様に何をなさるのですか！」

ルスアーノに非難されるが、こちらこそ文句を言いたい。

しかし元凶《げんきょう》はイストであることは間違いない。

「ゾルターン長官……一体何があったんですか？」

「む、むぅ……イストが使節団の方々に転移魔法の仕組みや新しい技術を喋り始めてな……」

やっぱり。

誠一郎から訊《たず》ねられ答えることに少し難色を示したが、ゾルターンもこの事態を一番抑えられるのは誠一郎であることは分かったようだ。

しかし、イストだってむやみやたらに機密事項を吹聴《ふいちょう》して回る人ではない。機密事項かどうかを認識しているかは別として、研究途中の魔法について誰彼喋るわけではないという意味でだが。

「エゴロヴァの方々からも何か意見をいただいたのですね？」

エゴロヴァの人間に向かって言ったつもりだったのだが、後ろでオルジフに抑え込まれているイストがジタバタし始めた。さすがにロマーニ最強騎士団の副団長、拘束は外れなかったが、誠一郎はオルジフに口だけ外してあげてくださいと指示をした。

「そう！　そうなんだよコンドゥ！　この人達すごいね！　転移魔法の基本構造から生物を転

移させるには物質以外にも防衛しないといけないから困ってたんだ。古代魔法の召喚魔法だと専用の媒体がその役割を果たしていたんだけどあれは一つしかないものだったから代用できるモノが必要で探していたんだけど今この人達の話を聞いてその一つである精神の防衛に結界魔法が使えそうだって」

「オルジフさん」

「むぐっ」

再びイストの口が塞がれ、息継ぎのないイスト講義が閉じられた。

「いいですかイストさん。古代魔法も人の転移魔法も、ロマーニ国の大事な国家機密でまだ他の国には教えられないのです。分かりましたか？　……分かってないですね、もう一度言います。よく聞いてください。古代魔法と、転移魔法のお話は、知らない人にしちゃいけません。分かりましたか？」

コクコクと頷くイストに一息ついて振り返ると、こちらは全く納得いっていないエゴロヴァの研究バカ達がいた。

「技術の進歩には国など関係ないでしょう！」

「そうだ、イスト殿の話を聞いて我々も協力できることがあると分かったぞ！」

「これは魔法学において伝説に残る研究ですよ！」

「…………ラーシュ殿下」

誠一郎が視線を後ろに向けると、ラーシュはその美貌《びぼう》に困った表情を浮かべながらも笑っていた。

「エゴロヴァとしてもまだロマーニとの魔法文化交流においては様子見で、今回の使節を終えてからの検討課題なのだがね」

そうでしょうとも、と誠一郎はじめロマーニの面々は頷いた。

しかし、

「私の権限を使い、ロマーニとの今後の魔法文化交流も約束するので、転移魔法の研究を合同でさせていただけないだろうか？」

「殿下！」

「おおっ！」

「おに……ラーシュ様！」

わあっと目を輝かせるエゴロヴァの三人と、こちらも目を輝かせているイストと、ロマーニの宮廷魔導士達。

研究バカ達は研究が進むことしか考えていない。

誰がこの事態を収拾するのか？

(少なくとも……俺ではない)

「……上に、確認してからになります」

誠一郎には、そう答えるしかなかった。

結局、ゾルターンがカミルへ報告するということで今日の業務は終わった。上はこれから緊急会議らしい。

このまま魔導課にイストとエゴロヴァの使節団を置くておくわけにもいかず、かといってまたイストを閉じ込めるわけにもいかず、エゴロヴァの使節団は昨日に引き続き町へ出かけて行った。

護衛として、オルジフと第二騎士団の何人かも呼ばれ、誠一郎は会議の結果待ちということで帰路についた。

（まだ火の刻にもなっていないのに……）

そう思ったが、珍しく他の仕事をする気は起きず、大人しく馬車に乗った。屋敷に着くと、週一で来ている庭師と鉢合《はちあ》わせた。

「おや、珍しい。お早いお帰りですね」

壮年《そうねん》のその男性は、いくつかの貴族の庭園をかけ持ちしている人気の庭師らしい。と言っても、大体日中に訪れるので、誠一郎が会うのは三度目くらいだ。

「ちょっと色々ありまして……。お疲れ様です」

庭師の男は深くは追及せずにそうですかと頷いた。

「でもちょうどよかったですね。アレシュ様も先ほどお戻りになりましたよ」

予想外の言葉に、誠一郎の心臓がドクリと跳ねた。たったの三日の留守、顔を見なくなってからは四日というのに、誠一郎は動悸《どうき》が早くなるのを感じた。

屋敷に入ると、ヴァルトムが迎えてくれ、アレシュの帰宅を知らせてくれた。すでに知っていたけれど、素直にそうですかと返事をした。もう部屋にいると言うので、誠一郎もそのまま二階へ上がる。エレネの姿は見えなかったが、帰ったのかどうかをヴァルトムに聞くのを忘れていた。

アレシュの部屋の前まで行き、ノックしようとして、官服のままだったことを思い出し、着替えようと踵《きびす》を返したタイミングで扉が開いた。

「帰っていたのか」

驚いた顔をするアレシュに、誠一郎はこちらの台詞だと言いそうになったが、誠一郎がこの時間に仕事から戻ることは本来あり得ないのでアレシュの驚きも理解できる。

「はい」

体の向きを戻し、向き合うとアレシュはシンプルなシャツ姿だった。私服には変わりないが、実家に帰るのにこの格好ではないはずだから、既《すで》に部屋着に着替えていたのだろう。

アレシュが扉を開け放し、体を避《よ》けてくれるが誠一郎は動かない。

不審に思いアレシュが問いかけてきた。

「何だ？　入らないのか？」

「…………入っていいんですか？」

静かな問いかけに、アレシュがハッとした顔をして、少し気まずそうに頬《ほお》を歪《ゆが》めた。

「……悪かった。入れ」

誠一郎が素直に部屋に入ると、静かに扉が閉められ、それと同時くらいに背中から抱きしめられた。力強い腕と、体温と、微《かす》かにアレシュの匂《にお》いを感じた。

はぁとアレシュの深いため息を首筋に感じる。

誠一郎がもぞもぞと身動《みじろ》ぎしているのを感じたのか、少し不機嫌になった声が響いた。

「オイ……じっとできないのか」

「いえ、向きが……」

「向き？」

「とりあえず、一度離してもらえます？」

明らかにむっとされたが、アレシュは素直に腕の拘束を解いてくれた。

誠一郎はアレシュに向き直る。

「こちら向きで、お願いします」

手を広げると、さっきよりも強い力で抱きしめられた。

身長差があるので、正面から抱きしめられると、アレシュの肩口に顔を埋めることになる誠一郎は、今度こそめいっぱいアレシュの香りを吸い込んだ。どちらもお互いを充《み》たすことに集中して数分、ようやくアレシュの腕の力が弱まったので、誠一郎も顔を上げる。

綺麗なアメジスト。

ここ数日毎日見ていたラーシュも美しかったが、アレシュはそれよりももっと野性的と言うか、騎士ゆえの荒々しさを感じる。そこを魅力に感じるのは惚《ほ》れた弱みか。

ゆっくりと近付いてくる唇にも素直に応じた。

実に五日ぶりのキスとなる。

何度か唇を重ねた後、アレシュが口を開いた。

「【結界】はまだ大丈夫なようだが、念のためかけ直しておくぞ」

その言葉に、誠一郎もハッと正気に返った。

アレシュと久しぶりに会えたのは嬉しいし、喧嘩《けんか》が尾を引いていないのも喜ばしい。

何よりも誠一郎の体調を気遣《きづか》ってくれているのも分かる。

だが、それよりも話すことがあるのではないか？

「アレシュさん、その前に俺に何か言うことがあるんじゃないですか？」

「……は？」

まさかこうも面食らった顔をされるとは、誠一郎の方が驚いた。

「ですから、俺に何か言うことがありますよね？」

「……何だ？」

本気で分からないという顔をするアレシュに、誠一郎は早々に不毛な言い合いを切り上げることにした。

「ご実家に呼び出された理由を聞いていませんけど」

エレネの物言いでは、誠一郎のことよりもエゴロヴァ王族からの婚約の打診《だしん》についてだったようだが、それも元を正せば誠一郎がらみとなる。

婚約の打診は断ったとは聞いた。だからこそ、きちんと報告を受けるべきだと誠一郎はアレシュに問いただした。

しかし返ってきた答えは、予想外のものだった。

「お前が気にすることじゃない」

「は？」

「そんなことよりも、俺はまたすぐに所用でしばらく留守にする。その前にお前に【結界】をかけ直しておくことの方が大事だ」

そう言って、アレシュの手がさし伸ばされ、誠一郎の腰に回り引き寄せられる。

再び、唇が降りてきて……。

ガリッ。

「ッ!?」

驚きで目を見開くアレシュの整った唇に、薄く血が滲《にじ》んだ。誠一郎が嚙《か》みついたのだ。

その一瞬の隙に、誠一郎はアレシュの腕の拘束を解《と》き、一歩二歩距離を空ける。

「セイイチロウ？」

驚いているアレシュは存外に幼い顔になる。

が、今はそれを眺めている場合ではない。

「そうですか……そう来ますか……。アレシュ様」

「!?」

誠一郎になるべく砕《くだ》けて話してほしいと常日頃から言っているアレシュ。

誠一郎の方も敬語こそやめないが、特に屋敷内ではアレシュのことは「さん」付け、一人称も「俺」になった。だからこそ、二人の間で『呼び方』は重要なことで、アレシュはその異変に気付いた。

「私も、今日明日くらいはこちらに戻らないことにします」

「は？　何を言って……」

「少し、冷静になりたいので。失礼します」

言うや否や、アレシュが正気に戻って追いかけてくる前にと誠一郎は持ちうる限りの力で逃げた。

着替える前で本当によかったと思いながら。

◇◇◇

シグマの朝は早い。

毎日、母がご飯を作ってくれている間に洗濯《せんたく》をして、妹を起こす。

朝ご飯を食べたら、以前は木工所の親方のところに行っていたが、今はそれも週二だ。さらに週二は教会で勉強。残りの二日は何と王宮に行っている。ひょんなことから知り合った王宮官吏の男の紹介で、王宮魔導課に出入りをすることが許されているのだ。王宮魔導課では国を代表する魔導士達が、日夜色々な研究をしており、シグマは幸運にもそれを見学させてもらえている。

それがつい先日、何と他国のエゴロヴァ王族を始めとした使節団にまで会ってしまった。

意外と気さくな人達で話も合ったのだが、同い年だという貴族の少年に怒られてしまったが、周囲が気にするなと言ってくれたし、少年からも謝罪されたのでお言葉に甘えて、今日も王宮に向かう。と言うよりも、使節団が来ていて、王宮魔導課の副管理官であるイストを出さないといけないから、エゴロヴァの人達がいる間は来てくれと頼まれてしまったのだ。

イストは少し変わり者で、あまり人とのコミュニケーションが得意ではないらしいが、シグマは別にそうは思わない。唐突に話し始めたり、思い立ったらすぐ行動する人だなとは思うけれど、次から次へと色々なことを思いつく楽しく優秀な魔導士だ。

シグマにとっては、それよりも自分に初めて声をかけた、あの官吏の方が変わり者に思えた。

訪れた魔導課は、まだ朝も早いこともあり、人の姿は見当たらなかった。いつもなら帰らず徹夜《てつや》をしていたり、仮眠を取っている人がいるのだが、今はエゴロヴァからの客人もいるので室内も自身も身ぎれいにしておけとの命令で全員帰ったらしい。

一応誰かいないか見てみようと、仮眠室を覗《のぞ》くと、見覚えのある茶色のマントが立て掛けられていた。

「おはようございます」

「うわあっ！」

誰もいないと思っていた上に、後ろから話しかけられてシグマは飛び上がるほど驚いた。

「こ……コンドウの兄ちゃん……」

腰を抜かしたシグマを寝ぼけた顔で見下ろしていたのは、シグマが思うナンバーワン変わり者、王宮経理課の副管理官だった。

誠一郎は普段の覇気《はき》はないがキッチリとした姿と違い、官服には皺《しわ》が寄っており、胸元まで開いているし、髪には寝ぐせまであった。

「コンドウの兄ちゃ……じゃなかった、コンドウさんは、ここに泊まったんですか？」

「ああ、うん。泊まったのは初めてだけど、シャワー室ないのが不便ですね」

顔を洗ってきたという誠一郎に、シグマはああ、と頷いた。

「ここの人達は皆魔法で【洗浄】ができるからね」

「そうなんだよ、だから要《い》らないと言われたから外したんだけどな」

だからこそ、魔導課の中は乱雑さを除けば清潔に保てていたのだ。それゆえに誠一郎にとっての理想の職場には一歩及ばなかった。無念である。

「でもどうしたの？　ここに泊まるなんて……何かあった……んです？」

不思議そうに首を傾《かし》げるシグマを見下ろし、誠一郎はふと思いつく。

「ちょっとね……。それよりもシグマくん、君木工所で働いていましたよね？　まだ行ってるんですか？」

「え？　ああ、うん。いや、はい。少しだけど」

「じゃあ伝手でこういうのは……——」

しゃがんで、耳打ちするとシグマは頷いた。

「それなら簡単だから、すぐにできると思う……ます」

なかなか敬語が身に付かないが、頑張ってはいる。

誠一郎は布財布から小金貨を取り出してシグマに握らせる。日本円にして十万円くらいの価値だ。

「じゃあこれでお願いします」

「えっ！　これ多分多いよ！」

「おつりは駄賃《だちん》だ。足りなかったら言ってくれ。よろしく頼みますね」

シグマが渋々小金貨を仕舞ったタイミングで、魔導課の扉が乱暴に開いた。

「あ！　いたーセイさん!!」

朝から子どものシグマよりも騒がしく入ってきたのは、金髪の盛りが今日はいまいちなノルベルトだった。

「探したんスよ～！」

「どうしたノルベルト。髪に元気がないぞ」

「セットする暇《ひま》がなかったんス！　もーセイさんが家出なんかするから～！」

「……ということは、アレシュ様の犬として探しに来たのか」

「人聞きが悪すぎるッスね!?　あっ何でシグマくんも俺のこと軽蔑《けいべつ》のまなざしで見てるんスか！　悪いのはセイさんと、インドラーク騎士団長ッスよ！　痴話《ちわ》喧嘩に人を巻き込まないでください！」

「ちわげんか……なんです？」

子どもの純粋な目で見上げられ、誠一郎は一瞬うっと言葉に詰まった。

「…………………違う」

「痴話喧嘩っスよー！　事情は聞きましたもん！」

「ゲ……話したのか」

「使いっぱしりにされて、事情も何も教えてもらえないとかひどすぎません？　まー聞いた話と情報を整合させての予測も含むっスけど」

誠一郎が怒って家を飛び出したことと、その前にどんな話をしていたかは聞いたらしい。

もちろんアレシュ自身が迎えに来たがっていたが、今追うと火に油を注ぐことになることは察したと言っていたそうだ。それは正解だ。

「まるで俺が悪いみたいな言い草だな」

「一〇〇％セイさんが悪いわけじゃないっスけどー、セイさんの体を心配してくれてるインドラーク騎士団長を置いて家出はひどくないっスか？」

「……家出じゃない、ちょっと距離を置いて冷静になろうとしただけだ」

「それ家の中の別の部屋でよいんじゃないっスか」

「ダメだ。家だと寝室が繋《つな》がっていて、鍵《かぎ》はアレシュ様が持っているから……あ」

素直に答えて、微妙な空気を察して止まった。シグマが顔を赤くして落ち着かない様子でキョロキョロしている。子どもに聞かせる話ではなかった。

「ンンッ、まぁとにかく、例の話はインドラーク騎士団長は断ってるんでしょ？」

「そこは問題じゃない」

「え？」

てっきり王族との婚約話を心配して不安になっていたのだと思っていたノルベルトは、そこではたと気が付いた。

(いやいや、そもそもセイさんが不安になって感情的になるとかあり得ないっしょ。精神オリハルコンでできてるもん)

不安要素は一つずつ整理して対策を練っていくような男だ。そのことを思い出して、ノルベルトはますます首を傾げた。

「じゃあ何でそんなに怒ってるんスか？」

「俺が不満なのは、あの人がきちんと報告・連絡・相談をしないからだ」

「へ？」

以前誠一郎に仕事上でミスをした時に言われたのと同じ言葉を言われ、ノルベルトは間の抜けた声を出した。

今仕事の話してたっけ？

「何事にも報告・連絡・相談は必要だろう」

「そ……うですけど、でもほら、心配かけないようにしたのかも！」

「心配？　何を。断っているのだし、もし断るのが難しい問題なのなら、対策を練るためになおさら俺にも言うべきじゃないか？」

誠一郎の言っていることは正しい、とは思う。しかしなぜだろう。何か納得のいかないノルベルトだった。

「うーん、そう……っスけど、インドラーク騎士団長の問題だから、自分で解決したかったんじゃないっスかねぇ……」

堂々巡りの気はしたが、一応そう答えてみたら、誠一郎は不承不承といった目をして、反論はしなかった。ノルベルトの言葉を聞き入れたのではない。ノルベルト以上に、無駄な言い合いであると思い、切り上げたのだ。

「結局……あの人も周りも俺を舐《な》めてるんだよ」

「そんなことは……」

不機嫌をあらわにする誠一郎が、この話はもう終わりだと立ち上がりマントを手にする。

早朝から伝令魔法で叩き起こされて派遣《はけん》された身としては、ここで引き下がるのは少し腑《ふ》に落ちない。

「インドラーク騎士団長も言葉足らずスけど、セイさんの態度もそこそこっスからね」

もしも恋人が、常に冷静、温度が低めの誠一郎のこの態度であると想像したら……確実に愛されてはいないと思ってへこみそうだ。そういう意味ではアレシュも十分精神が強いと思う。

「………………うるせぇ」

デコピンを一発もらってしまった。解《げ》せぬ。

◇◇◇

その日の会議室には、エゴロヴァの使節団とロマーニの案内役達。

そして宰相であるカミルと、エゴロヴァ外交を執り仕切っていたユーリウスが集まった。イストは会議には不適切なので、研究室に置いてきた。

「昨日のエゴロヴァ側からの申請を検討した結果、我が国としても願ってもない申し出ということで、【転移魔法】の共同研究をすることになった」

ユーリウスの言葉に、嬉しそうなエゴロヴァの技師達と、少し複雑顔のロマーニ側だ。誠一郎は、予想通りの展開に魔法ペンをくるりと回した。

そもそも今回のエゴロヴァの使節団の目的は、ロマーニ国が魔法技術国家であるエゴロヴァと外交するに値するかの審査だったのだ。予想外に早い展開になったが、要はそれに合格したということだ。

しかし問題もある。

「今後の予定としましては、ぜひとも魔石の多いエゴロヴァで実験をしていただきたく……」

「いえまだ仮説段階の論理を証明させるのが先で……」

どちらが主導権を握るのか、の結論が出ていないのだ。

これがエゴロヴァが帰ってから改めて外交の申し入れがあってのことなら猶予《ゆうよ》があったのだが、そこをすっ飛ばしての共同研究話となったため、ロマーニ側には魔法技術国家に対抗する術《すべ》がほとんどない。魔石も研究施設もエゴロヴァの方が数段上であるのだから、研究場所はエゴロヴァが主体となってしまえば、今持っている古代魔法からの転移魔法の研究がすべてあちらに渡ってしまい、確実に主導権を握られてしまう。下手をすれば、いつの間にかエゴロヴァの研究を手伝っているくらいにされてしまうかもしれない。

だからこそ、一度エゴロヴァの面々にはお帰りいただくようにとカミルとユーリウス、そしてゾルターンが一丸となって説《と》き伏せた。

結局、長い話し合いの結果、エゴロヴァ使節団は一度国に戻り共同研究の件を報告、許可を取ってから改めて相談することになり、とりあえず無事に終わった。

さらに本来であれば明日の朝、エゴロヴァに向かって発《た》つはずだったのが今日中に出発することになった。一刻も早く帰って許可を取って研究がしたいと目を輝かせる技師達に対し、護衛の騎士や御者達は大慌てだ。

「セーイチロー」

会議室を出る前にカミルに呼び止められた。

「今後の展開次第で、お前の考えた計画が必要になるかもしれないから、詰めておいてくれ」

低い声で耳打ちされて、頷く。

『魔素と魔力増幅の関係研究』は魔素の多い地方での実験も必要なので、エゴロヴァの協力が得られるのならば願ったりだ。

カミルが出ていくと、ユーリウスとの会話を終えたラーシュがなぜかこちらに向かってきた。

「セーチロウ」

親しげに呼ばれても警戒心しか湧《わ》かないが、そつなく礼で返す。

「帰る前に話したかったんだ。少しよいかな？」

急遽帰《きゅうきょ》ることになったと言っても、ラーシュ自身が帰り支度などをするわけではないので、準備が整うまで時間があるのだろう。

「はい」

頷くと、テラスに誘われた。

「君が異世界人ということには本当に驚いたよ」

銀髪を風に揺らしながら言われた言葉には、「そうですか」としか言いようがない。

「とても優秀な官吏だったので、自国にスカウトしようと思っていたのだけど、これでは無理だね」

聖女と一緒に召喚した異世界人を手放す国などいないだろうことを言っているのだろう。

「過分なお言葉、ありがとうございます」

誠一郎の反応に、ラーシュは微笑《ほほえ》んだ。何を考えているのか分からない感じは、同じ王子のユーリウスよりもカミルに似ている。

「君は転移魔法、そして古代魔法を合わせ異次元世界へと転移させる魔法の研究に一役買っているらしいけど、つまりは元の世界に戻ろうとしているのか？」

「！」

急に核心に触れられ、一瞬息を飲んだ。

「………そうですね」

元々は、そのつもりで魔法国家としての推進を始めた。

「君にはこの国に伴侶ができていたね？　それでも帰るのかい？」

続けられた言葉に、心が冷えるのを感じた。

「そういった個人的なことにはお答えできません」

誠一郎の顔がよっぽどこわばっていたのだろう。ラーシュは早々に手を挙げて謝罪した。

「すまない、気を悪くさせただろうか」

「いえ……」

普段感情の薄い誠一郎の目が、よっぽど感情的だったのだろう、ラーシュが苦笑した。

「本当にすまない。ただ純粋な疑問だったんだ」

純粋な疑問でプライベートを探られる方はたまったものではない。

「君は最初は帰る気だった。それなのにこの国で伴侶ができたということは、予定外の事柄だったんだろう？　そういった、理性だけで制御できない恋という感情が、私には分からないんだ」

改めてラーシュを見ると、人形のように整った顔に、少しだけ寂《さび》しそうな感情が見えた。

「私は立場上、私の道に有為であるかどうかしか分からない。考えていない。だからその内結婚もするだろうが、それもきっと目的のための手段の一つだろう」

ラーシュの翡翠《ひすい》の瞳が、誠一郎の黒い瞳に合わされた。

「君は人間的には私に似ていると思ったんだ。だから予定を外れることになっても、恋を得ることを選んだ君を、そして決断を知りたかったんだ」

その日の昼過ぎに、エゴロヴァ使節団はロマーニ国を後にした。

護衛と言う名目で、ロマーニからの数人の騎士と
アレシュと共に。

第七章　突撃されました

アレシュと共にエゴロヴァ使節団が帰って、三日が経《た》った。

ロマーニとエゴロヴァの行程は馬車などで六日ほど掛かるので、まだ半分くらいか。その間、誠一郎《せいいちろう》は普段と変わらず仕事をしていた。いや、むしろ経理課を少し離れていたせいもあり、普段以上に仕事をしていた。

「せ……セイさん、大丈夫っスか？」

「何が」

ノルベルトからの気遣《きづか》わしげな問いにも、手を止めず素知らぬ顔で質問返しした。

「何がって……」

対するノルベルト、経理課の他の面々も戸惑《とまど》うようにいつも以上に仕事に励む誠一郎を見た。

アレシュと誠一郎の関係は、ラペルピンのこともあり近しい者にはほぼ知れ渡っていた。そのアレシュが突然、エゴロヴァ使節団の護衛として行ってしまったのだ。

本来であれば国境まで送る程度だが、これから国交を結ぶことを前提としてロマーニ国でも随一《ずいいち》の実力を持ち、魔獣討伐《とうばつ》で遠征《えんせい》慣れをしている第三騎士団長のアレシュが抜擢《ばってき》された。とされているが、実のところアレシュからの希望であったと一部の者は知っていた。その一部の者となれば、政治的にも上の者となるので、必然的にアレシュへエゴロヴァ王族から婚約打診があったことも……――。

屋敷でもヴァルトムをはじめ家令の者が揃《そろ》ってアレシュをフォローして、何とか誠一郎を留まらせようとしてくる。夫の仕事が終わって自分の屋敷に戻ったエレネまでが、わざわざ家に来て「あの子は言葉が絶望的に足りないのよ」と言ってくるくらいだ。

それでも誠一郎は彼らからの視線を見ないふりをし、それにはただ頷《うなず》いて仕事を続けた。

「セイさんお昼休みですよ！　食堂！　食堂行きましょ！」

昼休みの鐘《かね》が鳴っても仕事を続ける誠一郎を無理やり引っ張って、ノルベルトは食堂に連れて行く。放っておくとすぐ食事をおろそかにする誠一郎を、アレシュがいない時は自分が見ておかねば！　という責任感で料理も取ろうとしたが、その前に誠一郎は無言でさっさと自分で料理を取っていた。適当ではない。ちゃんとアレシュから指導された通りの魔素量の少ない物を選んで。

「セイさん……」

基本仕事以外はなんでも暖簾《のれん》に腕押し、柳に風と受け流す誠一郎だが、アレシュの献身はきちんと根付いていた。

「お、お前らもこれから食事か？」

聞き覚えのある声に振り向くと、左肩に掛けられた黒のマントが見えた。

「オルジフさん」

「ロウダ副団長！」

第三騎士団副団長のオルジフは、温度差の違う二人の反応に軽く笑って自分もトレイを取った。もしかしなくても、一緒に食事をする気なのか？　と誠一郎は一瞬鼻白《はなじろ》んだが、すぐに諦《あきら》めた。エゴロヴァ使節団の案内役の時の護衛は終えたが、同時にアレシュが不在となったため、オルジフが何かと誠一郎を気に掛けてくれているのは分かっている。

それにオルジフ自身は話しやすく気のよい男だ。何よりもアレシュの暴走《ラペルピン》に対して、身内として謝ってくれる常識も持ち合わせている。

ノルベルトは緊張気味だが、結局三人で食事をすることになった。

「まったく！　アレシュの奴《やつ》がろくな引き継ぎもせずにいなくなるから、こっちも忙しくてしょうがないぜ」

冗談めかしてアレシュを非難するのは、誠一郎の負担を和《やわ》らげようとしてくれているのだろう。実際、オルジフが案内役としての仕事が終わるのと入れ違いにアレシュが護衛として出向いてしまったものだから、話す暇《ひま》もなかった。と言っても、誠一郎と会う前のアレシュはほぼ雑務をしていなかったので、正直いなくてもオルジフならば何とかできるのだが。

「エゴロヴァの方々が急に帰還を早めたのですから、仕方ないですよ」

しかし当の誠一郎は何でもない顔をして、むしろ庇《かば》うような発言をするので、オルジフは大して面識のないノルベルトと顔を見合わせてしまう。

てっきり、落ち込んでいるか、怒っているかのどちらかかと思っていたが、そのどちらでもないらしい。

以前、第三騎士団の団員が起こした事件の時は感情のない変な奴だと思っていたが、今回の案内役と護衛という間柄で話してみると、意外と普通に感情表現をする男だと感じたのだが。初期の頃の印象に戻ってしまっていた。

話を振ると、きちんと返答はあるので談笑とまではいかないなりにも会話をしつつ食事を進めていると、食堂の出入り口の方でざわめきが起こった。何事かと振り向くと、食堂には似合わない白と黄色の裾《すそ》広がったスカートの少女が、こちらに駆け寄って来ていた。

「いたー！　見つけましたよ、近藤《こんどう》さん！」

誠一郎を唯一《ゆいいつ》正しい発音で呼ぶ、同郷でこの国の聖女である、白石優愛《しらいしゆあ》が根菜を咀嚼《そしやく》している誠一郎を指差して叫んだ。

「…………白石さん、人を指差してはいけないと教わりませんでしたか？」

「あっ、ごめんなさい！」

野菜を飲み込んだ誠一郎の指摘に、優愛は慌てて腕を下ろして謝ったが、そうじゃなくて！と机をバンと叩《たた》いた。

「聞きましたよ、近藤さん！　アレシュさんがエゴロヴァのお姫様とお見合いしに行っちゃったんですって!?」

「!?」

食堂内の突然の聖女の登場に注目していた全員がその発言に、ぎょっと目を剥《む》いた。

あの第三騎士団長のアレシュ＝インドラークが？

確かに未婚で婚約者もいない。

先日まで来ていたエゴロヴァ使節団には王子もいたらしいから。

それで護衛と称して一緒に行ったのか。

そんなざわめきが聞こえるが、誠一郎は至極冷静な顔のままはっきりと否定した。

「違います」

「でもでも、エゴロヴァの王族から婚約をお願いされて、一緒に行ってしまったんでしょう？」

「誰から聞いたんですか？」

「え、ユーリウス様です」

あんのクソ王子……！

王太子としてはそこそこでも、優愛に対しての態度が緩《ゆる》すぎる！

フォークを曲げんばかりの勢いで握りしめたが、誠一郎の力ではもちろんフォークは無事だった。しかし手の震えで怒りは伝わったようで、慌ててオルジフとノルベルトが取りなそうと入ってきた。

「聖女様！　そういった事実はありませんので、落ち着いてください」

「そ、そうですよ！　インドラーク団長が見合いなんて、そんなわけ……」

二人の説得にも優愛は整った眉をキリリと上げて、反論する。

「でも婚約の打診があったのは本当で、アレシュさんが付いて行っちゃったのも本当ですよね？」

「「う」」

怯《ひる》む二人の後ろで、誠一郎は食事のトレイを片付けながら頷いた。

「そうみたいですね」

「そうみたいですねじゃないですよ、近藤さん！」

それに反比例するように優愛のテンションはどんどん上がる。二人を押しのけ、誠一郎の眼前に可愛《かわい》らしい顔をずいと近づける。さすが女子高生。近くで見ても肌がぴちぴちである。

「そんなこと許しちゃっていいんですか？　アレシュさんの恋人は近藤さんでしょ!?」

ざわっとまた食堂内がざわついたが、今度は先ほどでもない。

というのも、食堂にいつも来ている者ならばアレシュが誠一郎の食事の世話をし、構いまくる姿を見ているので、半数以上は「あ、やっぱり？」という反応だったからだ。

誠一郎が肯定も否定もせずに優愛を見つめ返す。

「取り返しに行きましょう」

「「は？」」

ロマーニ国聖女の見たことのないほどのキリリとした表情から出た台詞《せりふ》に、オルジフとノルベルトは唖然《あぜん》としたが、優愛は構わず続けた。

「アレシュさんを取り返しに、エゴロヴァに行きましょう！」

「な、何言ってるんスかユア様。そんなのどうやって……」

「私と一緒に行って聖女訪問って形にすれば、相手国も断れないいんじゃないですか？」

優愛はまだ聖女としての活動は国内のみで、他国に対しては顔見せすらしていない。今後外交を結ぶ予定の国から、聖女が訪問してきたとなれば確かに断れないだろう。

「すぐに出ましょう！　何なら今日！」

「そ……そんなこと勝手に……無理です」

「大体セイさんそんなことするタイプじゃ……」

誠一郎はいつも冷静で、打算的で、効率厨《こうりつちゅう》の仕事第一主義者だ。

恋人の見合いを阻止《そし》しに、仕事をほっぽって他国に行くなど、そんな若者向けの物語の主人公のような真似《まね》をするわけがない……とノルベルトが振り返ると、誠一郎はすでに食器を片付け終わって立ち上がっていた。

「予定より早いですが、行きますか」

「「え？」」

「わ！」

「仕事ならこの三日で引き継ぎ資料含め先まで進めておきましたから、引き継ぎさえすればすぐ出られます。行きましょう、エゴロヴァに」

花が咲くような笑みを浮かべる優愛の横で、オルジフとノルベルトは食堂中に響く声で叫んだ。

「「えええええええ～～～～～～～～～～!?」」


動き出した誠一郎は早かった。

そもそも基本用意周到な男だ。仕事の引き継ぎといい、最初からそのつもりだったようで準備は万端であった。

同じく聖女、優愛の行動力もすごかった。

すぐさま王子に約束を取り付け、誠一郎と共に用意された部屋を訪れた。そこには宰相《さいしょう》であるカミルも同席していた。

そして、なぜ自分達もいるのだろうと自問自答しているオルジフとノルベルトの姿もあった。

食堂からの流れで、なぜか一緒に来てしまった。

「エゴロヴァに聖女が表敬訪問……とは……」

苦虫を噛《か》み潰《つぶ》したようなユーリウスに反し、カミルはどこか面白がっている様子だ。

「はい！　そういう名目なら相手国も断れませんよね」

「だが……うぅ～ん……」

こめかみを押さえて唸《うな》るユーリウス相手に、誠一郎が優愛の援護射撃をする。

「エゴロヴァとの外交は決定しているのですから、聖女との面談をする最初の国は、必然的にエゴロヴァになりますよね」

「それはそうだろうが、段階と言うのがな……」

「そんなのいいんですよ、口実なんですから！」

「ユア……そんなにハッキリ言うんじゃない……」

普段は優愛の言動に異を唱えることが少ないユーリウスも、さすがに今回ばかりはそうもいかないようだ。だが優愛も引かない。

「アレシュさんがエゴロヴァのお姫様と結婚しちゃって、帰って来なくなっちゃったらどうするんですか！」

「うっ」

アレシュは魔力持ちで、剣の腕も確かで、魔獣を征伐できる希少な騎士で形成された第三騎士団のしかも団長だ。それが他国に流れるのは困る。いやだが……。

「そもそも何でそんなにセーイチロに肩入れをする？」

元々優愛はアレシュを気に入っていたから、他国に移るのが嫌と言うのは分かる。それはそれで気に入らないが。だが優愛の様子では、アレシュと誠一郎の関係を理解した上で、誠一郎を何とかアレシュの元に連れて行こうとしているように見える。

「私の国では、人の恋路《こいじ》を邪魔《じゃま》する奴は、馬に蹴《け》られて死ぬんですよ！」

「！　ユア……」

言葉を失うユーリウスに何かあったのかと不思議に思っていると、カミルがこそりと耳打ちしてくれた。

「他の貴族連中から色々と言われたんだよ」

「ああ、なるほど」

ユーリウスはプロポーズをしたのか。その結果、周囲の貴族連中から集中砲火を受けたようだ。

優愛のあの物言いを見るに、やはりユーリウスに対し好意は抱いていたらしい。

「ユーリウス様……私も色々考えています。どうか帰ってくるまで、返事を待ってもらえませんか？」

「ユア……分かった」

大方の予想通り、ユーリウスは早々に落ちた。

あとは政治的実権を握っているカミルの許可だ。

「宰相閣下《かっか》、エゴロヴァに赴《おもむ》かせていただけましたら、転移魔法研究の主導権をロマーニ側に傾かせるよう仕向けられると思います」

政治的有利な手札を切って、カミルに交渉を試みたが、当のカミルは先ほどの耳打ちした距離から引いておらず、顔を向けた誠一郎はその近さに驚いて一歩引いた。

それを面白そうに見ながら、カミルが手を差し出す。

「てっきり機会が巡って来たのかと思ったが、そうではないようだな」

低い声で囁《ささや》くように言うと、カミルの人差し指の背が、するりと誠一郎の頬《ほお》を掠《かす》めた。

「そ……」

「ああーっと！　宰相ちょっとお聞きしたいことが！」

「せ、セイさん仕事のことで聞きたいことがあったんス！」

誠一郎が言葉を紡《つむ》ぐよりも早く、二人の間に飛びつくように人影が入る。オルジフとノルベルトだ。あからさまに誠一郎とカミルを引き離す行動に、誠一郎が目を丸くするよりも先に、カミルがクックックッと笑いを漏《も》らした。

「何だ、いつの間にか随分と守護騎士《ナイト》が増えているじゃないか」

「そんなのじゃないですよ。二人ともアレシュ様の味方なだけです」

誠一郎が半眼でそう答えると、ノルベルトが不満気に唇を尖《とが》らせたが無視した。アレシュの命令で食堂に連れていかれたり、仮眠室に探しに来られたのを忘れてはいない。

「そうなのか？　それでは、私はお前の味方になろうか」

カミルはそう言うと、流し目を誠一郎に向けた。

いつの間にか王子とラブシーンをしていたはずの優愛が目をハートマークにして見ている。

「私に何か、してほしいことはないか？　セーイチロー」

大人《おとな》の色気をふんだんに含んだ目と声でそう問われ、誠一郎は答えた。

「この書類とこの書類にサインをいただけますか？」

◇◇◇

結局、準備などもありその日の内にという優愛の希望は叶《かな》わなかったが、翌朝、急遽《きゅうきょ》結成された『聖女様御一行』が城門前に集まっていた。

馬車は二台、護衛の騎士は五人。その内四人は要人警護の第二騎士団から選出された。

もう一人はと言うと、

「こうなると思った。こうなるとは思ったが、大丈夫なのか……!?」

自問自答している第三騎士団副団長のオルジフである。

これで第三騎士団は団長と副団長の二人が不在となることに不安がっていたが、第三騎士団は基本遠征に行くことが多く、王都を留守にすることが多いので問題はないそうだ。そうは言っても準備期間が少なすぎる不安はあるが。

「魔石いっぱいあるんだろうな〜。見たことない魔法本もあるかも〜」

その横で遠足前の子どものようにはしゃいでいるのが、魔導課副管理官のイストだ。

どこから聞きつけたのか、エゴロヴァに行くんでしょ？　僕も行く！　と誠一郎に直談判《じかだんぱん》してきた。

「何で俺まで……」

そしてその時一緒に引っ張って来られ、今日もまた引っ張って来られたシグマが青い顔で鞄《かばん》を抱えて震えていた。

「見聞を広げるよい機会じゃないですか」

シレっと言う誠一郎だったが、その心はイストのお守り役がいてくれて助かる、だった。十二歳にお守りをされる三十歳は問題がある気がするが、まぁイストなので仕方ない。

「いや、なんで俺までは俺のセリフなんスけど……」

誠一郎の横にずっといたノルベルトは、ユーリウスの命令で同行が決まった。

一応王族なので、何かあるのだろう。その辺は誠一郎には関係なさそうなので適当に流しておいた。

「セイさん本当に俺に対しての扱い雑すぎません？」

「親しみを込めてるんだよ」

「え……まぁそれなら……」

照れるチャラ男は、今日は髪型はちゃんと決まっている。経理課も二人抜けるが、誠一郎の引き継ぎ書類があるから大丈夫だろう。

「それはそうとセイさん、それ、何スか？」

顔を指差され、誠一郎は自分の目から下を覆《おお》っている布を撫《な》でた。

そう、誠一郎の顔には黒っぽい薄い布で作られたマスクが着けられていた。

「ラフケトという植物で編まれた布らしい。気休め程度だけど、魔素を吸いにくくなるって」

プラサス国という南の方の魔素の薄い国で採れる植物で、魔素への浄化作用が多少あるらしい。

「へ～。いや、そう言えばセイさん大丈夫なんスか⁉　エゴロヴァってロマーニより魔素が濃いって聞くっスよ⁉」

「対策はしてある」

この浄化マスクは、その対策……魔素中毒の緩和剤と魔力を薄める薬を貰《もら》いに行った時に一緒に貰った。アレシュが医務局長のシーロに頼んでいた薬だ。まだ試作品で効果が薄いと渋られたが、ないよりましと説《と》き伏せて奪ってきた。その際に別ルートで用意していてくれたこのマスクも受け取ったのだ。

「エゴロヴァでも魔素が濃いのは鉱山の方だから、王都では即ぶっ倒れるレベルではないだろう」

「それならいいんスけど、本当に無茶しないでくださいよ？　体調悪くなったらすぐに言って下さいよ？」

何度も念を押され、分かった分かったとあしらう。

そんな風に騒いでいたら、騎士と侍女に守られた主役が登場した。

薄い青色の大人しめのワンピース姿の優愛と、もう一人。

藍黒色の髪を結いあげた、紫のドレスの美しく気品にあふれる女性。

キリッとした目元が印象的なその女性……エレネは今回の話をどこから聞いたのか、優愛が発案したその日の夜にアレシュの屋敷を訪れ「貴族がいた方がよいでしょう」と言って同行をごり押し……ではなく、申し出てくださり今に至る。

「アレシュさんのお姉様なんですね！　よく似てらして美しいです」

「まぁ、ありがとうございます、聖女様」

「聖女ではなく、優愛と呼んでください」

「ユア様、道中よろしくお願いいたします」

そんなわけで、上流階級の女性陣は意気投合したようなので、優愛、エレネ、オルジフ、侍女と誠一郎、ノルベルト、イスト、シグマというグループに分かれて馬車に乗ることとなった。


エゴロヴァの王都までは馬車で片道六日間だそうだ。

しかしそれはあくまでもエゴロヴァが王族のために用意した特別製の魔導具をふんだんに使った馬車での話なので、ロマーニの叡智《えいち》を結集させたとしても十日は掛かる、
それというのも、エゴロヴァは高山に囲まれた土地のため、その山を登れる馬車でないと迂《う》回《かい》しなければならないからだ。

車、新幹線、飛行機のある世界から来た誠一郎的に馬車での旅は未《いま》だにピンと来ない。長距離の移動は魔の森に行って以来だろう。

人よりも馬の方が早いと言っても、荷車を引くなら頻繁《ひんぱん》に休憩《きゅうけい》などを挟まなければならない。

魔の森の時は途中の町で馬を替えたりしたが、今回はその準備はできていないのでそうはい

かないだろう。十日よりも掛かるかもしれない、と思ったことが、誠一郎にもありました。

「最短距離で飛ばしましょう！　三日で行きましょう！」

ロマーニ国聖女優愛の言葉に、全員が呆《あき》れ顔《がお》をしたものだが、一人だけ目を輝かせている者がいた。言わずもがな、イストだ。

「僕も早くエゴロヴァ行きたいです。どうやります？　どうしたら行けます？」

「お馬さんたちには私が【治癒《ちゆ》魔法】をかけます！　これで休みなしで進めますよ！」

(鬼かな？)

優愛の提案に誠一郎はたじろいだが、他の者は意外にも「なるほど」みたいな顔をしている。治癒魔法の遣い手は少なく貴重なので、そういったことに使われることは今までなかったようだ。

「治癒魔法なら僕も使えますよ～」

そしてこの一行には、聖女と国一番の魔導士がいたのだった。

「オルジフ、あなたも多少は魔法が使えるのだから協力なさいよ」

エレネがツンとした態度のまま指示を出す。そう言えば、アレシュの従兄弟《いとこ》ということは、エレネともそうだということだ。

「無茶を言うな！　俺は治癒魔法の類《たぐい》は専門外だ！」

「役に立たないわね」

「護衛ですけど!?」

言い合う二人と張り切る優愛とイストを眺《なが》め、誠一郎は考え直した。自分だって、早く着きたい気持ちはある。

「魔法が使える方が複数いらっしゃるなら、治癒だけではなく、まず『疲れにくくする』ことをできませんか？」

「疲れにくく？」

「何なに!?　コンドゥ何する気!?　僕もやる！」

「イストさん、出発前から興奮しすぎですよ。落ち着いて」

三十歳児は十二歳が抑えてくれたので、誠一郎は荷物から丸めた大きな紙を引っ張り出して広げた。

「エゴロヴァについて調べていた時に気になったのですが、最短距離の間にあるこの山」

誠一郎の指差す場所を見て、普段から魔獣討伐で僻地《へきち》や国境付近まで遠征に出ているオルジフがぎょっと目を剝いた。

「お前っ！　国内から出たこともないのに何でそんなの知ってんだ！」

「え、何ですか？」

首を傾《かし》げる優愛に、誠一郎が淡々と答える。

「ここに、ロマーニとエゴロヴァを繫《つな》ぐトンネルがあったんですよ」

「え！　そんな便利なものがあるなら行きましょうよ！」

「もう百年以上前に潰れて通れなくなってますよ」

「えっ」

「そうっスよね。俺も聞いたことあるっス。昔はエゴロヴァもロマーニから食料なんかの輸入のためにトンネルを作ったけど、自国で魔導具研究が進んでどうにかなるようになったから、すっかり廃《すた》れてもう通れなくなってるって」

さすがに王族とあって、歴史には詳しいノルベルトの言葉に、実際に目で見たことがあるオルジフがうんうんと頷いている。

「ですが一度は通じた道ですよね？」

そしてここには、ロマーニを代表する魔導士と聖女と魔法騎士がいる。

にこりと唇だけ弧《こ》を描いた誠一郎を見て、彼が本気であると悟《さと》った一行は黙った。


かくして、誠一郎の提案により優愛が【治癒魔法】と【浄化魔法】の応用で馬の治癒と呼吸を楽にさせ、イストが馬車の【軽量化】と馬の脚の【補強】を行い、オルジフが【土魔法】で道を整備し、オルジフとイストの二人掛かりで【重力魔法】で馬車が通れるだけの道をこじ開け、本当に三日でエゴロヴァに着いてしまった。

△△△

「こんなに早く着いちゃって、大丈夫なんスかね……？」

「伝令に通信魔法は出したから、大丈夫だろう」

ただ出発前と、昨日出したので、相手国が信用していない可能性は捨てきれないが。

現に先ほど城門前で門番にロマーニからの聖女一行が着いたと告げると、鳩《はと》が豆鉄砲を食らったような顔をした後、大慌《おおあわ》てで走って行った。

そして一行はひとまず馬車を預け、小さな待合室のようなところで待たされている。

本来であれば、高貴な身分の者は事前に連絡を入れすぐに城内の専用の部屋に通されるのだが、相当混乱しているらしい。城と取引のある業者達が通される部屋に、明らかに貴族の女性が座っているのはなかなかの絵面であった。

「あ、そうだ兄ちゃ……コンドウさん。頼まれてた物を渡すのを忘れてた。はい」

気まずい空気の流れる中、この場所が一番似合うシグマは少しだけ緊張が和らいだのか、誠一郎に鞄から出した小箱を渡した。

「ああ、もうできていたんですね。ちょうどよかった」

「うん、簡単な物だからって。すぐに渡そうと思ってたのに、色々あって渡しそびれちゃってごめんなさい。」

確かに、いきなり隣の国に聖女の表敬訪問に行くからついて来いと引きずられて行けば、そこには聖女以外にも貴族女性や騎士がいるのだ。その上馬車に魔法を使いまくって、高速で移動しっぱなしだったのだ。混乱して然《しか》るべきであろう。

「それ何スか?」

曲がりなりにも王家の血を引くノルベルトにとっても他国の城は緊張するものではないらしく、誠一郎の掌《てのひら》に載《の》っている小箱を後ろから覗《のぞ》き込《こ》んできた。

紫色の、丈夫そうな四角い小箱だ。

「ナイショ」

「へ!? 何スか、教えてくださいよ〜」

そんな風にバタバタしている間に、ガチャガチャという騒がしい音と共に、甲冑《かっちゅう》を纏《まと》った騎士が複数人走ってきた。その後ろに、息切れしている見覚えのある細身の男がいた。

「ゼハッ、ま、間違いないですっ！　ロマーニ国の宮廷魔導士と騎士、官吏《かんり》の方々です……っ！」

絞《しぼ》り出すように言ったのは、エゴロヴァ使節団にいた魔導士のドナートだった。実際にロマーニで面識のある者を確認のために引っ張って来たらしい。

「ではこちらは本当に聖女様で……」

「い、一体どうやってこの短期間で……！」

確認が取れても、自分達がロマーニを発《た》ってエゴロヴァにたどり着いた翌日の訪問に混乱を隠せないようで、現場はまだ騒然《そうぜん》としていた。

ここで時間を潰すのは無駄でしかないのでどうしたものかと考えていると、それまで似つかわしくない石の椅子に座っていたエレネが優雅に立ち上がった。

「私はロマーニ国インドラーク侯爵家《こうしやくけ》子女にして、レーン伯爵家《はくしやくけ》のエレネ＝レーンです。確認が取れたのに、いつまでこのような場所に閉じ込めておくつもりですか。聖女様も旅の疲れがございます。早く案内なさい」

鶴の一声で、現場は水を打ったような沈黙の後、急ぎ王宮内へ案内された。

なるほど、貴族が必要だというのはこういうことかと同じ伯爵家のはずのノルベルトを眺めながら誠一郎は思った。

通されたのは、先ほどとは打って変わって豪華な応接間だった。

天井まで装飾された金色の模様に、金と赤でまとめられた家具。シャンデリアの形も複雑で美しい。光の入り方が不自然だから、あれも魔導具なのかもしれない。

エゴロヴァ城はロマーニに比べ石造りで無骨な印象だったが、中は煌《きら》びやかだった。ラーシュ達の衣装を見た時も思ったが、細かい刺繍《ししゅう》や模様が多く、高山に囲まれた寒い国だからこそ、魔導具技術と共に手仕事が発達したのだろうことがうかがえた。

机を囲むように並ぶいくつものソファと椅子の中で、前列のソファに優愛とエレネが、横の椅子に誠一郎、オルジフ、ノルベルトが座った。シグマは従者と一緒に立つと言って聞かなかったが、部屋の中をウロチョロするイストを捕まえておいてくれと頼んで、後ろのソファに一緒に座らせた。

お茶が出されて数分して、執事《しつじ》が扉を開け、ロマーニに来た時よりも装飾の多い、民族衣装感の強い衣装を身に着けたラーシュが入ってきた。

そして、それに続き、黒地に赤と金の刺繍が入ったシャツに赤く縁どられた黒いスカートの少女が入ってきた。

黒い横髪はキレイに切り揃えられており、後ろは肩下まで艶《つや》やかに流されている。

その瞳はラーシュと同じ翡翠《ひすい》の色。

「え？　え？　え!?」

後ろでシグマが目を白黒させて驚くのも無理はない。

その顔はどう見ても、エゴロヴァ使節団の一員だったルスアーノ少年と同じものだったのだから。

驚くロマーニからの使者達に、ラーシュが苦笑する。

「お待たせしてしまって申し訳ございません。聖女様とレーン伯爵夫人はお初にお目にかかります。エゴロヴァ国第三王子、ラーシュ＝エーリク＝エゴロヴァと申します。そしてこちらが……」

背を優しく押され、ルスアーノ少年……少女が一歩前に出て、スカートの裾《すそ》を持ち上げ優雅に礼をした。

「エゴロヴァ国第三王女、ルフィナ＝クジェルティカ＝エゴロヴァでございます」

「!?」

シグマが後ろで石化するのが分かったが、誠一郎は特に動揺はしなかった。他の大人達は驚きはするものの、納得の顔つきだ。優愛は初対面なので素直に頷いていた。

元々王族と繋がりのある少年、と言われていたのだ。正当な王族であってもさほど変わりはない。この年頃の子ならば男女の見わけも難しいし、お忍びであるならば性別を偽るのが一番簡単だったのだろう。

「どうりで見たことあると思った……」

「オルジフ、あなた対面しておきながら気付かなかったの？」

オルジフの呟《つぶや》きに、エレネが辛辣《しんらつ》な言葉を投げかける。何でも侯爵家ともなれば、他国の王族の肖像画や家族構成などは学んでいて然るべきらしい。

一応王族のノルベルトの顔を見たら逸《そ》らされた。こいつも知っているはずなのに気付かなか

ったようだ。

「しかしまさかロマーニの聖女様はじめ皆様が、こうも早く我が国を訪れてくださるとは思いもしませんでした」

その言葉には、聖女の初めての他国訪問と早すぎる到着両方への疑問が含まれていた。

「これから魔法技術の共同研究もしていく国ですもの。私もぜひともご協力したいと思いまして」

「ロマーニ国といたしましても、エゴロヴァに絶大な信頼を寄せている証拠ですわ」

「ありがとうございます」

ラーシュは改めて、ロマーニ側からの人間を見渡し、ノルベルトで一度目を止め、さらにそこにマスクをした誠一郎を見つけて少し瞠目《どうもく》した。

「まずは旅のお疲れもあると思いますので、ごゆるりとお休みくださいませ。我が国でも国を挙げてロマーニの聖女の訪問を歓迎しております。王をはじめ、皆が挨拶《あいさつ》をしたがっておりますので、今夜ぜひとも場を設けさせてください」

きっと今頃はあちこちで大慌てで準備をしているのだろう。悪いとは思うが、こちらも急ぐのだ。

「申し訳ございません、その前にロマーニからの護衛の者と合流したいのですが、今はどちらに？」

そのまま一旦部屋から出ようとしたラーシュをエレネが呼び止めた。

ラーシュは一度ルスアーノ……いや、ルフィナと目を合わせる。ルフィナはいったん目を伏せ、エレネに向き直った。

「ロマーニ国インドラーク騎士団長でしたら、今はちょうど第四王女である妹と面会をしております」

残念ながら、見合いはすでに決行されていた。

第八章

提案しました

エゴロヴァ王家から婚約の申し出のあった第四王女とアレシュが面会中。

その意味が分からない者など存在しなかったが、エレネは引かなかった。

「あら、それならばぜひご同席させてくださいませ。弟の伴侶《はんりょ》になるかもしれない姫君と私もお会いしたいですわ」

〝弟の伴侶〟のところで、ノルベルトとオルジフが慌《あわ》てたように誠一郎《せいいちろう》の顔色を窺《うかが》っているが、いまさらである。

「いや、しかし……」

「私もお会いしたいです、お願いします」

難色を示したラーシュに対し、優愛《ゆあ》が聖女の威光をもって重ねた。

ロマーニからの主賓《しゅひん》とも言える聖女と、実の姉であるエレネの要望に否《いな》を言い続けるのは得策ではないとみなし、許可はあっさりと下りた。

「ただ妹は体が弱いので、無作法なところをお見せするかもしれませんが……」

「こちらから押しかけるのですし、気にしないでください」

ルフィナの心配気な言葉に、優愛が答える。優愛にはもう少し気にしてほしいところだ。

前を歩く女性陣に続く男性陣にラーシュが並ぶ。遅れてキョロキョロ落ち着かないイストをシグマが懸命に連れて来てくれている。帰ったらシグマには特別手当を出そうと思った。

「遠路はるばるお越しくださいまして、ありがとうございます。ロウダ様も」

「ああ、いや。突然の訪問申し訳ございません。私どもとしましても、団長が護衛に就《つ》いたと後で聞かされまして……」

この聖女訪問が外交的な段階をすっ飛ばしている上に、あまりにも早い訪問であったことは言い訳のしようがなく、ラーシュ達もその目的には気付いているであろう。お互いに腹の探り合いをするのも得策ではないとオルジフが謝罪するも、ラーシュもその整った眉を下げた。

「いいえ、先に強引なことをしたのは私達です。ただ、インドラーク騎士団長のエゴロヴァ行きに関しましては、彼からの申し出でした」

「えっ！　そうなんスか⁉」

ラーシュの言葉にノルベルトが驚くが、あのアレシュを強引に自国に引っ張ることは難しいだろう。となると、本人の意思で動いたであろうことは何となく想像はついていた。

「ですがその申し出に、まだ希望を捨てきれなかったのも、私どもです」

そこまで言って区切りを付けたのか、ラーシュは誠一郎の方を見た。

「君も来るとは少し意外だった。やはり君は優秀な官吏で交渉人でもあるようだな」

前の女性陣が扉の前で止まるのが見えたので、そこが第四王女とアレシュのいる部屋なのだろう。ラーシュをはじめ、オルジフ達も立ち止まる。

エゴロヴァのメイドがノックをし、ルフィナが声をかけ扉が開かれる。

部屋に入る彼女らの後に続くため、一歩踏み出しながら、誠一郎は口を開いた。

「いいえ、私はただ自分の男を取り返しに来ただけです」

「え」

部屋の中は、先ほどの応接間よりも簡素であった。とは言っても王宮内の一部屋であり、備えられている家具は一級品なのだろう。

その中心、向かい合わせに置かれた椅子に果たして目的の人物はいた。

部屋の奥の方、扉側を向いていたこの部屋の主である王女は立ち上がってこちらを見たが、その正面にいた黒い背中は一拍遅れて振り返った。

「ルフィナお姉様」

第四王女が鈴を転がしたような声でその名を呼ぶと同時に、正面の男はがばりと勢いよくその大きな体軀《たいく》を起こした。

そして、

「何でお前がここにいる!?」

勢いそのままに、ルフィナもエレナもラーシュも素通りし、一直線に誠一郎の目前にまで迫った。

「ここがどういう場所か分かっているのか!? すでに【結界】の効果も薄れているのに、何で来た、自殺行為だぞ！」

大きな手で肩を摑《つか》まれ一喝《いっかつ》される。通常の人間なら、いやロマーニの騎士でも縮み上がるであろう相手に、誠一郎は動じることなく言い返した。

「どこかの誰かさんが、ろくに話もせずにいなくなるものでお話をしに参りました。対策はしています」

「対策……？」

「シーロさんから試作品を」

マスクと話していないはずの薬を取り出し答える誠一郎に、アレシュの眉間《みけん》の皺《しわ》はさらに深くなった。しかし続く説教の前に、アレシュの肩に後ろから触れる者が。

「私を無視するなんて、いい度胸をしているわね、アレシュ？」

自分とよく似た鋭いまなざしを向けてくる姉に、アレシュの眉間が『心配』から『煩《わずら》わしい』になった。

「…………何で姉上がここに？」

「まあ、随分《ずいぶん》な言い様ね。誰のおかげで滞《とどこお》りなく会えたと思っているの？」

向かい合うよく似た迫力美形の姉弟とさらに血の繋《つな》がりのあるオルジフは、見慣れた姉弟喧《けん》嘩《か》よりも第四王女に釘《くぎ》付けであった。

いや、ある程度予想はしていた。

第三王女であるルフィナが十二歳くらいだったのだから、その妹である第四王女はさらに年下であろうと。しかも貴族王族の結婚は、血筋や家柄を守るためであり、幼い時期から婚約を結ぶことなども珍《めずら》しくない。それゆえに、年の差のある夫婦というのも多く存在する。分かっている。

しかしこれは……。

「あの……第四王女様はおいくつでいらっしゃるんですか？」

ノルベルトが戸惑《とまど》いながらもラーシュに尋ねるのが聞こえた。みんな気になったのだろう。

ラーシュがその整った唇を開く。

「今年四つになります」

「ブフォオ！　ングッ！　ンウォッホン、ゲホゴホ」

オルジフの口からこらえきれなかった息が漏《も》れた。慌てて口を塞《ふさ》ぎ、咳《せき》で誤魔化《ごまか》す。

いや分かっているのだ。

幼い内から家のために年の差のある伴侶を付けられることがあることは。

それでも、仏頂面《ぶっちょうづら》で立派な体軀のアレシュの隣《となり》に三歳の幼女という図が面白すぎた。

「オルジフ……お前後で話があるからな」

エレネと舌戦中のはずだったアレシュから睨《にら》まれ、一気に笑いは引っ込んだが、そのアレシュは誠一郎から「私との話の方が先じゃないですか？」と言われて黙った。

その様子を驚きながらも見ていたルフィナが、ハッとした顔をして第四王女のいるソファに駆け寄った。

「ソフィヤ！」

ラーシュもすぐさま妹達の元へ駆け寄った。

ソフィヤと呼ばれた第四王女の少女は、ラーシュと同じ銀の髪を編み込んで肩まで伸ばした髪型に、白い肌をした大層な美少女であったが、先ほどまで開かれていた青紫の大きな瞳は伏せられ、顔色も悪く息が荒い。

「何が……」

「すまない、妹は体が弱いのだ。初めて会う人に緊張したのかもしれない、すぐに治癒《ちゆ》魔法師を……」

「あっ治癒魔法なら私が……」

「待ってください」

ソフィヤの小さな体を抱きかかえながら侍従《じじゅう》に指示を出すラーシュに、優愛が手を挙げたが、それを制して誠一郎が一歩踏み出した。

「何を……？」

近付いて、無礼にならないようにそっと様子を窺う。

顔色が悪く、冷や汗が出て、息が荒い。見覚えのある……いや、身に覚えがある症状に、アレシュを振り返る。目が合うとアレシュも気付いたようだ。

「これは…………魔素中毒か！」

「魔素中毒って……」

予想外の二人の台詞《せりふ》に状況がいまいち飲み込めない他の者が呟《つぶや》くが、誠一郎はそれには構わずシーロから受け取った薬を取り出したが、思い直して予備のマスクをラーシュに渡した。

「魔素の吸収を抑えてくれるマスクです。予備で、まだ使っていないので王女殿下に」

「え……ああ」

それから優愛の方を振り返る。

「白石さん、治癒魔法よりも先に、【浄化】をお願いします。この部屋の中だけでよいので」

「え？　あ、はい分かりました」

ソフィヤが誠一郎と同じく魔素に弱い体質であるならば、まずはこの部屋の中に充満している魔素を取り除く方が先決だ。

優愛が両手を組み、祈りを捧げるようなポーズでその口から歌うように呪文《じゅもん》を紡《つむ》ぐ。

刹那《せつな》、室内にそよ風が吹いた。

魔素を普段意識しない者には分からないだろうが、誠一郎には分かる。

魔素が消え、空気がきれいになった。

それと同時に、ラーシュの腕の中のソフィヤの呼吸も安定してきた。

「これは……一体…………」

目を見張るラーシュとルフィナに、誠一郎は答えようとして、浄化魔法の余波で感じた軽いめまいでふらつく体を、アレシュに支えられた。

「あ、すみません。恐れながらラーシュ殿下《でんか》。第四王女殿下は、魔素に弱い体質であると予想されます」

ソフィヤの容体は落ち着いていたが、幼いこともあり大事を取って休むために寝室に連れて行かれた。

誠一郎達も先ほどまでいた応接間に戻り、改めてラーシュとルフィナの話を聞くことになった。ちなみに席順は前列にエレネと優愛と、アレシュと誠一郎となった。誠一郎は後ろに下がろうとしたが、それをアレシュが強引に隣に座らせたからだ。

「ソフィヤは生まれつき魔力が少なく、虚弱ですぐに寝込む子だった」

ラーシュの説明では、エゴロヴァ王国はことさら技術力や魔力を重視する傾向にあった。

実際、国としては魔法研究と魔導具開発で成り立っていると言ってもよい。土地柄、山に囲まれた寒い国とあっては、技術が重視されるのは分かる。

それに魔導具研究には魔力が必須とされてきたし、エゴロヴァの王族貴族は魔力量が多いことから格式を示す物の一つにもなっていた。

「ソフィヤは……他国の踊り子が産んだ子なのです」

ルフィナの躊躇《ためら》いがちな言葉に、ノルベルトが顔を上げた。

王と貴族でもない移民女性との間に生まれた庶子《しょし》。

一応は王族として迎えられはしているが、その出生と魔力の少なさ、そして体の弱さで立場が非常に危うい存在だと言う。

「体が弱いこともあり……今のうちに地方豪族か資産のある商人に嫁入りさせようという意見まで出てきて……」

それくらいのことでしか王家の役には立たない。そう言った貴族を、ラーシュは一生許しはしないだろう。

そんな中、降って湧《わ》いたロマーニ王国との魔法文化交流の話だった。

ラーシュ自身は魔法に関してはさほど精通していなかったが、政治経済の分野では兄弟の中でも一番の自負があったこともあり、使節団の指揮に名乗りを上げた。

もちろん今後の自分のための実績作りでもあったし、同じくルフィナも魔法の勉強のためとロマーニの憧《あこが》れの魔導士に会いたかったこともあったが、それと同時に、二人はソフィヤのことが心配だった。

第三王子と第三王女。

ラーシュの母はさほど身分の高くない家の出身であり、ルフィナも大きな魔石鉱山を持つ地方貴族の娘が母親だったため、家柄的に優遇はされていなかった。そのせいもあり、二人は意気投合していたし、同じようにソフィヤのことを懸念していた。

ロマーニは気候もエゴロヴァと違い穏やかであるし、魔法にも精通した騎士団が存在し、その騎士団長は貴族としての地位も高く若く優秀な上に、独身であるという情報を得ての婚約打診だった。

「どこか分からない僻地《へきち》で、政治の駒にされる未来では、命の保証すらない。だからこれから国交が増えるであろうロマーニの、地位のある者の元ならば少なくともひどい扱いは受けないだろうと」

「すみません、私が無理にお願いしたのです」

婚約の打診は、二人の独断で進められたらしい。

「本当にすまなかった。情報を得た時点では婚約者もいないと聞いていたので……」

そう言って、チラリと座る距離が近いアレシュと誠一郎を見る。

「てっきり、セーチロウの相手はあの司祭かと……」

ラーシュの言葉に、アレシュの紫の瞳が剣呑《けんのん》な色を宿した。

「司祭……？　シーグヴォルド司祭のことか？　どういうことだ？　いつどこでそんな誤解を

されるようなことをしていた」

「していません。エゴロヴァの方々が私塾を視察されたいと言われたのでご案内して、少しお話をさせていただいただけです」

「それだけで何でお前の相手だと認識される」

「知りませんよ、ご本人達がいらっしゃるのですから、そちらにお聞きください」

「ちょっと、痴話《ちわ》喧嘩は二人きりの時になさい。はしたないですよ」

エレネにぴしゃりと言われ、アレシュは嫌そうに眉間に皺を寄せて黙った。誠一郎も同じく、人前で醜態《しゅうたい》をさらす気はないので口をつぐんだ。

「あ、いえ、すみません。コンドゥが晩餐会《ばんさんかい》でアメジストの着いたミアスのラペルピンを身に着けていたので、紫の色を持つ伴侶がいらっしゃるのだろうと私達で話していたのですが、その後に司祭様にお会いして誤解をしてしまいまして」

「アレシュ様のせいじゃないですか」

「…………伴侶がいると分かる効果はあっただろう」

「だからそれが……」

「後になさいと言ったでしょう」

エレネが持っていた扇子を音を立てて閉ざすことで、再びの痴話喧嘩を収めた。

「ともかく、私達の独断で大変迷惑をかけた。婚約の件は忘れてもらって構わない」

「申し訳ございませんでした」

「いえ、誤解が解《と》けてよかったです。顔をお上げください」

エレネに促《うなが》され、エゴロヴァ王族の二人がゆっくりと顔を上げる。

「それでその……先ほどのソフィヤへの治療はどうやって……」

今まで治癒魔法を施しても、発作が収まるその場限りの様子だったソフィヤが、一気に顔色がよくなったことが気になったのだろう。ラーシュも続く。

「【浄化】と申されておりましたよね？　聖女の力でソフィヤの病気を治すことができるの、ですか……？」

「え？　あれは魔素をなくす【浄化】だから、病気が治るとかじゃないと思いますよ？」

誠一郎に言われたことを実行しただけの優愛は首を傾《かし》げる。

噛《か》み合わない会話に、アレシュが口を開いた。

「ソフィヤ王女は恐らく『魔素中毒』なのでしょう。体質的に、魔素への耐性が低く、体力などが落ちた時や魔素濃度が高い場所に行った時などに発作が起きると思われます」

「魔素……中毒ですか？」

不思議そうな二人を見て、無理もないと誠一郎は思う。

この世界で魔素は空気中に当然含まれるものだし、特にエゴロヴァは魔素の濃い地域だ。地球上で酸素や窒素《ちっそ》に対してアレルギーがあると言われても、ピンと来ないのと同じだ。

おまけに体調不良は基本治癒魔法である程度は治まる。庶民はともかく、王族ともなればすぐに治癒されて終わりだったのだろう。

「魔素は空気中にも含まれておりますし、毒ではありません。よほど弱っている体で、魔石鉱山の奥などに行かない限り普通の人間には起こらないでしょう。ですが稀《まれ》に、耐性が弱い者もおります」

もしくは起こったとしても、原因不明で片付けられるか。

「どうしてそんなことが……」

問われてアレシュが誠一郎に視線を向ける。

頷いて、続きを引き受けた。

「ご存じの通り、私は異世界から参りました故にその『魔素耐性』がほぼありませんでした」

それでも魔素がさほど濃くないロマーニ国内であれば、魔素の少ない物を少量食べるだけなら中毒症状は出なかったのだが、栄養剤などといった魔素の濃い物に手を出したために、急性魔素中毒に陥り、アレシュに助けられ今に至るわけだが。

「ソフィヤ殿下はまだお小さく体力もございません。それでエゴロヴァの魔素に耐えられなかったのだと思います」

「そんな……それじゃあソフィヤはエゴロヴァにいる限り……」

「そこで提案なのですが」

「ん？」

「あ」

「あ～あ」

急に張りの出た誠一郎の声に、誠一郎をよく知らない者は不思議に、よく知る者はあるいは既視感に、あるいは呆《あき》れをもってそれぞれがそれぞれの反応をする。

こうなった時の誠一郎は、イストと同じくらい止まらない。

「現在ロマーニでは、魔素と魔力の関係性について研究を始めておりまして、それによる魔力増幅と魔素耐性の向上も見込めます」

「魔素耐性の向上……？　それは本当か？」

「はい。実際魔素耐性のほぼゼロであった私が、こういった道具はありますがエゴロヴァに来ても発作を起こさずにいられております」

恐らく召喚《しょうかん》されたばかりの頃の誠一郎では、無理であっただろう。

アレシュとパヴェルの涙ぐましい努力により、確実に耐性は上がっていた。

「それにエゴロヴァよりも魔素の薄いロマーニであれば、発作を起こさずに耐性を上げられると思います」

「ちょっと待ちなさい。あなた魔力増幅と言ったわね？」

思わぬところからの質問に、誠一郎は少しだけ驚いたが顔色を変えずに頷《うなず》いた。

「はい。現在血筋が多く関わっており、先天性で決まると言われております魔力についてですが、後天的に増やすことができると思われます」

だから魔法交流の一環として、その研究のため第四王女であるソフィヤを、ロマーニで預かる案はどうかと言っているのだ。

「それは……願ってもない」

そう、ソフィヤは魔素の薄い土地で静養でき、魔素耐性が強くなり、国を挙げての研究の協力という形で他国に渡っていれば、僻地に嫁に送られることもなく、そして魔力が本当に増えれば彼女の王族としての地位も上がる。

誠一郎的には、元々研究に際し色々な種類の被験者が欲しかった。

その上で、ラーシュ達に恩を売れ、さらにロマーニで研究を進める口実もできる。

もっと言うならば、言い方は悪いがエゴロヴァの王女を預かるのだから、実質人質を手に入れたことにもなる。エゴロヴァ側はさほど重要視していない王女ではあるが、王女であることには変わりないし、ラーシュ達が彼女を見捨てることはないだろう。

もちろん、王女を預かるとなるとそれ相応の対応をしなければならないのだが、それにはまたしてもあの人物が立ち上がった。

「ソフィヤ王女は責任をもって私の家でお預かりしましょう」

すっくと立ちあがったエレネに、注目が集まる。

「セーイチロウ。その研究に私も参加させなさい」

「え？　まぁかまいませんけど……」

既婚者である貴族女性のエレネが、何の目的で研究に参加したがるのかいまいち分からないが、国を挙げての計画には違いないので、参加希望者は多いだろう。

「ですが、ソフィヤ一人をロマーニに送るのですか……」

不安気なルフィナに、ノルベルトはいつもの明るい口調で答えた。

「大丈夫っスよ。これだけ自分を愛してくれてる家族がいるんですから！」

王の庶子。

家臣へ養子に出され、王家に仕えることを約束させられている青年は、何の曇《くも》りもない笑顔でハッキリと言い切った。

改めて、ラーシュはロマーニからの面々に礼を言って立ち上がった。

「晩餐会までは各自部屋を用意させますので、どうぞおくつろぎください」

晩餐会の用意と上への報告、根回しに向かおうとすると、アレシュが口を開いた。

「晩餐会には、私達は遠慮させてください」

私、ではなく私達、と言ったのでラーシュはじめ全員の視線が誠一郎に向く。

「先ほども説明しました通り、この者は魔素に弱い体質の上元々虚弱なので、帰国前に休ませておかなくてはなりません」

アレシュが以前張った【結界】も弱まっているし、エゴロヴァにたどり着くまでは無事だったが、先ほども優愛の【浄化魔法】の余波を受けて少し熱っぽい。アレシュの言う通り、帰国前にアレシュに【治療】をしてもらう必要性はある。

アレシュの当然の態度に、じゃあ誰か人を付けましょうとは言える雰囲気《ふんいき》でもなく、察したラーシュは「分かりました。お大事になさってください」と笑顔で答えて部屋を後にした。

その後、イストが魔導課を見たいと駄々をこねたので、ルフィナが案内することになった。

もちろんシグマも道連れだ。申し訳なくは思うが、同じことをされたロマーニ側としては強く止めることはしなかった。

「ユア様は晩餐会のご用意をいたしましょう」

「え、でも私、ドレスとか持ってきてないです」

「わたくしがユア様の分も用意しております。さあ、行きましょう。オルジフ、護衛として来なさいな」

「いや何で……」

「本当に気が利《き》かない……。あちらにはもう護衛は必要ないでしょう。か弱い女性を護《まも》るのが騎士の務めじゃなくて？」

エレネに辛辣《しんらつ》な言葉を掛けられるのは日常らしく、オルジフはチラリとだけ誠一郎達を見た後に、渋々ながらも席を立つ。

「ノル……」

「あ、俺は部屋でゆっくりしてるんで、お気になさらず！」

誠一郎の後ろに立つアレシュを見ないように視線を逸《そ》らせつつ、ノルベルトが答える。ノルベルトだって、馬に蹴《け》られて死ぬのはごめんなのである。

◇◇◇

アレシュに与えられていた部屋は、エゴロヴァ特有の柄模様の壁紙と絨毯《じゅうたん》で彩られていたが、色自体はシンプルで落ち着く部屋だった。

「っ！」

部屋に入り扉を閉めるなり、抱きしめてきた力強い腕に誠一郎は息を呑《の》んだ。

「無事でよかった……」

アレシュの低い呟きと、エゴロヴァの特徴的な香の匂《にお》いの向こうに、アレシュの匂いを感じて力を抜きそうになったが、まだ問題は解決できていないとアレシュの逞《たくま》しい胸板を押しのける。

大して力は入れていないが、拒否を感じてアレシュが力を緩《ゆる》める。

「まだ……お話をうかがっていません」

「…………先に、治癒魔法を掛けさせてくれ。疲れているだろうし、聖女の魔法に当てられている」

「嫌です。話が先です」

自分の体の治療のことなのに、それを盾に脅《おど》すような真似《まね》をするのもどうかとは思ったが、魔法を使われてしまうとその後はなし崩しになることが目に見えている。それにあっちにいた頃は多少の熱では仕事を休むことなどなかったのだから、この程度であれば耐えられる。

誠一郎の意志が固いことを悟ったアレシュは、長椅子に誠一郎を座らせ、自身も隣に座った。向かい合わせでは話しにくいようだ。

「婚約の話は、すぐに断った」

アレシュの話では、実家から呼び出された時に誠一郎のことを聞かれ、きっぱりと恋人であることを宣言したという。その後に、エゴロヴァ王族からこういう話が来ていると聞かされ、逃げ帰るわけにもいかず会うことになったそうだ。

実際、ラーシュの話でも突然の申し入れのようであったから、呼び出しと婚約打診は別だったことは分かる。

「俺の家族は、俺の問題であるし……婚約もするつもりがなかったから、お前に話す必要はないと思った」

誠一郎の顔を見て、気まずそうに小さな声で「すまん」と呟いた。どこが誠一郎の逆鱗《げきりん》に触れたのか理解はしたらしい。

誠一郎は何も言わず、続きを促す。

次は独断のエゴロヴァ行きの理由だ。

「お前を…………国に帰らせてやりたいと思って……」

「は？」

思ってもみなかった発言に、誠一郎は目を丸くした。

あれだけ誠一郎を帰らせないために、こちらの世界に縛《しば》ろうと既成事実を急いだアレシュだ。どういう心境の変化か。

「それは……俺はもういなくてもよいということですか？」

「違う！」

意識せずとも震えた誠一郎の声に、アレシュが即座に否定した。

「帰したくない。帰したくはないが……それは俺の我儘《わがまま》だ。お前は、自分の意思とは関係なく、この世界に突然連れてこられ、家族とも会うことはできず、しかも空気さえ体に合わずに弱っている」

今では魔素への耐性も多少はついたし、魔法治療を受けた後も恋人となったアレシュと体を重ねれば問題はない。

しかし、アレシュがいなければ、アレシュと結ばれなければ、うっかりと命を落とす可能性が高いことに変わりはない。

「古代の魔法であった『異世界からの召喚魔法』の復活をさせた者達の手を尽くせば、いずれはお前が元の世界に戻ることは可能になると思う」

「そ……」

この国の、しかも魔法に精通した第三騎士団の団長であるアレシュが言うのだから、それは事実なのだろう。

いずれ来るであろう別れを、アレシュは甘受《かんじゅ》していた。

元の世界には帰りたい。

両親にも会いたいし、生まれ育った土地で安全に暮らしたい。

だが、

「だから、お前の世界と行き来ができるようになる魔法の手掛かりを探すために、エゴロヴァに来た」

「え？」

アレシュが何を言っているのか、一瞬理解できずに、誠一郎は先ほどよりも目を丸くして目の前の男を見た。

黒い髪に、紫の瞳。

整った上に精悍《せいかん》さを兼ね備えた、誠一郎の男だ。

「古代魔法の逆算でいずれは帰還魔法は完成すると思うが、聖女ではないお前を指定してこちらの世界に喚《よ》ぶのは難しいだろう。聖女と浄化に特化した文献と、魔獣討伐《とうばつ》の攻撃魔法が中心のロマーニの魔法技術では限界があると思った。ちょうど魔法と技術に特化したエゴロヴァとの外交が始まるとなったが、簡単なことではないだろう。だからまずは自分の目で、その手掛かりを探してから、お前に話そうと思っていた」

矢継ぎ早に話すアレシュの言葉に、口をはさめず、誠一郎は頭で整理するので必死だった。

（ええと？　つまり？）

いずれ誠一郎は帰るから、行き来する手段を見つければ別れなくて済むだろうと思って、独断先行で誠一郎に何の説明もなく、他国に行ったということか？

「それ……エゴロヴァ側は知っているんですか？」

「いや？　エゴロヴァに渡る機会は俺の立場上はそうそうないだろうから、あちらが第四王女に会わせたいならそれを口実に今のうちに行っておこうとしただけだからな」

会うだけ会えば、あとは自由にさせてもらい、あまり日が掛かるようだったら他に来る口実を作ってから帰国するつもりだったとアレシュはのたまう。これから外交を結ぶ国に対し、やりたい放題である。まったくもって、目的しか見ていない。

「何でそれを言わないんですか……」

「方法が、見つかるとは限らないだろう」

気まずそうに視線を逸らすアレシュ。

手がかりも得ない内からそんな話ができるわけがないと言う。ぬか喜びをさせることになるかもしれないし、帰れると分かると故郷に心が寄せられてしまうかもしれない。

誠一郎はぐっと唇と噛みしめ、懐《ふところ》に入れていた小箱を取り出す。

差し出された紫色の小箱に、今度はアレシュはわけが分からず目を瞬《またた》いた。

「…………開けてみてください」

つっけんどんに言われ、誠一郎から小箱を受け取る。

大した価値もなさそうな箱の蓋《ふた》を開けると、そこには飾り気のない、銀色の指輪が二つ入っていた。

「…………これは？」

顔を上げると、誠一郎はまだ怒った表情でつっけんどんに答えた。

「……ロマーニでは、胸元の装飾品は相手のいる証《あかし》なんでしょう？　俺の国での婚約の証は、互いの名前を内側に彫《ほ》った指輪を贈り、左手の薬指に着けることです」

アレシュの長い指が、簡素な指輪を持ち上げる。

内側には、アレシュと誠一郎のファーストネームが彫られていた。

「みんなして、俺を舐《な》めすぎなんですよ」

信じられない気持ちで再び視線を誠一郎に向けると、予想よりもずっと近い距離にいた誠一郎が、怒った顔のまま体ごとアレシュに伸《の》し掛かってきた。

その力のまま、長椅子に倒れるアレシュを見下ろし、誠一郎は続けた。

「俺が流されて、アレシュさんを好きになったと思ってるでしょう。…………舐めないでくださいよ」

そのまま降りてきた唇を、アレシュは信じられない気持ちで受け止めた。

エゴロヴァ王国の王宮は防音がしっかりしているのか、部屋の外の雑音は聞こえない。静かな部屋の中に、水音が響く。

「ン……は……」

アレシュに伸し掛かったままの誠一郎が、自ら舌を絡《から》ませ、アレシュのシャツをまさぐる。

「待て……先に【結界】を……」

唇が離れたタイミングでそう伝えてくるアレシュに、誠一郎は不遜《ふそん》に目を細め、アレシュの耳元に口を寄せ、

「イッ……!?」

噛みつかれた耳は大して痛くはないが、その感触にアレシュは驚き誠一郎を見上げる。

「待てないって、言ってんですよ」

細められた不遜気な目に籠《こ》もった情欲に、アレシュは騎士団仕込みの腹筋をもって誠一郎ごと勢いよく起き上がった。

「わっ!?」

そのまま誠一郎の体を抱き上げ、ベッドに放り投げる。

文句を言う暇《ひま》も与えず、自分もベッドに乗り上げ性急にシャツを脱《ぬ》ぐ。

誠一郎の上着を脱がせ、シャツを脱がす時間も惜《お》しむようにたくし上げ直接肌に触れる。

「また痩《や》せたな……」

「そんなに変わらないでしょ」

荒い息の間に不満げに言うアレシュに、誠一郎もムスッとした声で答えながらアレシュに触

れる。こちらは相変わらず着痩せするタイプの逞しさだ。

アレシュの大きな手が触れる肌は既《すで》にうっすらと汗ばんでいて、手にしっかりと吸い付いてくる。何度もキスを繰り返しながら触れてきている手が、胸元を撫《な》で、ビクリと体が跳《は》ねた。

「あ……っ！」

確かめるように胸の突起を親指で潰され、思わず手首を摑むが、今度は耳元を舐め上げられる。

「んっ……く……」

誠一郎と違い、優しく耳朶《じだ》を食《は》みながらも胸への愛撫《あいぶ》も止《や》めないアレシュにまだ意識がはっきりとしており、反抗心が残っている誠一郎の膝《ひざ》が持ち上がる。

「お前……っ」

膝で兆《きざ》しを見せかけている股間《こかん》を刺激され、アレシュの顔が歪《ゆが》む。

溜飲《りゅういん》が下がる思いでふっと笑う誠一郎だったが、すぐさま噛みつくようなキスをされ、息が上がった。

横向きにされ、足で脚を押さえ込まれながら胸と股間を同時に愛撫される。

その間も激しいキスが繰り返され、体力的に劣る誠一郎はすぐに音を上げそうになったが耐えた。今日ばかりはアレシュにばかりリードされまい。

そう思ったのに、キスの合間に紡がれた呪文に、魔力に、頭がぼうっとした。

「魔法は……後って……」

「このままやったら、お前はすぐに気を失うだろう」

抗議するが、誠一郎の下穿《したば》きを脱がせながら押さえ込んでくるアレシュも譲《ゆず》らない。

確かに、その可能性は十分にある。あるが、今日はしっかりとした意識でもって最後までしたかったのにと誠一郎は歯がゆい思いをした。ああ、でも。

紡がれる歌のような呪文。

アレシュの低い美声。

流れ込んでくるアレシュの魔力。

「…………ずるいぃ」

その全てが誠一郎の脳を溶かす。

自分の命を助けてくれた、ということとの相乗効果もあるのかもしれないと思っていた。

吊り橋《つばし》効果。

刷り込み。

だが、それもこれも、全てがアレシュだ。

誠一郎の命を助けてくれたのも。

誠一郎の体を心配してくれているのも。

口うるさいまでに生活に口出しをしてくるのも。

誠一郎の意思を尊重しようとしてくれているのも。

そのために独断で色々暴走しがちなのも。

口下手《くちべた》で、言葉が圧倒的に足りないところも。

すぐに拗《す》ねて唇を尖《とが》らせるところも。

全部アレシュだ。

好かれたから好きになったわけではない。

それだけじゃない。

この器用で不器用な男が、かわいくて仕方がないのは、誠一郎だけの感情だ。


「ぁ、っ、あっ、あ！」

後ろから突かれるたびに、誠一郎の口からあえかな声が漏れる。

すでに【結界】も張られ、【治癒魔法】も使われた。つまり何度も体を重ねている。

それでもアレシュは止まらず、誠一郎も治癒をされるために魔力酔《よ》いはするが、気を失うまではいかなかった。

シーツは汗と別の液体でビショビショになっている。これを明日、エゴロヴァのメイドが片付けるのだろうか。

「んひっ!?」

ぼんやりとそんなことを考えていると、一際奥に勢いよくアレシュが潜り込んできた。

「考え事か……まだ余裕だな……」

「ちが……ぅ、ぁ、……っ」

抱きこまれて奥に入ったまま揺さぶられ、息が上がって答えられなくなる。

「……出すぞ」

耳元であの声で言われ、強い力で抑え込まれ、奥にアレシュの熱を流し込まれる。

「う、う〜〜〜……はぁ、あ……あ……」

ビクビクと震える体を抱きしめられ、耳からアレシュの息も流し込まれているようだ。

「……あ、はぁ、はっ……」

長い吐精《とせい》を受け、魔力酔いが治まるのを感じるが、それと同時に酷使《こくし》された体も脳も限界に近い。ぼんやりとした視線で見上げると、上の男はまだギラギラとした目でこちらを見ていた。

これは……違う意味で無事にロマーニに帰れるのだろうかと頭の片隅で思いながらも、誠一郎はだるい腕をアレシュの肩に回した。

第九章　決断しました

太陽が黄色い。

ここが異世界だからではない。つまりはそっちの意味だ。

昨日……いや、今朝がたまで散々体を酷使《こくし》し、虚脱《きょだつ》状態となって窓からの景色が色あせて見える。いや、エゴロヴァの景色は元々灰色が多いからこれは正常なのか？

そんなことをぼんやりと考えていると、アレシュが水を持って戻ってきた。

「何をボーっとしている？」

不思議そうな騎士団長様は、やはり脆弱《ぜいじゃく》な社畜《しゃちく》とはフィジカルが違いすぎた。治癒《ちゆ》魔法が使われようが、魔力を馴染《なじ》ませられようが、元の体力は変わらない。

ちなみにぐちゃぐちゃのドロドロになっていたシーツは、この魔法も得意な騎士団長様が魔法でさらっとキレイにしてくださった。ついでに誠一郎《せいいちろう》の体も。さすがに他国で致《いた》した後に仲良く風呂に入るのは難しいからだ。アレシュ邸ではどうしているかと言うと、そのようにしているのだが。

「飲めるか？」

水の入ったグラスを差し出すアレシュの左手の薬指には、しっかりとシルバーの輝きが見え、いまさらながら少し照れながら受け取った。

「サイズ……合ってないですね。帰ったら調整に行きましょう」

何分サイズなど測っていないので、アレシュの指に嵌《は》められた指輪は少し緩《ゆる》い。入らないよりはマシだが、それでは落としてしまうだろう。

「できるのか？」

「シグマくんの知り合いの職人さんに頼みましたので、今度一緒に行きましょう。ああ、でも騎士のお仕事の時は指に着けておくと邪魔《じゃま》ですよね」

剣を握る騎士だ。指に余計な物があっては邪魔だろうと思って言ったが、アレシュはムッと眉間《みけん》に皺《しわ》を寄せた。

「外せと言うのか？」

「だって邪魔じゃないですか？　訓練や実戦の時は、首から下げるとかにしといた方がよくないです？」

一応、着けておいても邪魔にならないようにシンプルなシルバーリングにしたのだが、それよりも装飾品自体が枷《かせ》になるのではないかと言ったのだが、アレシュは不満気だ。

「嫌だ。外さない」

「ま、好きにすればいいですけど。…………失くさないでくださいね」

「！　誰が失くすか！」

ぼそりと言った本音に、アレシュが素早く反応した。

照れくさい雰囲気《ふんいき》が流れたが、アレシュが顔を近づけてきたので誠一郎も素直にそちらに顔を向け、目を閉じ……。

ドンドンドンドン！

「コンドゥいる――――!?」

けたたましいノック音……いや、扉を殴打《おうだ》する音に、危うく水の入ったグラスを落としかけた。

「何……」

「この声は……イストさん！」

ものすごく不機嫌になったアレシュの前に、この騒音を止《や》めさせなければいけない。

「あ！　コンドゥの声！　ねえねえすごいの見つけた見て見て！」

「ちょ、少し待ってください……！」

鍵《かぎ》のかかった部屋の扉をガチャガチャと揺らす音に、ぶすくれたアレシュを宥《なだ》め、酷使された体を何とか動かし急いで服を着る。

「お……お待たせしました」

数分後、扉を開けると紙の束を抱えたイストが、昨日と同じ服を少しよれよれにして立っており、その後ろにルフィナとシグマ、そしてルフィナ付きの騎士とメイドが見える。

「うん！　待った！」

早朝に人の部屋に突然訪ねておきながらのその返答に、騎士とメイドが顔を引《ひ》き攣《つ》らせるのが見えたが、これがイストの通常運転である。

ずかずかと部屋に入ってきて、持っていた紙束を勝手に広げる。

部屋の主のアレシュがひどく不機嫌そうだが、そこに描かれている魔法陣などを見て、少し顔色を変えた。

「昨日エゴロヴァの魔導課で色々見ててさ、こっちの陣の書き方ってロマーニとちょっと違うんだよ。ロマーニでは外から順に効果の呪文《じゅもん》を書き込んでいくんだけど、こっちは全体の形で効果が出るのもあるの。見て」

そう言われて見ても、誠一郎には文字も読めないし何が何だかさっぱりだ。

「すごいんですか？」

「すごいでしょ！」

ドヤ顔で言われても、問い返すしかできなかった。

「えーすごいよ見てよこれ！　この魔法陣は、ここの線で【耐火】を、こっちの線で【風】【流れ】を表しているんだよ！　その発動を〇・五秒ずらすように指示しているのがこの配置でだからこれは」

「すみません、専門的なことを言われても私は分かりません。つまり何の報告ですか？」

誠一郎はイストにいつも「報告をください」と言ってきた。

予算を動かすには、実績と必要経費の詳細が要《い》るからだ。

しかしイストにそのリストや報告書を出せと言っても無理なので、いつも口頭で報告を受けてきた。おかげでイストは誠一郎に対しては、何でも報告する癖《くせ》がついたらしい。

「だからね、これと元の古代魔法の形式とこないだの魔道具を合わせたら、コンドゥ元の世界に帰れるよ！」

無邪気《むじゃき》な笑顔で、特大級の爆弾が、早朝に投下された。

「元の世界に……帰れる？」

それはこの世界に拉致《らち》……召喚《しょうかん》されてから、ずっと追い求めていたことだった。

かなり脱線はしたが、そのために聖女の必要性もなくしたし、魔法研究の促進をする計画も立ち上げ、人材育成のための教育機関作りもした。また、今回エゴロヴァとの外交と共同研究の合意に至ったことで、魔力動力源の魔石の安定供給も見込め、ますます研究の進みが早くなるだろう。

そう思って活動はしていたのだが、まさかのイストの言葉に固まってしまった誠一郎だった。

しかし相手はイストだ。誠一郎の反応など二の次で、資料の紙を広げて説明を続ける。

「ロマーニにあった【古代魔法】の文献の魔法陣で解釈されていたのが、エゴロヴァのこの魔法陣で違ったって分かってさ、この魔法陣見て、ここがね古代魔法では僕らはずっと聖女の力を持つ者の【捜索】の意味があると思ってたんだけどここことここの図面を合わせたのと一緒だから位置関係を考慮するとこれは【捜索】ではなくて――――」

「待て」

イストのマシンガントークをアレシュが物理的に止めた。口を塞《ふさ》いだのだ。

オルジフと同じ方法で、やはり騎士がいると助かるなと誠一郎はぼんやりと思った。現実みのない話と専門用語と一晩中体を酷使したせいでまだ頭が回っていない。

「お前まさか、【古代魔法】の魔法陣を持ち出してエゴロヴァに見せたんじゃないだろうな？」

聖女を異世界から召喚した【古代魔法】はまだロマーニが秘匿《ひとく》している魔法だ。その情報は国家機密に値し、エゴロヴァと共同研究をするとはなったが、まだ公開は見合わせていたはずだ。

「あっあっ大丈夫です！　イストさんは魔法陣を全部覚えているだけで、資料を見せたりしてないです！　むしろ持ち歩いてもいません！」

シグマのフォローで、アレシュの手が安堵《あんど》に緩んだ。

その隙《すき》を見逃さず、イストがアレシュの手から抜け出し、資料を摑《つか》んだ。

「インドラーク騎士団長も見たから覚えてますよねっ？　ほらここと、ここと、ここ合わせると、あの魔法陣の真ん中の右上のと同じでしょ？」

「イストさん、そんな一度見たくらいじゃ……」

「確かに似ているな」

反応の鈍い誠一郎に変わり、シグマがイストを止めようとしたが、アレシュは当たり前のように頷《うなず》いた。そうだった、この人も天才だったのだ。

「一度見た魔法陣を正確に記憶するのは、ロマーニでは当然なのですか？」

ルフィナに不安げに聞かれたシグマはもちろん激しく首を振って否定した。誠一郎も補足する。

「まさかそんな。あの二人が特殊なんです。私は数字しか記憶できません」

数字なら記憶できるんだ……と規格外がもう一人いたことに少年少女は自らの平凡さを痛感したが、彼らも魔法国家エゴロヴァが誇る将来有望な魔導士の王女と、平民出でありながら才を認められ国家の援助を受けて学習するロマーニ期待の星の技師であった。

その将来有望な少年少女に、ようやく頭が回り出した誠一郎が訊《たず》ねた。

「お二人は、ずっとイストさんと一緒に？」

「あ、いいえ違います」

何でも昨日あの後、エゴロヴァの魔導課研究室を訪れたイストは、最初は大人《おとな》しくしていたが、その内閲覧《えつらん》可能の資料を読みだすと止まらず、エゴロヴァの研究員達に話しかけられても答えず、ブツブツ呟《つぶや》いたりたまに奇声を発したりしながら、研究室に今の今まで居座り続けたらしい。王女であるルフィナは晩餐会《ばんさんかい》にも出なくてはならないしで、使節団にもいたドナートとゲオルギーに監視をまかせて離れ、シグマもイストの制御役として研究室に一晩缶詰《かんづめ》を余儀《よぎ》なくされた。

そして朝になってルフィナが再び研究室を訪れると、「できたー！」と叫んだイストが誠一郎を探して走り出すのをこうして追いかけて来たらしい。

「なるほど……申し訳ございません、大変なご迷惑をお掛けしました。追って正式にお詫《わ》びさせていただきます」

「いいえ、我が国の魔導士達もイスト様の研究を間近で見られて感動しておりましたから。それであの……つまり【転移魔法】は完成したということですか？」

「理論上はだ」

ルフィナの問いに、イストではない低い声が答えた。アレシュだ。

「どういうことですか？」

「元々【転移魔法】は転移元と転移先にそれぞれ術式を展開した上で、無機物しか送れなかっいた。

た。座標と魔力による物質変化の問題だ」

有機物を送るためには、〝体〟〝魂〟〝精神〟を変化させないために三重の防御《プロテクト》が必要だっただでさえ移動のための情報量が多い魔法陣にそれだけの術式を描き込むのは不可能とされていた。

「でもエゴロヴァ式とロマーニ式を合わせれば作れると思う！　作れるよ！」

「そもそも古代魔法の魔法陣を逆算で分解していくのが一番の近道だったんだ」

アレシュはその構造の逆式を作ろうとしていて、転移魔法の成功を確信していたらしい。

「僕もそれやりたかったんだけど、でもそれぞれの意味が分からないと、間違った解釈だと転移したら体ぐちゃぐちゃ魂消滅精神崩壊した物質になっちゃう可能性もあるからダメかなって。でもエゴロヴァのこの陣で大体は摑めたからできると思う！」

イストが犠牲《ぎせい》を気にしないマッドサイエンティストでなくてよかったと、誠一郎は心から思った。ゾルターンの教育の賜物《たまもの》だろうか。ロマーニに帰ったら感謝を述べよう。

「ですが【転移魔法】と【帰還魔法】は違いますよね？」

イストは先ほど誠一郎に「元の世界に帰れる」と言った。移動だけと次元を越えるのは違うだろう。

「うん、でも基本は一緒だから。転移魔法が成功したら、古代魔法で使った前聖女の血と浄化魔石で座標固定はできるし、古代魔法の次元超えの術式は大体解いてるからもう少しで行けると思う」

「待て。媒体《ばいたい》となった魔石はあの時粉々に砕《くだ》けたはずだろう」

そういえばこの二人は、あの時……聖女召喚の儀の協力者で現場にいたのだった。

アレシュの話では、前聖女の血と浄化魔石を保管していたらしく、それを媒体に使って今代の聖女の場所までの道を作ったらしい。しかし儀式の後、その魔石は粉々に砕けた。

元の世界に戻るためには、今代の聖女である優愛の血と浄化の力があれば、彼女の生まれ育った場所までの道は開けるとの仮説は立つが、それを閉じ込めておく魔石が問題だ。

聖女の浄化魔法は特別なもので、魔力だけならまだしも、魔法効果その物を普通の魔石には込めることはできない。

以前あったその魔石は、神から与えられた物ということで出自は不明だった。

「だからそれの代わりになりそうなのを見つけたから買ってってコンドゥに言ったじゃない」

「あ」

『町で見かけた魔導具で使えそうなのがあったから買って』

『あれ次元を超える古代魔法の媒体の代用にできるかもしれないから、そしたらコンドゥも元いた世界に帰れるよ～』

言っていた。確かに言っていた。

バタバタしていて忘れかけていたが、エゴロヴァとの対面の際にエゴロヴァ使節団をそっちのけで誠一郎にそれでお金をせびっていた。

「あれって何の魔導具だったんですか？」

「あれ自体は通信用の魔導具だったんだけどさ、元になるのが変わった鉱石を使ってたんだ。作った人はそんなつもりなかったと思うんだけど、あれに僕の考えた術式と聖女の魔力を加えたら次元を超えることが可能になると思う」

イストの話では、イストが訪れた町では独自の文化が育っており、その鉱石もその土地でもなかなか手に入らないそうだ。

「どこの町に行っていましたっけ？」

「アギラルってところ」

「え！」

突然別方向から聞こえた声に、開けっ放しだった扉の方を見ると、ノルベルトが大きな口を開けて立っていた。その後ろには、オルジフも見えた。

「知っているのか？　ノルベルト」

「え、だってそこ、こないだまでうちの養父上《ちちうえ》が視察に行ってた町っスよ」

そう言えば、ノルベルトの養父であるバラーネク伯爵《はくしゃく》は先日まで王家の支配の薄い土地の視察と会談に行っていた。それもあってノルベルトがエゴロヴァとの晩餐会に出ていたのだ。

「あの後たしか、アギラル統治はバラーネク家で行うことになっていたよな？」

「統治って言うか、協力体制っスね。アギラルも国に逆らう気はないんで、なんとな〜く仲良くして、困った時は手を貸すって約束したくらいっス」

さすが、王に実子を預けられるだけあってバラーネク伯爵は、人の好い顔をして仕事ができる。特に外交関係が得意のようだ。

「じゃああの鉱石も魔導具も使える？　貰《もら》える？　貰える？」

「きちんと正規のお金で買い取る契約を結びましょう。地産品の定期的な出荷先が決まればあちらとしても王家に悪感情は持たないでしょう」

上手《うま》くいけば研究材料の安定供給と、アギラルとの交流も深まる。

「お前本当に何でも利用しようとするな……」

オルジフに呆《あき》れたように言われたので、当然だと鼻で笑ってやった。

「私は欲張りなんですよ」

△△△

エゴロヴァ側はもう少し滞在していってはどうかと言ってくれたが、ロマーニ国としても急ぎの用ができてすぐにでも報告に戻らねばならないとのことで、誠一郎達はその日の内にエゴロヴァを後にした。

優愛《ゆあ》に伝える前に、カミルとユーリウスに報告が必要であろうと判断したからだ。

「あまりお話できなかったので残念ですが、これから国交を深めるのですからまたお会いできますよね」

見送りに来たラーシュにそう言われたのが自分で、誠一郎は内心首を傾《かし》げた。

第四王女の件はエレネと魔導課と外交関係の者の担当だし、共同研究では魔導課が主で、経理課の誠一郎が直接外交相手の国の王子と接することはそうそうないだろう。

そう思ったのだが、ラーシュは違ったらしい。

曖昧《あいまい》な笑みと社交辞令で返そうとする誠一郎の手を取った。

「私はこれまで恋愛感情というものが理解できなかった。だが私と同じように合理的な考えの貴方《あなた》の、命も顧《かえり》みない危険な場所へ乗り込むその情熱に胸を打たれました」

人形のように整っていると思っていた顔が、微《かす》かに上気し、その翡翠色《ひすいいろ》の瞳を潤《うる》ませ近付いていた。

「私もいつか、そんな情熱を持てる相手と出会いたいです。願わくば……貴方のような…………」

「え？」

超VIPな取引相手の突然の発言と行動に呆然《ぼうぜん》としかけた目の前に、黒い壁が現れた。

無礼を物ともしない、アレシュの手がラーシュの手を叩《はた》き落としたのだ。

「ちょ……っ、アレシュさん！」

慌《あわ》てたが、あっちもあっちでルフィナが慌ててラーシュを引っ張っていた。

「お兄様いけません！　あの方には既《すで》に身も心も繋《つな》がった愛し合う伴侶《はんりょ》がいらっしゃるんですよ！」

ルフィナと目が合うと、十二歳の王女の顔は真っ赤になった。

これは……もしや魔導課の魔導士達と同じ…………。

そうだ、散々愛し合って【結界】を張られ、魔力を馴染ませたすぐ後に、会ったのだった……。

これからは感知能力の高い魔導士と会う前には気を付けよう、誠一郎は遠くなりかける意識の中でそう誓った。

◇◇◇

三日後、誠一郎たちは行きよりも早くロマーニに帰還した。

理由は国一番の魔導士イストに並ぶ魔力を持つ天才アレシュがいることと、その彼の愛馬のダイアナも馬車を引くのに加わったからだ。ちなみに誠一郎はその間ずっとアレシュの横にいたし、何なら初日は昨晩の疲れでずっと寝ていた。同じ馬車内のノルベルトが、ずっと無になっていたらしい。

帰還してすぐ、アレシュとオルジフと共にカミルとユーリウスへの面談を申し入れ、その要求は飲まれ、報告が為された。

そして会談後の翌日、ユーリウス、カミル、アレシュ、ゾルターンの座る席の向かいに、呼び出された誠一郎と、きょとんとした顔の優愛が立っていた。

以前浄化遠征後、結界政策を申請した時は謁見室《えっけんしつ》で、王を目前とし他の貴族もたくさん参列していた。

今ここにいるのは、王太子であり聖女優愛の恋人のユーリウスと、宰相《さいしょう》であるカミル。それから宮廷魔導課のゾルターンに、第三騎士団長であり、異世界人である誠一郎の恋人であるアレシュの四人だけだ。

あの時とは違う。

公式の場としてではなく、優愛と誠一郎の個人としての権利が尊重されていた。

「元の世界に帰れるかもしれないって……」

ロマーニ国側の配慮を嬉《うれ》しく思う誠一郎とは違い、優愛は初めて聞く話に呆然としていた。

「すぐに、ではない」

アレシュの言葉に、ゾルターンが説明を加えた。

「その目途《めど》が立った、程度でございます。まだ研究途中であり、実現までには何度も実験が必要なのですぐにではなく、その内、程度にお考えくださいませ」

優愛に細かい理論説明を聞かれることはないだろうと思い、今日は魔導課からはイストではなくゾルターンが出席していた。

「その内って……いつですか？」

「約一年、といったところか」

カミルから出た具体的な数字に、優愛は息を飲んだ。

途方のない時間ではない、一年。一年などあっという間だ。現にこちらの世界に来て約一年が経《た》ったが、本当にあっという間だったと思う。

「帰るか、帰らないかは……本人の意思に任せる」

ユーリウスの言葉に、優愛がバッと顔を上げた。その目はどこか責めるようでもあった。

「私個人の気持ちでは、帰ってほしくはない……。だが、そなたらの意思も聞かずに無理やりこちらに連れてきて、国を救ってもらった私達に、これ以上そなたらを縛《しば》る権利はない」

むしろ、帰らせるために全力を尽くすべきなのだと言うユーリウスに、優愛は嬉しそうにも悲しそうにも見える涙目で、黙り込んだ。

「近藤《こんどう》さん」

会議室を出てすぐに優愛に話しかけられた。予想はしていたので、誠一郎はアレシュに目配せし、優愛についてロマーニの王都が一望できるテラスに出た。

テラスにある椅子に案内されると、メイドがお茶を用意してきたので、優愛と向かい合って座る。

「近藤さんは……どうするんですか？　アレシュさんは……」

「俺はもう決めています。あなたは、自分で選択してください」

突き放すような誠一郎の物言いに、一瞬ぐっと泣きかけたが、優愛は手を握り込み俯《うつむ》いただけだった。

「私が……自分で決めなきゃいけないんですね……」

「そうです。ただ……さっきも聞いたように、一〇〇％の保証はないですが、戻っても、もう一度こちらに来られるようになるかもしれません」

異世界との行き来は危険を伴うし、まだその保証もない。

そして何よりも、金が掛かる。

陣の作成にも人手が必要だし、発動にも多くの魔力が要る。イストが言っていた鉱石も数が少なく、誠一郎は値段を聞いて頭が痛くなった。無事にあちらに渡るには、本人も訓練をして術の成功度を上げる必要がある。

いわば宇宙旅行のようなものだと思う。

ロマーニ国はこの片道切符を誠一郎と優愛の分はどうにか捻出《ねんしゅつ》してくれるが、簡単に行き来できるものじゃない。

正直、片道だけで国の一年の税収の一〇分の一近いのだ。宇宙旅行の費用が大体二十億円くらいと聞いたことがあるから、その三倍近い。

あと一年で少しでも費用削減をしたいと思っている誠一郎だ。

「ユーリウス様と、お話ししてきます」

そうだ、優愛の決断は、優愛とユーリウスの問題なのだ。

今日はこのまま帰宅なので、城を出ようとしていると珍《めずら》しい人物に会った。

「あら、セーイチロウじゃない」

アレシュの姉であるエレネとは、エゴロヴァから帰ってきてからは会っていない。

「エレネ様。どうしてここに……」

エレネは元侯爵《こうしゃく》令嬢で伯爵夫人ではあるが、王宮務めではなかったはずだ。もしやエゴロヴァでの件で何か進展があったのかと思って問いかけたが、エレネは何でもないように答えた。

「例の研究に参加するのだから、魔導課への出入りを許可されたのよ」

魔力増幅研究に参加すると言っていたのは、本気だったらしい。それにしても、まだ企画段階で既に魔導課に出入りするのは……と思ったが、誠一郎の後ろから来た人物を見て態度を変えたエレネを見て納得した。

「旦那様《だんなさま》ぁ♡」

「エレネ、もう来ていたんだね」

エレネにハートマークを付けて呼ばれた人物は、いつも通り穏やかな返答で返した。

「クスターさん……」

「や、コンドゥさん。先日は妻がご迷惑をおかけしたみたいで」

どこから見ても中間管理職の中年男性であるクスターが、腕に絶世の美女であるエレネを絡《から》ませて謝罪している。

ああ、そう言えば、年下の妻……新婚……何よりも、レーン伯爵夫人とエレネは名乗っていたではないか。クスターの家名は果たして、レーンだった。

「いえ……エレネ様には大変ご助力いただきました」

「そうでしょうそうでしょう。もっとお言いセーイチロウ。旦那様の前でわたくしを褒《ほ》めなさい」

実際エレネの多少強引な貴族パワーには助けられたので、誠一郎は重ねて礼を言った。

「これでいつでも旦那様のお仕事のお手伝いをできますわ♡」

「あ、コンドゥさん。エレネは魔力量が足りなかっただけで、本当にちゃんと助手の仕事をできるほどの知識はあるんですよ」

なるほど、これが目的だったのか。そう言えばミランがエレネは魔法の勉強を頑張っていたと言っていた。

正直誠一郎は、シグマみたいに魔力がなくとも魔導課の仕事をすることはできると思っているので、魔力増幅せずともエレネのような人材は歓迎だった。貴族女性の社会進出という面でも人材不足に貢献できそうだ。

「貴方がまさか私の夢を叶《かな》えてくれるとは思ってもみなかったから……意地悪して悪かったわ」

「意地悪……ですか？」

心当たりがないので首を傾げたが、アレシュの不在時に来て不穏なことを言ったことらしい。

「私が旦那様と結ばれるのには周囲の反対もあって、とても時間が掛かったのに、アレシュが貴方の話をしに来たら両親が諸手《もろて》を挙げて歓迎するから、つい……」

それにしても別に意地の悪い行為はされておらず、先に情報を教えてくれた程度だと思うが。

もしかしたら、キツイのは顔と態度だけで、ものすごくお人好しなんじゃないだろうか。

（と言うか、ご両親は諸手を挙げて歓迎してくださってるんだ……）

これも初耳なんだがと、赤くなりそうになる顔を抑え、挨拶《あいさつ》してそそくさとその場を離れた。

王城の出入り口近くまで来たところで、見覚えのある黒い影がいた。

待っていたのか。

「この後のお仕事はよろしいのですか？」

「お前と同じ、今日は会議だけだ」

アレシュの答えに同じ馬車に乗り込む。

「まだ、心配ですか？」

昨夜散々話し合ったと思うのだが、アレシュは誠一郎から目を離したがらない。

「お前は本当に、それでよいのか……」

「昨日も散々言ったじゃないですか。いえ……いくらでも話しましょう」

誠一郎は向かい合うアレシュの左手に、自分の左手を重ねた。

誠一郎が贈ったシルバーリングが当たりカチリと音を立てた。

「俺達は、生まれた土地も、環境も、世界さえも違うんです。根本が違いすぎるから、価値観が違って分かり合うことはできないけれど、話し合って譲《ゆず》り合えることはできます」

だから向き合い、話し合い、共に考えていきましょう。

そう言って微笑《ほほえ》んだ誠一郎を、アレシュは眩《まぶ》しい物でも見るように目を細め、抱き寄せた。

◇◇◇

「それじゃあ、これを頼みましたよ、白石《しらいし》さん」

「はい！　責任を持って近藤さんのご両親にお渡しします！」

「いえ、切手を貼ってポストに投函《とうかん》してくれるだけでいいですから」

儀式の間で、あの時と同じ高校の制服を着た優愛が、誠一郎から手紙を受け取る。

結局、優愛は元の世界への帰還を選んだ。

ただそれは、この世界との決別ではない選択だった。

「ユア……」

「ユーリウス様」

聖女の帰還の儀式とあって、白の正装に身を包んだユーリウスが消えそうな声で優愛の名を呼んだが、優愛の表情は明るい。

ユーリウスに駆け寄り、ぎゅっとその手を握り締める。

「大丈夫です。私は必ず戻ってきます。大人になって、ちゃんとこちらへの道の合図を出しますから、それまで待っててください」

そう。優愛の出した決断は「一度は帰るが、成長して大人になり、周囲に別れを告げて再び戻ってくる」だった。

実に我儘《わがまま》で都合のよい選択ではあるが、未成年者を有無《うむ》を言わさず拉致《らち》っているのだ。それくらいの譲歩《じょうほ》はいると誠一郎も思う。

優愛の言う「大人になったら」は二十歳を示すらしいので、あと二年だ。実際優愛は高校生で社会経験もなく、その中でも子どもっぽい方だった。その自覚はあったので、それも含めて「大人になったら」らしい。

戻って来るには一回分の召喚魔法の費用が必要で、誠一郎が行き来できるのは随分《ずいぶん》先になりそうだが、ここは大人として譲る。

一方のユーリウスの方は、既に二十二歳で、二年後は二十四歳だ。この世界ではかなり晩婚になり、次期国王が果たして結婚せずに二年を過ごせるのか危ういが、そこは二人の問題なので頑張っていただきたい。

貴族からの結婚しろ攻撃の撃退のアドバイスくらいは、第二騎士団長のラディムに相談されたら答えてやろうと思う。

聖女の帰還の儀式とあって、大量の魔力を要するために魔導課と第三騎士団、それから教会関係者の姿も見える。

この一年で貯めておいた魔石も多く投与されたので少しは経費削減になったと思う。

ついでに、後学のためにエゴロヴァから信頼のできる魔導士が数名だけ参加している。その中には、今年シグマと同じ学校に留学することになっているルフィナもいた。

「セイイチロウ、お前は下がっていろ」

アレシュに言われ、誠一郎は素直に応じた。

結界を張ってあると言っても、多量の魔力に当てられては元も子もない。

移動する誠一郎の肩に手をやりながら、アレシュはまた浮かない顔をしている。

「まだ気にしているんですか」

あれから一年、何度も話し合って、また喧嘩《けんか》もして、仲直りをしてきたと思っているんだ。

「いつか……お前も帰してやるから」

「そうですね、大分先になりそうですけど、いつか……一緒に行きませんか？　俺の故郷に」

誠一郎がそう言うと、黒い騎士服に身を包んだ社交界で氷の貴公子と呼ばれる男は、その印象的な紫の瞳を見開いた。

あまりにも素直に驚くので、誠一郎は思わず吹き出してしまった。

「何でそんなに驚くんですか。俺はアレシュさんの故郷にも行ったし、ご両親にご挨拶もしたんですから、そっちもしてくださいよ」

「そんな簡単なことじゃ……」

「ふ、費用のことなら心配しないでください。こう見えても、金勘定は得意ですから」

それまでには帰還魔法の費用削減もさせてみせると胸を張る誠一郎に、アレシュの顔も綻《ほころ》んだ。

「そんなことは、とっくに知っている」

まだずっと先のことだろうし、実現は難しいかもしれない。

それでもいつか自分の生まれ育った世界の空を木を土を、アレシュと一緒に見ることができることを想像して、誠一郎は笑った。

異世界の沙汰《さた》も、元の世界の沙汰も、社畜次第――。

エピローグ

ロマーニ王国で一番花が咲き誇る木の季節。

用意されていた礼服に身を包んだ誠一郎《せいいちろう》だったが、銀の花のピンを付けるのに悪戦苦闘していた。

「入るぞ。まだ用意していなかったのか」

ノックの返事を聞く前に入ってきたアレシュに少し呆《あき》れたが、今日ばかりは文句を言うのは止《や》めた。

「これが上手《うま》く着けられなくて……」

「刺すだけだろう」

「こんな上等な服に穴をあけるのに、そう思い切りよくできません」

唇を尖《とが》らせる誠一郎に、アレシュは手際よくラペルピンを胸元に刺して固定した。ついでにその尖った唇にキスもしておく。

「ありがとうございます」

「どっちに？」

「ラペルピンを付けてくれたことに決まってるでしょう」

笑って手を繋《つな》ぐ。二人の左手の薬指には、変わらない指輪があった。

「指輪も、せめて内側に宝石とか埋め込んでおけばよかったですかね」

「なぜだ？」

「婚約指輪は給料の三ヵ月分が定石《じょうせき》なんですよ。自分に何かあった時は、これを売って凌《しの》いでくれって意味で甲斐性《かいしょう》を示すんです」

「最悪な理由だ」

一般的に、男性が女性に贈るのが元の話だから、アレシュには意味がないだろう。むしろ「自分に何かあった時は」という部分がお気に召さなかったようだ。

「男は好きな相手には甲斐性を示したいものでしょ。まぁ俺が贈ったのはペアリングだから、どちらかと言うと結婚指輪になるんですが」

最近はこの婚約指輪と結婚指輪を一緒にするのも増えてきてると聞くし。

と言っても、誠一郎の知っている「最近」は既に四年も前なのだが。


揃《そろ》いの紺の礼装に身を包んだ二人が訪れたのは王宮であった。

いつもよりも煌《きら》びやかに装飾された王宮内で、行きかう侍従《じじゅう》の者達もどこかそわそわと落ち着かない様子だ。

「セイイチロ殿！　いらっしゃってたんですね」

司祭服に身を包んだシーグヴォルドが誠一郎を見つけて駆け寄ってきた。後を同じように神父服を着たセリオも続いてくる。ずいぶん背が高くなった。

「シーグヴォルド司祭。今日はよろしくお願いします」

「はい、めでたい日ですから、アブラーン教王都司祭としての務めを果たして見せますよ」

「セリオくんも、シーグヴォルドさんの補佐を頼みますね」

「お前に言われなくても完璧に決まってるだろ！」

二年で背は伸びたが、中身はあまり変わっていないセリオは耳を真っ赤にしてプイと顔を背《そむ》けた。

「それでは、後で」

「はい、またお会いしましょう」

訪れたのは大事な儀式や式典の時だけ利用するという部屋だ。

誠一郎達が召喚《しょうかん》された塔の部屋とは違うが、この部屋も一番上の階にあり、天窓から台上に差し込む光が天然のスポットライトのようだ。

厳《おごそ》かな空気が漂《ただよ》い、王族や一部の貴族のみが並ぶ中、誠一郎は自分には場違いだなと思いながらも、アレシュの横に並ぶ。司祭のシーグヴォルドの前に、共に入場してきた若い二人が並び跪《ひざまず》いた。ロマーニ国王太子であるユーリウスと、優愛《ゆあ》だ。

二人ともロマーニの王族が纏《まと》う白い衣装で、ユーリウスは金の刺繍《ししゅう》が細かく入った白いマントを羽織っている。後で聞いたら王族が式典の時に身に着ける物らしい。一方の優愛は、首元まである白地の細身のドレスで一見地味に見えるが、よく見ると二重になったスカートには同色の細かな刺繍が施《ほどこ》されており、何よりも結われた髪から足元まで流された同じく白いレースのヴェールが見事であった。

司祭のシーグヴォルドが歌のような呪文《じゅもん》を唱え、手をかざすと二人の頭上の光がキラキラと色とりどりに輝き始め、周囲の者からどよめきが上がった。

「何かおかしいんですか？」

こっそりとアレシュに訊《たず》ねると、光の色の種類によって神の祝福と二人の未来を示すのだと言われた。つまり、色の数が多いほど神に祝福された儀式であるというわけだ。さすが聖女である。


「あ、セイさ〜ん」

儀式が終わり、大広間に移動すると聞き覚えのある声がした。視線を向けると、いつも以上にばっちり決まった髪型のノルベルトだけではなく、エゴロヴァ特有の民族衣装に身を包んだラーシュとルフィナ、そして正装したシグマもいた。ノルベルトは青や金色で装飾されていてわかりにくいが、白の割合が多い気がする。ロマーニでは白は王族の色なので、やはりそういう意味なのかと思ったがややこしそうな気配がするので誠一郎はスルーした。

「本日はお招きいただきありがとうございます」

「いえ、招待に応じてくださりありがとうございます」

差し出された手を握り、握手を交わす。

ラーシュは相変わらずの人形のような美しさで、深い赤の礼装だった。腕と右胸から下にかけて金糸の刺繍が施されており、それに沿うようにボタンがある。左肩からゆるやかに掛けられている布は腰のベルトを通って広がるように垂らされているエゴロヴァ特有のデザインだ。

「お久しぶりです。もっと頻繁《ひんぱん》にお会いしたいのですがお互い忙しい身なので難しいですね」

キラキラとした笑顔で言うラーシュだったが、握手の手が離れない。

ようやく軌道に乗ってきた魔素と魔力の関係性と魔力増幅の研究の、エゴロヴァ側の第一人者として、ラーシュは他の国の外交に関しても任されることが増えていると聞く。

「何だかんだで現場が性に合っているのですかね。今は統治者としてよりも、その手引きをする方が向いているかと思います」

その割には顔も行動も派手なので、すぐに担《かつ》ぎ出されそうだが、おおむねうまくいっているようだ。

「お兄様、いい加減になさいませ」

いつまでたっても離れない手に、後ろの男から殺気が吹き出しそうになったところで、こちらもずいぶん大人びたルフィナ王女が兄をたしなめ手を離させてくれた。

ルフィナは相変わらず切り揃えられた美しい黒髪で、今日は後ろ髪の一部を編み込み、残りを片方から垂らしている。以前エゴロヴァで会った時のワンピース調のドレスとは違い、今日は大人の女性が着るであろう鮮やかな模様の刺繍の入った細身のドレスを着ている。胸元で合わされた襟《えり》が腰から下に流れているのは少し日本の着物を彷彿《ほうふつ》とさせるが、右の袖は大きく広がり、左腕は肘《ひじ》までという変わった形をしている。そして何よりも控えめな金色と淡い赤色の複雑で美しい装飾は正しく異国の礼装だ。

「お兄様のやっていることは、横恋慕《よこれんぼ》というのですよ。はしたないですよ」

「おや、随分《ずいぶん》だね。お前こそ以前はイスト氏にお熱だったのに、最近は帰省した時もシグマの話しかしないじゃないか」

「なっ！」

「えっ」

兄からの意趣返しの揶揄《からか》いに、ルフィナは顔を真っ赤にして、その横にいたシグマも目を丸くして頬《ほお》を赤らめた。

どうやらここでも何かが育っているらしい。

「そう言えば、イストさんは？」

「あっあっ、イストさんは今回の【召喚魔法】の結果を受けて新しい研究をするからと研究室に籠《こ》もっています！」

功労者ではあるが、こういった場には向かない人物でもあるので、いないのはむしろ好都合かもしれない。


「アレシュ様、機嫌を直してくださいよ」

ラーシュ達と別れた後も不機嫌を丸出しにするアレシュを、人々が避《よ》けていくので誠一郎達の周りには結界でも張っているかのように人がいない。

「どいつもこいつも、お前に馴《な》れ馴《な》れしすぎないか」

「人脈はある方がよいでしょう。ほら、アレシュ様のお好きなワインがありますよ」

「お前、俺のことを子ども扱いしていないか？」

「子どもにワインを勧める大人《おとな》がどこにいるんですか。取ってきてあげますから機嫌を直してください」

「だからそれが……」

アレシュの言葉を振り切るようにワインが用意されているテーブルに行こうとしたところ、見覚えのある青いマントが現れた。

「カミル宰相《さいしょう》」

その名を言い終わる前に、アレシュが誠一郎とカミルの間に割り込んだ。一応、ラーシュ相手には他国の王子と遠慮はしていたらしい。

「このめでたい席で、君の獣《けもの》はどうしてこう殺気立っているんだい、セーイチロー」

「さあ、どうしてでしょうね」

空とぼける誠一郎をアレシュは睨《にら》み、カミルはクツクツとあの独特の笑い方で笑った。カミルもめでたい席にふさわしい礼装で、役職上いつものマントを羽織っている。

「何はともあれ、これでまた一歩、君の計画は進んだわけだ」

「私の、ではなくロマーニ王国の、だと思いますが」

「ああ、違いない。今日は歴史に残る日だしな」

察したメイドが持ってきたワインをそれぞれ受け取り、カミルのワイングラスと乾杯を交わす。

「君が一時帰還する時は、ぜひ私もご一緒させてもらえないか？　もちろん費用は自分で出すから」

「ああ、それは……」

チラリとぶすくれてワインを飲んでいるアレシュを振り返った後、向き直った誠一郎は笑顔で答えた。

「新婚旅行なのでご遠慮ください」

「あぁっ！　いたアレシュ！　もう始まるわよ、こちらに来なさい！」

大広間を抜け、庭園に出ると、自らの瞳と同じ藍色《あいいろ》の美しいドレス姿のエレネが、アレシュを見つけて叱るように呼ぶ。その傍《かたわ》らには、申し訳程度の礼服を着たクスターが人の好い笑顔で立っている。

「遅かったな」

同じようにエレネに捕まったのか、今日は礼装のオルジフもいた。

王宮が所有する楽団の者が二列に並び、青空に向け管楽器の音が鳴り響く。

それと同時に、桃色の花びらのようなものが宙を舞う。

楽団の向こう側、庭園を見下ろすバルコニーへと向けた参列者の視線の先には、たった今婚礼の儀を終えたばかりの、真っ白な婚礼衣装を着たユーリウスと、優愛の姿が見えた。

優愛は、約束を守った。

二年の後、前聖女の血筋の者の元へアブラーン神からのお告げが顕現《けんげん》し、用意されていた【召喚魔法】に応え優愛は再びこの地に舞い降りた。

二十歳になった優愛は、以前よりも落ち着いており、同じく二十四歳になったユーリウスの胸に飛び込んだ。

こうしてロマーニ王国は本日、王子と聖女の遅めの結婚式に国を挙げて湧《わ》いていた。

「綺麗《きれい》ですね、白石《しらいし》さん」

バルコニーから手を振るユーリウスと優愛を見上げ、誠一郎は眩《まぶ》し気に呟《つぶや》いた。

王族の白い婚礼服に身を包んだ優愛の姿は、先ほどまでの緊張した面持ちとは違い、幸せそうな花嫁そのものだった。二人の左手の薬指には、揃いの指輪が嵌《は》められているのも感慨深い。

ロマーニには婚約指輪も結婚指輪も風習にないが、誠一郎とアレシュが着けているのを見た二人が自分達もしたいと作らせたそうだ。

優愛の花嫁姿に、まったく血の繋《つな》がりもない誠一郎でさえ感動してしまうのだから、この姿を彼女の家族も見たかったに違いない。

「肖像記録の魔導具がありましたよね？」

「ああ、あとで王子と聖女の肖像記録はされる」

「一枚複写が貰《もら》えないか聞いてみましょう」

「そんな物貰ってどうする気だ」

「俺じゃなくて、彼女の家族に届けたいんですよ」

二年前、誠一郎からの手紙を届けてもらったように。

「お前も、式典をしたいなら……」

「いえ、結構です。記念に残る……ということには少し惹《ひ》かれますが、こういうのは性に合いません」

アレシュは相変わらず、とにかく誠一郎を庇護《ひご》して、何か与えたくて仕方ないらしい。

それがアレシュであるので、誠一郎もその全てを否定するつもりはない。

「俺はねアレシュさん、とても欲張りなんですよ」

スルリと見えないところで手を絡《から》めてきた誠一郎に、アレシュが一瞬ピクリと動いた。

「貴方《あなた》という存在を、全て自分で勝ち取りたいくらいには」

参列者の誰もが見惚《みと》れる聖女の花嫁姿。その聖女が笑顔で手を振っているのには目もくれず、アレシュのその紫色の瞳はただ一人、誠一郎だけに注がれていた。

ノルベルトの報告書3

「backstage」

俺、ノルベルト＝バラーネクは、寄宿舎の自室の机の前でペンを握ったまま唸《うな》っていた。

体ごと椅子の上で左右に揺れ、上を見て、下を見ても、ペンは一向に進まない。

だって書くことがないのだ。

「セイさんのことで報告することなんて、どんな仕事してるかってくらいだし、それはもうセイさんが宰相《さいしょう》に報告してるだろうし、俺も全部把握《はあく》しきれてないし、もう監視係の意味ないのにな～～」

俺が悩んでいるのは、このロマーニ国の王より賜《たまわ》った指令である、『聖女召喚《しょうかん》に巻き込まれた異世界人の監視と報告』についてである。

ロマーニ国に百年周期で起こる瘴気《しょうき》被害。その浄化《じょうか》を行える唯一《ゆいいつ》の存在が『聖女様』。

そして今代の聖女様は何と異世界にいたらしく、古代魔術を復活させて召喚したけど、その際に全く関係のない一般人も連れて来てしまった。それがセイさんだ。

セイさんは覇気《はき》のない成人男性なんだけど、ひとまずこの失態をなかったことにしたい上層部の意向で衣食住を与えて適当に飼い殺しにしようとしたのね。それがどういうわけだか『仕事』をくれって言ってきた。ここ何回思い出しても、マジでイミフなんだけど。仕方がないので、『横流し課』と名高い経理課《うち》に放り込んでみれば、言われてもいないのにめちゃくちゃ仕事をして、国の財政を立て直すわ、聖女の浄化なしでも瘴気被害が出ない計画を立ち上げるわ、教会の不正を暴くわ、次代の人材育成の為に私塾を作るわで、次々と優秀さを見せつけ確固たる地位を築いちゃった。おかげさまで、セイさんに仕事を振ってもらったうちは晴れて子爵家《ししゃくけ》から伯爵家《はくしゃくけ》に陞爵《しょうしゃく》までした。

一応、王家に敵対意思はないかなどを含めてのセイさんの監視だったわけだけど、むしろ逆。ロマーニ王国の救世主と呼んでも過言ではない働きぶりだったってわけ。

かといってセイさんに、ロマーニ国に尽くそうなんて考えがあるわけではなかった。どっちかって言うと実はかなり怒ってたしね。

セイさんはただ、目の前の仕事をいかに効率よくこなすか、それだけを考えて仕事をしていた。いや、正確にはセイさんにはセイさんの目的があって、その為に必要な課題を一つずつ、時には三つ四つ同時に積み上げていたみたい。けどそんなことは問題じゃない。

要は俺にとっての上司であり監視対象であるセイさんには、もはや国の監視をつける理由がないってことだ。

なのに俺の前には、報告書を急《せ》かす文書があった。

他でもない、王がその報告書と言う名の、俺からの手紙を待っているからだ。

俺はロマーニ国王の庶子《しょし》である。

身分の低い王宮務めの母との間に生まれ、バラーネク家に養子に出された。あ、これ別に超スキャンダルってわけでもないから。上の方の貴族ならみんな知ってるからね。

俺的には物心ついた時には、すでにノルベルト＝バラーネクだったわけで、六歳の洗礼を受けた後に、両親だと思っていたバラーネク夫妻からこの話をされた時も「ふーん？」て感じだった。実際その後も何も変わらず、ただ臣下としての自覚を持つようにって式典なんかにちょくちょく呼ばれるようになったくらい。だから自分が王族だってことも結構忘れがちになっていたのだが、セイさんの監視役になってから、ちょっと事情が変わった。

今まで式典やなんかで遠目に眺《なが》める程度だった王様や王子様（俺の腹違いの兄ってことになる）と直接会ったり話したりする機会ができてしまった。別にそれ自体はいいし、俺も気にしていなかったんだけど、向こうが妙に気にしだして関わりを持とうとしてくる。いや、いまさらなんで？　て気もするんだけど、それを言ったら養父が困った顔で笑うから俺が反抗期の子どもみたいになってしまう。

だから今、こうして必要のない報告書を書かされているわけ。

ああ、もう、本当に書くことないんだよ。セイさんもこの十ヵ月で色んな計画立ててめちゃくちゃ忙しいから、これ以上仕事内容が増えることもないだろうしな。

と、思ってたんだけど。

『報告書No．34

セイさんが今度来るエゴロヴァからの使節団の案内役に任命されました。

ただでさえ仕事を山のように抱えているセイさんに、またしても無茶ぶりです。しかも魔導課の人と一緒らしく、あちらに専門知識を任せるってことは、それ以外は全部セイさん担当ということじゃないですか。セイさんは大分健康になってきたとは言え、元々体が弱い上にこちらの空気が合わずに体調を崩しやすいのですから、もう少し負担を考えて欲しいと思いました。

ひとまず、経理課の仕事は俺が引き受けました。』

書いた後で、ちょっと感情的で責める言い方になってしまったかな、と思ったけど、構うもんかとそのまま提出した。

だってただでさえ通常の人の三倍の仕事を、しかも国家の重要案件を虚弱な体でこなしているセイさんに、さらに仕事を積み上げるとかないでしょ！　確かにセイさんは超優秀だし？セイさんにまかせときゃ万事オッケーみたいな安心感もあるけど、それってロマーニ国的にもどうなの？　て思うし。セイさんいなくなったら、どうするつもりなんだろう本当に。

そこまで考えて、はたと気付いた。

「そうか……。セイさんはいつかいなくなるんだ…………」

元々は違う世界のセイさんを無理やり引っ張ってきてたんだし、セイさんも元の世界に帰れるように色んな計画を進めているから、帰る気なんだろう。当たり前だ。ある日突然、別の場所に連れていかれて、帰る意思がない人なんていないだろう。おまけにこの世界の空気はセイさんには合わない。帰りたくないはずがない。

そして、俺にはそれを止める権利も資格もない。

「え？　俺が晩餐会《ばんさんかい》に参加するの？」

せめてセイさんから引き受けた仕事の引き継ぎを頑張ろうとしていたら、エゴロヴァからの使節団の歓迎会に参加するようにとのお達しが来た。

「養父上《ちちうえ》は？」

「お父様は今、辺境の地に視察に行かなくちゃならない仕事が入っているの」

「辺境？　どこに行ってるの？」

「アギラルという町よ。北西にあるのだけど、独自の文化が育っている地方で、あまり国政と関りがないので、その関係でね」

アギラルという名は聞いたことがある。山の中にある地方の集落で、町と言うよりも村という方が合うようなところだ。行ったことはないけど。

「でも、それじゃあ義兄《にい》さんや義姉《ねえ》さんは……」

言いかけて、養母の笑顔で気付く。ああ、またいつものか。

俺だってもう十九歳で成人してて、何度も式典に呼ばれているんだから、いい加減気付く。自分に『臣下』としての役割と『もしもの時の保険』としての役割があることを。

でもそんな日は一生来ないで欲しいから、ユーリウス殿下には頑張《がんば》って長生きしてほしいものだ。ユア様を追いかけてばかりいないで、俺の為にも王太子殿下として立派に努めていただきたいと思う。

『報告書No．35
エゴロヴァの歓迎晩餐会に参加してきました。
エゴロヴァからの使者の方々は皆エゴロヴァらしい模様の服でした。遠目にしか見ていませんが、最後にルスアーノ様がわざわざ末席の方まで来られて、魔導課のクスターさんに絡《から》んでいました。護衛の騎士にすぐに連れ帰られていましたが、案内役がクスターさんであることが気に入らないようでした。

気に入らないと言えば、どうして今回の使節団の案内の指揮を執《と》っているセイさんが末席なのでしょうか？　セイさんは明日会うから問題ないと言っていましたが、国はもっとセイさんの功績に報いるべきだと思います。

セイさんは未《いま》だ魔素への耐性が弱いので晩餐会の食事が心配でしたが、どうやらセイさんだけ特別メニューにしてくださったみたいで、その点はご配慮感謝いたします。』


晩餐会ではセイさんは全身インドラーク騎士団長の独占欲に包まれたみたいな恰好《かっこう》をしていて、俺は会うなり爆笑してしまいセイさんにすごい顔をされた。

以前俺が養母に頼んでセイさんの衣装を用意した時に釘《くぎ》を刺されたから、セイさんの衣装はインドラーク騎士団長が用意するだろうって静観してたんだけど、カフスの色は言うに及ばず、何と婚約や婚姻《こんいん》の証《あかし》のミアスのラペルピンを着けてきた。驚きを通り越して、吹き出しちゃうよね。

しかも銀で作られた超高級品で、中心にはご丁寧《ていねい》に誰かさんの瞳にそっくりの色のアメジストが輝いていて、セイさんとインドラーク騎士団長が懇意なのを知ってる人が見たら、すぐにインドラーク騎士団長との婚姻か婚約を察する代物《しろもの》だ。

だけどセイさんの反応を見るに、これ……知らずに着けていたっぽい。正直知らずにそんな高級品着けてきたの？　て思ったけど、前回の時もインドラーク騎士団長が上から下まで仕立てた衣装だったし、セイさん何気にインドラーク騎士団長によって刷り込まれてるみたい。

それにしても、セイさんに知られずにそんな物をこの他国からの使節団を迎える晩餐会に着けて来させたってことは、インドラーク騎士団長は本気のようだ。本気で、セイさんを帰さないつもりみたいだ。

この国でセイさんに帰らないでくれと言える唯一の人が、インドラーク騎士団長だ。俺は、セイさんの為にはどちらを応援すべきなのだろうか。

それはともかく、エゴロヴァからの使者は養父さんから聞いてはいたけど、第三王子が率いていた。エゴロヴァの第三王子と言えば、かなり優秀だと噂《うわさ》で聞くけど、確か母親は子爵家だったはずだ。最初は外交のコマとしてどこかに婿《むこ》入りする予定だったらしいけど、本人が優秀で国に根付いた事業を中心に成果を出し続けているので、国外に出すのは惜《お》しいとなっている上に、彼を次期王にという派閥《はばつ》もできているとか。いや、同じ王族で身分の低い母親持ちでも格が違うっスね！　そもそも俺は養子に出されているから、比べるのもおこがましいんだけどね。

て言うか、ロマーニは基本ユーリウス王太子の一枚岩だけど（その為にも早く聖女様とくっついてほしい）、エゴロヴァは結構揉《も》めてるっぽいんだよね。何でも第一王子がちょっと体が弱いのもあるけど、母親の身分が伯爵家って微妙なラインらしくて。その上第二王子は公爵《こうしやく》家《け》だからバランス悪いよね。でもって軍部が第二王子の味方らしい。でもエゴロヴァで一番力が強いのはお国柄、技術者だ。その技術者は第三王子のラーシュ王子が掌握《しようあく》しつつあるってことで……ああややこしい。

正直他国の王家のごたごたなんて知りたくもないんだけど、これも臣下としてのお役目だって叩《たた》き込《こ》まれてる。こうして他国のごたごたを見ると、ロマーニ王家《うち》って平和なんだなって思っちゃったよ。まあ最近の財政の安定とかそういう平和は、セイさんのおかげなんだけどね！

それにしても、あのルスアーノって子、なんかどこかで見たことある気がするんだけど、どこだっけなぁ？

「ヘルムートさん、こっちの書類の確認もお願いしまーす」

作成した書類を経理課管理官のヘルムートさんに渡す。

「ありがとうございます。最近のノルベルトくんは仕事が早いですね」

「へ？　そっスか？」

まだまだ、セイさんに比べたら全然だと思うけど、褒《ほ》められるのは嬉《うれ》しい。

経理課に人が増えて、作業の多くを数人で分担できるようになった。それを進めた本人が次から次へと他から仕事を持ってきて抱え込んでいるんだけど、それでもこうして経理課の仕事と他国の資料を集めるくらいは手伝えるようになった。

正直、経理課に配属されたのだって、王宮内で働いていなきゃいけないけど、重要な部署には配属させられないっていう事情があってのことで、俺自身は仕事に関しては何も思うことはなかった。【横流し課】と名高い、本当に存在するだけの張りぼてのような部署だったから、もちろんやりがいなんてないし、期待もしていなかった。俺の役割に、そんなものはないと思っていた。

セイさんが来て、その監視役なんて気分はよくなかったけど、次から次へと予想外の行動をするセイさんと一緒にいるのは楽しかったし、どんどん改革を進めていくセイさんを見るのも痛快だった。改革なんて、俺の中にはない言葉だと思っていたんだけど。

セイさんにもらったソロバンって道具で、セイさんが持ってきた仕事をする。そのうち、自分でもこうした方がいいかな？　て思ってやってみたり、教会の私塾の講師役なんて引き受けてみたり。できないことができるのが楽しくて、それを子ども達にも感じて欲しいなんて思うようになった。

『報告書No．36

エゴロヴァ使節団の方々が急に教会の私塾に来ました。来るのが分かったのが、当日の一刻前で救済院内は大慌《おおあわ》てでした。たまたまその日の教え役だった俺も焦《あせ》りました。エゴロヴァ使節団にではなく、セイさんにです。

案の定、セイさんに俺の授業見られていて、六十五点と評価されました。厳しいですが、助言を元に精進したいと思います。

あとその際にラーシュ王子にご挨拶《あいさつ》しました。ラーシュ王子は俺のことを知っている様子でした。』

エゴロヴァからの使者の滞在期間は七日間だけど、中休みが一日ある。さすがに七日連続ではお互い疲れるし、エゴロヴァの人達も一日くらい自由にロマーニを動き回りたい。それが今日だ。

セイさんなら経理課に出勤してきそうだと思ったけど、宰相への経過報告と魔導課の案内人との会議でこちらには来られないらしい。いや、休もうよって思ったけど、中間報告と今後の対策も大事らしい。

まぁインドラーク騎士団長がセイさんの健康管理を徹底してやってるし、エゴロヴァ使節団の滞在もあと三日だから、何とかなるかと気楽に考えていた。だから食堂でロウダ騎士団長に話を聞いて驚いた。

「インドラーク騎士団長が帰省中!?」

「声がでかい！」

「え、いつからっ？　いつからっスか!?」

「あー、一昨日からだ」

えぇえっじゃあ三日もセイさん野放しなんスか!?　セイさんは前回の聖女様の浄化遠征と第三騎士団の魔獣討伐《とうばつ》遠征の時、これ幸いにと仕事をしまくって死にかけてるっスからね！　いや、死にかけたのは教会の他教の狂信者による反乱が直接のきっかけだけど、その前に弱りまくってたから。

何でインドラーク騎士団長は、この忙しい時にセイさんを野放しにしてんスか！　て思ってたら、その日の内に義父からの手紙で判明した。

いや、インドラーク騎士団長にエゴロヴァ王家から婚約の申し出ってどういうことっスか!?

あんなにセイさん一筋、セイさん以外は石ころか何かに見えているんじゃないかっていうか、もはや視界に入っていないんじゃないかっていうインドラーク騎士団長を捕まえて、婚約って！　てゆーか二人は既に婚約済みって主張を（インドラーク騎士団長が一方的に）してるのに!?

養父からの手紙の続きも含めて予想するなら、エゴロヴァのその第四王女ってのは微妙な立場みたいだ。もしかして、エゴロヴァにいたら危険だから他国に嫁に出したい感じ？　それなら俺みたいに臣下に養子に出せばいいと思うけど、難しいのかな。

あ～もう、王族のことは国内で処理してほしいっス！　家のごたごたに、他国を巻き込むんじゃないっスよ～。

『報告書No．37

セイさんはエゴロヴァ使節団の案内の中休みになる日も、積極的に働いています。体が心配です。

セイさんは既《すで》に国家にとって大変重要な事業をいくつも手掛けていて、その上異世界の住人である為にこちらの空気が合わずに体調不良になりやすいのですから、国家としてもっとちゃんと世話をすべきだと思います。』

ロウダ副騎士団長に聞いてから、セイさんの様子を遠目にだけ見たけど、やっぱり疲れているみたいだ。国としてもっとちゃんと配慮して、定期的に医務局で問診とかすべきだと思う。

とにかく今は、インドラーク騎士団長の早い帰宅を願おう。

願った。確かに願ったが、まさか早朝の寄宿舎の窓をインドラーク騎士団長の伝令鳥に連打されることは望んでいないはずだ。

『遅い！』

渋々寝起きの頭で窓を開けると、入ってきた鳥がそう低い声で怒鳴った。あ、これ吹き込み型じゃなくて、【同期】させて同時に会話できる型か。さすが魔法技術も高い第三騎士団の騎士団長だ。技術の無駄遣《むだづか》いとはこのことかな？

『セイイチロウが家出をした。探すのを手伝え』

「家出!?」

何してんのセイさん!?

つーかインドラーク騎士団長がそれを言ってくるってことは、帰省から戻られているはずだ。

「え、インドラーク騎士団長が行かれた方がよいんじゃないスか？」

『…………俺が行っては逃げられるかもしれないから、お前に頼んでいる』

「え、もしかして喧嘩《けんか》したんスか？」

『…………』

え〜何なんスか、痴話《ちわ》喧嘩で早朝に起こさないでくださいよ〜〜〜〜。てゆーかそれならなおさら、インドラーク騎士団長が迎えに行った方がよくないスか？　そう言うと、伝令鳥はむうと器用に眉間《みけん》に皺《しわ》を寄せた。

『今、俺が行ったら逆効果になると思う』

「え、もうどうしてそうなったんですか」

帰省から帰って一晩で、何でそんなにこじれるんだと思って聞いた内容に、俺は頭を抱えた。

つまり、インドラーク騎士団長への婚約の申し出はセイさんの耳にも入っていて、その話をするしないで揉めて家出したと。

完璧な痴話喧嘩じゃないっスか、勘弁してくださいよ〜〜〜。

『そのことでまだ【結界】の掛け直しができていないんだ。急ぎで頼む』

なに痴話喧嘩で命懸けてんスか〜〜〜〜。

で、セイさんが泊まれるところって言ったら、寄宿舎かあそこしかないでしょと俺は早朝から髪のセットもままならないまま家を出た。もう、セイさんも最初からうちに来てくれたら楽だったのに。

案の定、セイさんは魔導課に作られた仮眠室にいた。作られたっていうか、セイさんが作らせたんだけど。

そうやってセイさんの為にやって来た俺を、セイさんは『アレシュ様の犬』と称した。ひどすぎない!?　インドラーク騎士団長とセイさんがガチ喧嘩するなら、俺完璧セイさん側なのに！

セイさん側の言い分も聞いてみると、セイさんはインドラーク騎士団長の婚約話に怒ったのではなく、それを伝えられなかったことに怒ってたみたい。それって……。

「結局……あの人も周りも俺を舐《な》めてるんだよ」

「そんなことは……」

セイさんを舐める人なんて、もはやロマーニ王宮内にはいないんじゃないかなと思ったけど、

そういうことではないのも分かった。これはさぁ、

「インドラーク騎士団長も言葉足らずスけど、セイさんの態度もそこそこっスからね」

やっぱり痴話喧嘩だった。そんでもって、相性が悪いようでよい二人に振り回されため息しか出ない俺に、セイさんはデコピンをしてきた。解《げ》せぬ。

『報告書No．38

インドラーク騎士団長がエゴロヴァ使節団の護衛にと旅立たれました。

セイさんの体調管理が間に合っていません。それなのに、案内役を終えたセイさんは経理課に戻ってきて、溜《た》まっていた仕事どころか先の仕事までこなしています。早急の援助が必要だと思います。』

『報告書No．39

エゴロヴァに行くことになりました。

ユア様の暴走っぽいですけど、セイさんも最初からその気だったようです。

分からないのは、なぜ俺も同行することになったのかです。援助とはそういう意味ではありません。俺が援助できることなどたかが知れていると思います。』

『報告書No．40

今俺は、この報告書を馬車の中で書いています。

聖女様とインドラーク家ご息女のエレネ様の声で用意された馬車は、最新型で四頭引きで大変早い物だと思います、そしてそれを、聖女様と魔導課副管理官と第三騎士副団長がセイさんの号令の下、めちゃくちゃな使い方をしてすごい速さで走っています。これは画期的《かっきてき》だとは思いますが、あまりお勧めはしません。詳細については、どうせ帰ったらセイさんが報告書を出すと思うので、そちらでご確認下さい。』

そんなわけで、俺はエゴロヴァに来た。王族としても子爵家の子としても、国外に出るのは初めてだったけど、緊張とかそういうのを感じている場合じゃなかった。マジであの馬車の爆走は命が縮んだ。手段《せ》を選ばない人と能力の高い人に同じ目的を課してはならない。そう学習した。混ぜるな危険。

ルスアーノ改めルフィナ様が第三王女だったことにも驚いたけど（どうりで見たことがあった）第四王女の立場が俺にひどく酷似《こくじ》していたのにも驚いた。まぁあちらは王家に引き取られてはいるが。だからやたらとラーシュ王子が俺を気に掛けていたわけだ。成功例として観察されていたんだな。

銀髪の第四王女……ソフィヤ様というらしい……は魔力が少なく体が弱いとのことだったが、それはセイさんがあっと言う間に解決してしまった。ちょっとすごすぎません？　その計画いつから練ってたんですか？　他にも仕事山ほどしてましたよね？

まぁともかく、そこが解決して、ソフィヤ様もロマーニで静養と国家計画への参加をできることになった。となったら、もう心配することなんてなくない？

だってその身を案じて奔走《ほんそう》してくれる兄と姉が既にいるのだ。
俺にも、血は繋《つな》がらないけど大事に思ってくれてる父と母、兄と姉がいる。それだけあれば、あと絶対必要なものって別にないよ。だから言った。
「大丈夫っスよ。これだけ自分を愛してくれてる家族がいるんですから！」

『報告書No．41
セイさんの提案で、エゴロヴァ第四王女のソフィヤ様をロマーニで預かることになりました。その後の手続きなどはあるでしょうが、インドラーク家ご息女のエレネ様が預かり先として名乗り出てくれました。
これでエゴロヴァとの外交もかなり有利に進められると思います。』

そしてその後、セイさんが元の世界に戻れる魔法の完成の目途《めど》が急に立った。それには何とこの間養父が行って条約を結んできたアギラルの特産物が役に立つらしい。まさかの俺の家がセイさんに恩返しできた！
セイさんがいなくなってしまうのは、国家としても大損害だし、俺も寂しい。でも、決めるのはセイさんだ。セイさんがどちらを選んでも、俺は応援するって決めた。

『報告書No．42
セイさんがロマーニに残ってくれることになりました。正確には、セイさんは両方を選びました。残ることと、帰ること。

あちらとこちらを行き来できる術《すべ》を既に開発済みみたいです。でもそれにはすごくお金が掛かるので、そんなに簡単にはできないみたいですけど。

でも俺もいつか機会があれば、セイさんの生まれ育った世界を見てみたいです。きっと予想外のことばかりの、セイさんが育ったんだなって感じの世界なんだと思います。』

アレシュの帰省

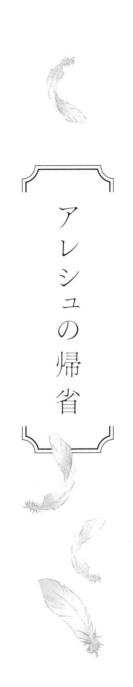

「入れ」

ノックの音に応《こた》える声に、執事《しつじ》のヴァルトムは礼をして主人の部屋に入った。

「インドラーク家より書状が届いております」

ヴァルトムが差し出した手紙に、アレシュのもとから不愛想《ぶあいそう》な顔がさらに険《けわ》しくなった。

「本宅か？」

「いえ、王都の屋敷からでございます」

受け取りながら質問の答えに少しだけホッとしながらも手紙を読む。内容は大体予想通りだった。ヴァルトムも予想していたようで、既《すで》に準備もできているのでいつでも声を掛けてくれと言われる。その上で、と話は続いた。

「今朝の行いは、少々、大人気《おとなげ》のうございました」

言われなくても分かっている。昨夜喧嘩《けんか》した誠一郎《せいいちろう》を避けて先に出勤したことを指しているのだろう。鍵《かぎ》を閉めて引きこもったこともかもしれない。

「……………分かっている」

「いいえ、分かっておりません。ラペルピンの件も含めてです」

ぐ、とアレシュが歯を食いしばる。今や第三騎士団団長となった侯爵家《こうしやくけ》のアレシュに対し、小言を言う人間は少ない。その数少ない人間の一人が、幼少期から仕えてくれているこのヴァルトムだ。

「私はですね坊ちゃま。貴方《あなた》からセイイチロウ様の衣装とラペルピンの手配を頼まれた時は、ついにこの日がやって来たのだと歓喜したのですよ。ミランやパヴェルもです。それがどうですか。相手の意思の確認をせずに、セイイチロウ様がご存じないのをよいことに晩餐会《ばんさんかい》へ着けて行かせ、戸惑《とまど》うセイイチロウ様に対して居直り逆に責める物言いをした上に、拗《す》ねて引きこもるとは何事ですか。坊ちゃまは二十もとうに過ぎ、騎士団長という責務も立派に務めていらっしゃると思っておりましたが、私の勘違いでしたでしょうか」

「〜〜〜分かっている、しつこいぞ」

「しつこくもなりますでしょうに。せっかく坊ちゃまが生涯《しょうがい》を共にしたいと思える相手に出会え、お相手からもお気持ちを返していただいたというのに……。いいですか坊ちゃま、年寄りからの助言です。何事も、急《せ》いてはことを仕損《しそん》じるのですよ」


ヴァルトムの言うことは最もだ。

アレシュは一年前まで過ごしていた王都の邸宅に向かう馬車の中で思う。

だが、急がなければ誠一郎《せいいちろう》はいなくなってしまうのだ。

さほど遠くもない距離なので、馬車はアレシュの心が整理される前に目的地に着いてしまった。ワゴンから降りると、出入り口には知った顔の執事が既に迎えに出ていた。

「おかえりなさいませ、アレシュ様」

恭《うやうや》しく礼をされ、扉が開けられる。懐《なつ》かしいというほどでもないが、やはり慣れ親しんでいた邸内だけあって少しだけ郷愁《きょうしゅう》を感じたが、感慨にふける間もなく予想外のものが目に入った。

「おかえりなさい、アレシュ」

「何で姉上がここに？」

結婚して家を出たはずの姉のエレネが玄関ホールにいたことで、アレシュの眉間《みけん》の皺《しわ》が増える。

エレネとは一番歳の近い姉弟ではあるが、男女ということもあり最近ではあまり交流がない。しかし幼少期はエレネに色々世話を焼かれたこともあり、いまだに頭が上がらない存在でもある。

「旦那様《だんなさま》が一週間ほどお仕事で忙しいので、帰省しているのよ。さ、お父様とお母様がお待ちかねよ。荷物を置いて応接間にいらっしゃい」

反論の余地のない言葉に促《うなが》され、いまだアレシュの部屋としてそのまま保たれている部屋に荷物を置いて言われた通りに応接間に向かう。

執事がドアを開け、中に入ると壮年の二人の男女とエレネが座っていた。インドラーク侯爵とその妻、アレシュの両親だ。

アレシュは幼少期から何でもできたため、両親から叱《しか》られた記憶がない。

だからこの雰囲気《ふんいき》は、実に初体験なわけで。

感じたことのない緊張感のまま、促されて椅子に座る。両親の向かいだ。

「なぜ呼び出されたかは、分かっているか？」

低い声で父親に問われ、アレシュは努めて無表情で返事をした。

現インドラーク侯爵。アレシュは末っ子なので、年齢は六十になろうとしているはずだが、元騎士なだけあっていまだに逞《たくま》しさを残した立派な体軀《たいく》の持ち主で威厳《いげん》もある。

「先日のエゴロヴァ使節団の歓迎晩餐会に参加された方からお話をお伺《うかが》いして、私達も驚いたのですよ」

インドラーク侯爵の横で、ことりと少女のような仕草で首を傾《かし》げる女性、インドラーク侯爵夫人はアレシュと同じ紫の瞳を困ったように細めた。彼女は由緒正しい公爵家《こうしやくけ》の出で、武勲《ぶくん》を上げた父への褒美《ほうび》の一環として結婚が許されたと聞いたことがある。美しい容姿をしているが、それよりも行動や仕草《しぐさ》に残る少女っぽさが何とも愛嬌《あいきよう》があるのだが、中身も少女かと言われたらそうではない。貴族の女性らしい狡猾《こうかつ》な部分もしっかりと持っており、むしろその仕草は油断を誘うためのものにしか見えない。

「例の『異世界人』が貴方の色と共に婚姻《こんいん》の装飾品を着けていた、というのは、事実なのね？」

「はい。私が贈りました」

最初から誤魔化《ごまか》すつもりなどなかったアレシュがはっきりと答えると、夫人は両手を口元にやり驚いた様子を見せ、普段あまり表情の変わらない侯爵も目を見開いた。

「貴方が『異世界人』を保護しているのは知っています。家を出たのも、彼のためなのでしょう？」

「はい」

確かに、家を出たのは誠一郎の生活をしっかり監視して療養させるためだ。

「でも、『異世界人』は聖女様とは違い、何の能力もなく地位もなく、容姿もくたびれた男性だと聞くわよ？」

「それは違います。セイイチロウ……その異世界人は、確かに特別な力もないし、この世界の空気が合わず体を壊しがちですが、それでいながら国の財政を立て直し、瘴気《しょうき》への対策も打ち立てた非常に優秀な男です」

「まあ」

「その話は私も聞いたが、カルヴァダ宰相《さいしょう》やバラーネク伯爵家《はくしゃくけ》が主体ではないのか？」

「実際の発案、計画はほぼセイイチロウです。他にも、王太子殿下《でんか》と聖女の私塾の構想を整えたのも彼ですし、王宮内の人事にも一枚噛《か》んでいます」

誠一郎も自身が目立つことをよしとしないし（これは効率的に物事を進めるために障害になりうるから）宰相をはじめ周囲も誠一郎を隠す意味でも、誠一郎の功績は公表していない。

しかし鼻の利《き》く一部の貴族は薄々感づいていて、侯爵の耳にもそれは入っていた。

「確かに……そういった話も聞くが……」

「つまり貴方は、その『異世界人』が国のためになるから、婚姻をしようとしているのですか？」

夫人の言葉に、アレシュは一瞬、何を言われたか理解できず眉間に皺を寄せた。

確かに、最初に誠一郎を意識したきっかけは、国の召喚術《しょうかんじゅつ》に巻き込まれた一般人が、王宮で国のために働いているということへの疑問からだった。

しかし誠一郎は、決して国のためとか、奉仕の精神でとか、そういったことで働いているわけではなかった。

ただの【仕事中毒者】なだけだ。

「いえ……そうではなく………」

その上この世界の空気が合わずに体調を崩しているのに、それをおしてさらに働こうとする。何だったら、命の危険すらある薬を服用してまで働こうとする。体のためにそれを止めると、なぜかこちらが悪者のように不服を露《あらわ》にする始末だ。それでも、

「ただ……放っておけなかったので、世話をしていたのですが………」

国の政策に巻き込まれて故郷から突然連れて来られた人間が、この国で亡くなるのは見過ごせず、体を重ねてまで命を繫《つな》ぎとめた。その後も国のせいで弱る誠一郎を見ていられなかったのだが、世話をしていくうちに、自分以外の者が誠一郎の世話を焼くのを不快に感じることに気が付いた。それが独占欲だと気付くまでに、さほど時間は掛からなかった。

少しずつだが耐性ができてきても無茶をしては体を壊す誠一郎だったが、その頃にはアレシュの方も言っても聞かないというのは分かってきていたし、仕事が生きがいである誠一郎の性質も理解できてきていたので、なるべく支えられるところは支えようと思った。

すると誠一郎の方も、こちらを向いてくれるようになってきたのだ。

「まあ、まあまあまあ！」

そこまで考えたところで、突然高い声を出して立ち上がった母親に、思考を停止させられた。

見ると、本当に少女のように頰《ほお》を薔薇色《ばらいろ》にして瞳を輝かせた夫人が、自分を見ている。

「ついに、ついに貴方にも現れたのね、運命の人が！」

「運命の人……？」

「幼い頃から手は掛からなかったけれど、何にも感情を動かされることがなかった貴方を、私も侯爵も心配していたのです。ですが、ついに貴方の心を動かす相手を見つけられたのですね！　なんて喜ばしいことでしょう！」

「ちょっとお母様⁉　お許しになるんですか⁉」

今にもクルクルと踊り出しそうな夫人に、エレネが立ち上がって抗議《こうぎ》する。

「許すもなにも、アレシュが心から想う人ができて、相手からもお心を返していただいているのです。何を反対することがありましょうか」

「私の時はなかなか許してくれなかったじゃないですか！」

エレネは学生時代からの憧《あこが》れの魔導士に長年好意を向けていたが、なかなか振り向いてもらえず、ようやく成就したと思ったら相手の方が身分が下なので、かなりの間、結婚を認めてもらえなかった。

「貴女《あなた》のこともあって、私達も学んだのよ。やっぱり子どもには、幸せな結婚をしてほしいけれど、それは本人の意思が一番だって。それにアレシュは本当に今まで人に興味がなかったから、そんな人が現れただけでも喜ばしいことだわ」

「そんな……っ！」

納得がいかないらしいエレネと夫人の言い合いは続いているが、侯爵が咳《せき》ばらいしてアレシュに話しかけてきた。

「だがこういった話を他から聞くのは困る。行動を起こす前に、報告は入れておくように」

「……はい」

確かに、子どもが婚約したことを知らなかったら親としても侯爵家としても面目《めんもく》が立たないだろうとは予想できたので、アレシュは素直に頷《うなず》いた。実際には婚約はしていないが、晩餐会にミアの花の装飾品を着けて行ったのだから、婚約したのと同意義だ。

「アレシュ」

エレネとの口論が終わったらしい夫人に手招きされ近付くと、耳元でそっと囁《ささや》かれた。

「ヴァルトムから報告は受けています」

「ッ！」

夫人の優しい声に、ラペルピンが誠一郎の同意がなかったものであることを知られていると示唆《しさ》され、アレシュは息を飲んだ。

「ようやく出会えた運命の相手ですもの、手段を問わず繋ぎとめておきなさい」

「！」

続く言葉はアレシュのやり方を支持するものだったが、そこでアレシュは先ほど感じた違和感を思い出した。

誠一郎が帰らないようにと、帰れなくするために早めに手を打った。

だがそれは、誠一郎の気持ちも意思も無視したものではないか。

誠一郎が無理をおしてでも仕事に没頭《ぼっとう》してきたのは、仕事中毒ということもあるが、元の世界に戻る手段を得るためでもあった。

誠一郎は、帰りたいのだ。

当たり前だ。突然別世界に連れて来られて、帰りたくない者などいない。それはこちらで地位を確立しようが、恋人ができようが、変わるものではない。

誠一郎の意思を全く無視して、こちらの世界に縛《しば》りつけるのは、果たして自分がしたかったことだったのかと、アレシュは自問自答した。

思い出す。誠一郎の仕事が落ち着いてから実家の保養地に行かないかと誘った時の、誠一郎の笑顔を。

あれは海に釣《つ》られた訳ではなく、誠一郎の意思を尊重した提案をしたアレシュに向けられた顔だった。


「しかし、時機とは重なるものだな」

「どういう意味ですか？」

ため息交じりの侯爵の声に我に返り尋ねると、つい先日、エゴロヴァの第三王子から書状が届いたと告げられた。

「第四王女のお相手に、お前をどうかと打診されたのだよ」

「第四王女……？　確かまだ年端《としは》もいかない子どもだったはずですが」

侯爵家ともなれば近隣諸国の王族と有力貴族のことは頭に入っている。第四王女は数年前に生まれた現王の庶子《しょし》だったはずだ。

「あの国は王族内で色々あるからな。どうも他国に嫁入りさせて避難《ひなん》させるのが目的のようだ」

避難先としては、本人も騎士団長という地位にある侯爵家のアレシュは絶好の相手だったのだろう。

「実は明後日《あさって》うちに話をしに来ることになっていたから、それもあってお前に早めに確認しておこうと呼んだんだ。しかしそうなると、先方には先に知らせておく方がよいか」

無駄足《むだあし》になってしまう、と言う侯爵に、アレシュは待ったをかけた。

「せっかくですので、お会いして、お話しするだけでもしましょう」

「え⁉　だがお前には相手が……」

「そうですよアレシュ！　大事なお相手がいるのですから、余所見《よそみ》はいけませんよ！」

当たり前だ。アレシュは誠一郎以外とどうこうなる気はさらさらない。

だが、誠一郎の意思を尊重し、誠一郎を手放さないために、必要な物が山ほどある。

その一部が、エゴロヴァの者を通じてなら手に入るかもしれないと思ったからだ。


「大丈夫です。明後日、お会いしましょう」

こうしてアレシュは誠一郎の世界とこちらを行き来する術《すべ》を探すべく、誠一郎に何の相談もなく、エゴロヴァ王族と面会し、エゴロヴァに向かう決意をしたのだった。

あとがき

『異世界の沙汰《さた》は社畜次第《しゃちくしだい》』をお手に取ってくださいましてありがとうございます。

ウェブ版から読んでくださっている方も、コミカライズから小説を読もうと思ってくださった方もありがとうございます。


毎度あとがきで何を書こうか考えすぎて、何か面白いことか気の利《き》いたことを書こうとした結果、斜め上な内容になっていて、そしてそれが見事にスベっていましたが（読み返したら一巻のあとがきとかやばいですね）、今回はちゃんと書くことが決まっています。

今巻で社畜シリーズは完結となります。

まだ「あそこは？」「あの話は？」という部分があるかと思いますが、聖女サイドとシグマサイド（作中一番の出世キャラ）はメタではないですが、別軸《べつじく》で進んでいるであろうストーリーのチラ見せくらいにしたかったのもあります。この物語は、誠一郎《せいいちろう》とアレシュのお話なので。

思いつきで書き始めた作品が、ここまでたどり着けたのはひとえに読者様のおかげだと思います。何の能力もない上に虚弱な社畜と彼を世話する騎士、というだけだった二人が、三巻を通して、ここまで来ました。

なかなか恋愛（やることはやってるけど）に発展しない二人でしたが、三巻では周囲を巻き込む痴話喧嘩《ちわげんか》までして〇〇までしました（あとがきから読む方用に内容は伏せます）。最初の頃の二人では考えられないです。

前にも書きましたが、この作品は読者様に支えられ書き上げられたと思います。私が一人で書いているだけでは、ここまでたどり着けなかったと思います。本当にありがとうございます。


今回体調不良などもあり担当様はじめ色々な方々にご迷惑をお掛けしました。

挿絵の大橋《おおはし》キッカ先生もお忙しいスケジュールの中ありがとうございました。ルスアーノが好みの美少年ぶりで素晴らしかったです。そして表紙……皆さまぜひ本書を読み終えた後で、帯を外して見てください。こんな細かな希望も叶《かな》えてくださりありがとうございます。

またコミカライズの方も大変好評いただいております。采和輝《いろどりかずき》先生による美麗で細かな描写が毎話萌《も》えまくりますので、コミカライズはまだと言う方は、ぜひお手に取っていただきたいです。

それから先日何とコミカライズ版のＰＶも作っていただき、誠一郎とアレシュに声が付きました！　素晴らしい出来なので、ぜひ見て欲しいです。


それでは、最後になりましたがこの本の出版、発売に尽力《じんりょく》してくださった皆様、全ての方にお礼申し上げます。

また、機会があったらお会いしましょう。

八月八《やつきわかつ》　拝

本書は「ムーンライトノベルズ」(http://mnlt.syosetu.com/top/top/)に
掲載していたものを加筆・改稿したものです。
この作品はフィクションです。実在の人物・団体・事件などにはいっさい関係ありません。

●ファンレターの宛先
〒102-8177　東京都千代田区富士見2-13-3　戦略書籍編集部

異世界《いせかい》の沙汰《さた》は社畜《しやちく》次第《しだい》3

魔法《まほう》外交《がいこう》正常化《せいじようか》計画《けいかく》

八月《やつき》　八《わかつ》

イラスト／**大橋《おおはし》キッカ**

2021年 9 月30日　初刷発行
2024年 5 月10日　第7刷発行

発行者　山下直久
発行　株式会社KADOKAWA
〒102-8177　東京都千代田区富士見2-13-3
(ナビダイヤル) 0570-002-301
デザイン　SAVA DESIGN
印刷・製本　TOPPAN株式会社

■お問い合わせ
https://www.kadokawa.co.jp/ (「お問い合わせ」へお進みください)
※内容によっては、お答えできない場合があります。
※サポートは日本国内のみとさせていただきます。
※Japanese text only

ISBN978-4-04-736799-9　C0093　©Yatsuki Wakatsu 2021　Printed in Japan
定価はカバーに表示してあります。